HEYNE
BÜCHER

Das Buch

Als Polly Price, langbeinig und blond, »wie ein Piratenschiff aus dem Nebel« bei Privatdetektiv Kinky Friedman auftaucht, um ihn mit der Suche nach ihrem verschwundenen Ehemann zu beauftragen, ahnt der geniale Schnüffler nicht, daß seine Nachforschungen ihn in genau die Fallen locken werden, die er anderen stellen will. Erst spät schwant dem Kinkster, daß er in Verbrechen verstrickt ist, die in die Zeit des legendären Al Capone zurückreichen. Und besonders eine Organisation, die Kinky noch weniger leiden kann als das KGB, nämlich das FBI, ist federführend bei dieser Gaunerei. Jeder will nämlich an den Schatz, den Al Capone vor seiner Einlieferung in den Knast versteckt hat.

Der Autor

Kinky Friedman, Gründer, Dichter und Denker der legendären Country-Band »The Texas Jewboys« lebt heute hauptsächlich auf seiner Ranch in Texas, mit zwei Katzen, zwei Hunden und einem Gürteltier. Alle seine Romane sind bei Heyne im TB erschienen, zuletzt *Gürteltier und Spitzenhäubchen* (01/13281) und *Straßenpizza* (35/10).

KINKY FRIEDMAN

DER LEIBKOCH VON AL CAPONE

Roman

Aus dem Amerikanischen
von Ulrich Blumenbach

WILHELM HEYNE VERLAG
MÜNCHEN

HEYNE ALLGEMEINE REIHE
Band-Nr. 01/13303

Die Originalausgabe
THE LOVESONG OF J. EDGAR HOOVER
erschien bei Simon & Schuster, New York

Umwelthinweis:
Dieses Buch wurde auf
chlor- und säurefreiem Papier gedruckt.

Taschenbucherstausgabe 10/2001

Wilhelm Heyne Verlag GmbH & Co. KG, München
Printed in Denmark 2001
Umschlagillustration: Nikolaus Heidelbach
Umgeschlaggestaltung: Nele Schütz Design, München
Satz: Buch-Werkstatt GmbH, Bad Aibling
Druck und Bindung: Nørhaven, Viborg

ISBN 3-453-18977-9

http://www.heyne.de

Für Nelson Mandela
und die Eskimos am Flughafen

1

Es war Neujahr. Ich stand am Küchenfenster, schlürfte einen heißen, bitteren Espresso und starrte auf die nackte, narbige und nahezu ausgestorbene Vandam Street im Nebelschleier hinab. Sie sah ganz so aus, wie ich mich fühlte. Am Neujahrstag des Jahres 1953 war Hank Williams auf dem Weg zu einem Konzert in Canton, Ohio, gestorben. Seitdem wird die philosophische Frage heiß diskutiert, ob der Tod einem Konzert in Canton, Ohio, wirklich vorzuziehen ist. Für mich stand nur fest, daß Hank Williams schon fast so lange tot war wie ich am Leben, und je älter ich wurde, desto mehr schien er aufzuholen.

Die Katze saß selbstzufrieden auf dem Fensterbrett und grinste eine Taube auf der anderen Seite der Scheibe an.

»Du bist wahrscheinlich ein großer Fan von Hank Williams Jr.«, sagte ich mit kaum verhohlener Witzelei.

Die Katze sagte nichts. Sie sah mich einen Moment lang ruhig an, blinzelte ein paarmal und widmete sich wieder der Taube.

Ich trank einen Schluck Espresso und starrte in den Nebel hinaus. Witzeleien, dachte ich, gehörten zu den zahlreichen Formen der Subtilität, die bei den meisten Katzen verlorene Liebesmüh waren. Bei Hank Williams Jr. waren sie natürlich auch verlorene Liebesmüh, aber das konnte man ihm kaum verübeln.

»Wie fändest du es wohl«, fragte ich die Katze, »wenn nach jedem Konzert jemand zu dir in die Garderobe käme

und sagte: ‹Du warst gut – aber so gut wie dein *Daddy* wirst du *nie* …‹?«
Die Katze betrachtete weiter die Taube. Ich schlürfte weiter Espresso. Der Nebel wälzte sich weiter durch die Vandam Street, bis sie so trostlos, unheilschwanger und gespenstisch aussah wie Anfang der Fünfziger eine Landstraße in Tennessee, die meinen Verstand unerbittlich in sein Canton, Ohio, führte.
Ich stellte mir gerade einen grotesken Doppelselbstmord von Mann und Katze vor, als die Telefone klingelten. Das Loft hat zwei Telefone, auf beiden Seiten meines Schreibtischs. Beide sind rot, hängen am selben Anschluß und steigern die Dringlichkeit etwaiger Notrufe. In der jüngeren Geschichte hatte meines Wissens keins von beiden je geklingelt. Ich ging durch die Küche zum Schreibtisch und nahm den linken Hörer ab.
»Schieß los«, sagte ich.
»Mein Name ist Polly Price«, sagte eine rauchige Stimme. Sie gehörte einer mir unbekannten Frau. Während ich in Sherlock Holmes' Porzellankopf nach einer Zigarre fischte, überlegte ich, ob ich überhaupt irgendeine Frau richtig kannte.
»Polly sucht einen Privatdetektiv?« fragte ich voller Hoffnung.
»Rein zufällig ja«, sagte sie.
Um das wilde Pochen meines Herzens zu beruhigen, hackte ich der Zigarre das Ende ab, zündete sie mit einem Küchenstreichholz an und achtete sorgfältig darauf, ihre Spitze immer knapp über der Flamme zu halten. In meiner spärlichen Berufserfahrung als Privatdetektiv mit Countrysänger-Vergangenheit hatte ich nur wenig waschechte Laufkundschaft gehabt. Das lag nicht zuletzt daran, daß kein Kunde einfach so durch die abgeschlossene Haustür laufen und zu meinem Loft im dritten Stock hochsteigen konnte. Er mußte auf dem Fußweg so lange laut brüllen, bis ich ihn hörte und ihm den kleinen

schwarzen Puppenkopf mit dem in das freundliche strahlende Lächeln geklemmten Schlüssel hinunterwarf.
»Hallo? Sind Sie noch dran?«
»Aber immer«, sagte ich. »Wie sind Sie auf uns gekommen?« Ich warf der Katze einen Blick zu. Sie war inzwischen zum Küchentisch weitergezogen und schenkte der Situation augenscheinlich etwas mehr Beachtung.
»Ich möchte die Details des Falls nur ungern am *Telefon* erörtern«, sagte sie.
»Verstehe«, sagte ich und paffte verständnisvoll die Zigarre. Die Frau hatte wohl ein kleines bißchen den Kontakt zum Mutterschiff verloren.
»Ich möchte Sie so bald wie möglich persönlich treffen«, sagte sie nachdrücklich.
»Nun, ich habe diese Woche einen ziemlich vollen Terminkalender, aber Ihre Angelegenheit scheint mir recht dringend zu sein. Können Sie in einer Stunde hier sein?«
»Aber ja«, sagte Polly Price dankbar. »Ich bin Ihnen sehr verbunden, Mr. Friedman.«
»Matschas Garcias«, sagte ich.
Ich diktierte ihr die Adresse und legte auf. Dann lehnte ich mich zurück, paffte geruhsam meine Zigarre und blies ein dünnes blaues Rauchwölkchen in Richtung der zur Zeit stillen Lesbentanzschule im Loft über mir. Wenn Polly Price das Geld hatte, dann hatte ich die Zeit, dachte ich. Außer ihr hatte ich nur einen Klecks auf meinem Laufzettel, und den hatte mein Freund McGovern vor einigen Tagen hinterlassen. Der Klecks besagte, McGovern werde von kleinen grünen Männchen oder etwas in der Art verfolgt. Meinetwegen konnte auch diese geheimnisvolle Frau von kleinen grünen Männchen verfolgt werden. Hauptsache, ihre Dollars waren grün.
»Wir haben eine Klientin!« grölte ich, riß mich aus meinem Tagtraum, sprang vom Schreibtisch hoch und klatschte ein paarmal in die Hände, um meine Mannschaft anzufeuern.

Die Katze war von solch jugendlichem Überschwang alles andere als angetan. Sie sprang vom Tisch und lief zum Schlafzimmer. An der Tür blieb sie stehen, drehte sich um und wedelte heftig mit dem Schwanz. Sie warf mir einen unergründlich tiefen grünen Blick zu, in dem sich zu fast gleichen Teilen Mißtrauen und Mißfallen paarten.
»Immer sachte mit den jungen Bräuten«, sagte ich. »Am Ende ist diese Klientin eine echte Sahneschnitte.«
Der Katze imponierte das nicht im mindesten. Sie wandte sich ab und lief unverkennbar in Richtung Katzenklo.
»Man kann natürlich nie wissen«, sagte ich. »Schönheit vergeht, Whiskey besteht.«

2

»Wenn ich eins nicht ausstehen kann«, sagte ich zur Katze, »dann sind das unpünktliche Klienten.«
Es war über eine Stunde vergangen, die Katze und ich standen wieder am Küchenfenster und starrten glasigen Augs auf die Straße. Die Taube war längst verschwunden, und ich hatte keinen blassen Dunst, was die Katze eigentlich anstarrte. Noch weniger Dunst hatte ich, was ich eigentlich anstarrte. Auf der Straße gab es absolut nichts zu sehen, abgesehen von ein paar parkenden Müllwagen und übriggebliebenen Nebelfetzen, die langsam davonwirbelten wie Träume der Kindheit oder Hoffnungen der Sechziger.
Ich lief auf den verstaubten Wohnzimmerdielen hin und her und verfluchte eine Frau, die gar nicht da war, als ich etwas hörte, was wie der Balzschrei eines Pelikans klang

und direkt neben meinem rechten Ohrläppchen ertönte. Forschen Schritts ging ich ans Fenster und dachte zunächst, der Nebel gaukle mir etwas vor.
Dann sah ich sie. Eine große, langbeinige Blondine in elegantem Schwarz, die sich wie ein Piratenschiff aus dem Nebel schälte. Ich holte den Puppenkopf vom Kühlschrank, öffnete das Fenster und warf ihr den kleinen schwarzen Kopf am bunten Fallschirm hinab. Sehr zu meinem Verdruß ließ sie ihn erst ein paarmal über den Fußweg hüpfen, bevor sie ihn endlich zimperlich aufhob. Sie sah den lächelnden Kopf an, gab sein Lächeln aber nicht zurück. Dann sah sie hoch, und ich lächelte sie vom Fenster aus an. Auch mein Lächeln gab sie nicht zurück.
»Dritter Stock«, rief ich und schloß das Fenster. Die Katze sah mißbilligend zu.
»Keine Bange«, sagte ich. »Ich weiß genau, wann eine angebissen hat.«
Nach wenigen Augenblicken lag der Puppenkopf wieder behaglich auf seinem angestammten Platz oben auf dem Kühlschrank, die Katze lag behaglich auf dem Schreibtisch, ich lag behaglich im Sessel hinter dem Schreibtisch, und Polly Price hatte ihren gepflegten Luxuskörper nahebei in den Klientensessel gepflanzt. Sie lag offenbar nicht behaglich.
»Sie sind in Afghanistan gewesen, wie ich sehe«, sagte ich und zündete mir mit einem lachsfarbenen Bic eine neue Zigarre an.
»Sie sind ja wirklich gut«, sagte sie. Ihre Augen weiteten sich erwartungsvoll, sie beugte sich im Sessel vor und zeigte die schonungslosen Umrisse ihrer hübschen Doppelpoller. »Aber darauf hatte man mich ja vorbereitet.«
»Manchmal bin ich ein halber Hellseher«, sagte ich. »Außerdem sind das die ersten Worte, die Sherlock Holmes an Dr. Watson richtete, als Dr. Stamford sie miteinander bekannt machte: ›Sie sind in Afghanistan gewesen, wie ich sehe.‹«

Ich lehnte mich zurück, paffte feierlich meine Zigarre und studierte meine potentielle neue Klientin. Mein Studienobjekt gefiel mir ausnehmend gut.
»Sie wissen natürlich«, sagte sie, »daß Dr. Watson damals sein ›Hard Rock Café/Kabul‹-T-Shirt trug.«
Ich lachte herzlich. Sie freute sich offenbar über ihren gelungenen Scherz und lächelte zum ersten Mal. Sollte diese Sahneschnitte jemals einen echten Witz machen, würde sie sich wahrscheinlich totlachen. Andererseits ist es immer besonders nett, wenn eine Frau einen zum ersten Mal anlächelt. Meiner Ansicht nach braucht man in diesem Augenblick bloß ihr Lächeln, ihre Augen und ihre Körpersprache unter die Lupe zu nehmen, und schon weiß man, in welche Richtung sich Art und Tiefe des Verhältnisses in Zukunft entwickeln werden.
»Also«, sagte sie »ich möchte, daß Sie mir bei der Suche nach meinem Mann helfen.«

3

Auf dem oft genug trostlosen Feld der Privatermittlung gibt es einige wenige geheiligte Augenblicke, und dieser gehörte definitiv dazu. Von solchen Fällen träumt man als Kind. Zunächst bekommt man den obligatorischen, recht rätselhaften Anruf. Dann tritt eine geheimnisvolle Gestalt aus dem Nebel. Eine schwermütige schöne Frau erscheint ganz in Schwarz im bescheidenen Büro und hält den kleinen Negerpuppenkopf mit dem breiten Lächeln in der weißen Hand. Man nimmt ihr den Puppenkopf ab und legt ihn oben auf den Kühlschrank.

Man läßt den Blick über den Puppenkopf schweifen, fixiert die Augen der schönen Dame und wandert zum Kühlschrank zurück. Man hungert – nach Wahrheit. Man braucht nicht in den Kühlschrank zu schauen. Man weiß längst, daß die Welt kalt ist.
Im Augenblick sitzt mir meine neue Klientin gegenüber, sucht in ihrer Handtasche nach einer Zigarette und steckt sie sich nervös zwischen die Schmollippen. Ich gebe ihr über die Katze hinweg Feuer. Das Flämmchen flackert auf. Wir sehen uns kurz, aber tief in die Augen, und plötzlich erschließt sich in aller Stille etwas wie mit einem altmodischen Hotelzimmerschlüssel. Sie ist bereit.
»Also, Mrs. Price, bevor wir uns auf die Suche nach Ihrem Mann begeben, sollten wir die Antworten auf einige Fragen suchen. Erstens, wie sind Sie auf mich gekommen?«
»Ich habe mich vorgestern abend mit einem sehr netten jungen Mann unterhalten. Ich war am Boden zerstört, aber er war äußerst zuvorkommend und hat mich wieder aufgerichtet. Er hat Sie wärmstens empfohlen.«
»Wie hieß er?«
»Sein Name war Ratso.«

Ich stand jäh auf und ging zur Espressomaschine, weil ich meine Enttäuschung und meinen Ärger angesichts des nur allzu vertrauten Namens kaschieren wollte. Für einen Karmadoktor ist es immer ein Dämpfer, wenn er herausfinden muß, daß er einem Lausbubenstreich zum Opfer gefallen ist. Großenteils dank meiner Bemühungen hatte mein halb-vormaliger Freund Ratso unlängst seine leibliche Mutter gefunden, und jetzt stand ihm eine Erbschaft von knapp 57 Millionen Dollar ins Haus. Die Sache war juristisch noch nicht ausgestanden, aber je näher Ratso dem Familienvermögen kam, desto ferner hielt er sich von seinem alten Freund, dem Kinkster. Mir sollte das nur recht sein.
»Espresso?« fragte ich kurz angebunden.

»Ja, gern.«
Als gehörte ich zur Apparatur, ließ ich roboterhaft die Espressomaschine vorglühen und legte dann einen Kavaliersstart hin. Unverzüglich summte die Maschine eine Melodie, die mich an den »March of the Siamese Children« erinnerte.
»›Sehr netter junger Mann‹, sagten Sie?« Hier stimmte etwas nicht. Ratso hatte viele Eigenschaften, unter anderem die, kein sehr netter junger Mann zu sein.
»Ja. Sehr gepflegt. Geschmackvoll gekleidet. Angenehme Stimme.«
Ich überlegte einen Augenblick. Die Sache war eindeutig faul. Ratso hätte die Weltbank erben können, selbst dann wäre eine solche Veränderung in Auftreten, Äußerem und Charakter unmöglich gewesen.
»Wo wollen Sie diesem Ratso begegnet sein?«
»In einer Bar.«
»Wenigstens das kommt hin.«
»Er sagte, Sie hätten einen ausgezeichneten Ruf. Sie würden meinen Mann weit schneller finden als die Polizei, und zwar ohne großen Zirkus.«
»Mein Zirkus ist schon vor langer Zeit weitergezogen.«
Die Espressomaschine zischte und dampfte wie Frankensteins Labor. Ich zapfte zwei Tassen ab, was sie etwas beruhigte. Noch vor der Einweihung in ihre Geschichte hatte diese Frau schon die falschen Referenzen vorgelegt.
Ich brachte die beiden Tassen zum Tisch, stellte sie zwischen uns ab und starrte Polly Price unverwandt an.
»Und dieser Typ war ganz bestimmt nicht ungepflegt, unrasiert und ungekämmt, trug uralte rote Schuhe, eine schleimfarbene Hose und eine Waschbärmütze, an der noch der Kopf mit zugenähten Augen baumelt?«
»Natürlich nicht«, sagte meine baldige Exklientin indigniert. »Wer würde denn in einem dermaßen lächerlichen Aufzug auf die Straße gehen?«
Ratso, dachte ich.

Wir hatten einige Minuten lang in düsterem Schweigen Espresso geschlürft als mir plötzlich ein Licht aufging, was es mit Polly Price' Referenzen auf sich hatte. Hier lag ganz einfach eine Verwechslung vor.
»In welcher Bar, sagten Sie, haben Sie Ratso getroffen?«
»Das habe ich gar nicht erwähnt«, antwortete sie kokett.
Ich stand theatralisch auf, trat ans Fenster, kehrte ihr den Rücken zu, paffte heftig und schnitt dem Nebel Grimassen.
Ich ließ die Spannung wachsen, dann schnellte ich herum und sah der Frau im Sessel in die Augen.
»Warum haben Sie nicht gleich gesagt«, sagte ich bewußt langsam und deduzierend, »daß diese Bar in Washington lag?«
»Meine Güte«, sagte sie völlig unbeeindruckt, »Sie sind ja *wirklich* gut.«
Nachdem ich mich so ins rechte Licht gerückt hatte, kehrte ich zu meinem Sessel zurück und sagte: »Also, jetzt sollten Sie mir aber von Ihrem Mann erzählen.«

Eine halbe Stunde später trat die Abenddämmerung zum Schattenboxen gegen die Stadt an, und ich wußte mehr über Derrick Price, als mir lieb war. Ich hatte die Standardfragen jedes Privatdetektivs gestellt, sie hatte die Standardantworten jeder Klientin sowie mir ein Foto des verschwundenen Gatten gegeben, war in Tränen ausgebrochen und hatte sich das Taschentuch reichen lassen. Wir hatten verabredet, uns am nächsten oder übernächsten Tag zu einem Ermittlungslunch zu treffen, und ich hatte einen Vorschuß im Briefumschlag erhalten, den ich nicht nachzählte, der aber immerhin zu dick war, um ihn unter der Tür durchzuschieben.
Ich verschwieg ihr natürlich, daß ich ein Zwei-Ratso Mensch war. Es gab einen Ratso in New York und einen weitaus sympathischeren Ratso in Washington, und meines Wissens war ihr unbekannt, daß ich beide recht gut

kannte. Wie Sherlock einmal gesagt hat: »Was Sie in dieser Welt *tun*, ist völlig bedeutungslos, die Frage ist, wie Sie die Leute dazu bringen können zu glauben, daß Sie etwas getan haben.«

Während ich zusah, wie ihre Beine auf die Tür zuschwangen, freute ich mich zunehmend auf diesen Fall. Wenn ich ihren Mann fand, konnte der Kinkster auf einen grünen Zweig kommen. Wenn nicht, bot sich immerhin so manche Gelegenheit, ihre Beine zu sehen. Und da gab es Ansehnliches zu sehen.

»Eine Frage noch«, sagte ich, als ihre Hand schon auf der Klinke lag. Sie drehte sich um, und wieder fielen mir ihr blasses, reizendes Gesicht, ihre langen blonden Haare und ihre blauen Augen auf, die mich mit der sanften Unbarmherzigkeit eines Regenschauers ansahen, der aufs Dach prasselt.

»Waren Sie eigentlich jemals in Afghanistan?« fragte ich.

»Nie im Leben.«

»Das dachte ich mir.«

4

Es gibt viele Methoden, auf dieser Welt das Glück zu finden – habe ich mir jedenfalls sagen lassen –, es gibt viele Methoden, einer Katze das Fell über die Ohren zu ziehen, wie man so sagt, und es gibt viele Methoden, dem geheimnisvollen Verschwinden des Ehemanns einer schönen, langbeinigen Blondine nachzugehen.

Eine der attraktivsten Methoden, möglichst viel über den verschwundenen Mann zu erfahren, ist die, möglichst viel über die Klientin zu erfahren. Diese Methode ist eng verwandt mit der klassischen Strategie von Kommissar Maigret, der sich bei der Aufklärung seiner Fälle regelmäßig in die Mordopfer verliebte, was einzig und allein auf seine unermüdlichen Anstrengungen zurückzuführen war, das Wesen des Mörders besser kennenzulernen.

Meine Klientin war jedenfalls quicklebendig, und wer weiß, vielleicht war ihr Mann vor einer Woche bloß Zigaretten holen gegangen und danach, ohne das Kriegsministerium zu informieren, in den Norden des Bundesstaats New York gefahren, um auf der Suche nach seinem inneren Kind an einem Planschbeckenseminar teilzunehmen. Sollte das der Fall sein, dann hatte meine Klientin mich gesucht, damit ich losziehen und ihren Mann suchen konnte, der vollauf damit beschäftigt war, sein inneres Kind zu suchen.

»Wir leben in einer Welt der Vermißten«, sagte ich zur Katze und goß mir einen einschüchternd großen Jameson Irish Whiskey in das alte Stierhorn.

Die Katze reagierte nicht. Sie schlief tief und fest auf dem Küchentisch und träumte vielleicht davon, in Afghanistan ihr inneres Kätzchen zu suchen. Nach ihrem friedlichen Gesichtsausdruck zu urteilen, war ihr das aber gehupft wie gesprungen. Vielleicht verfolgte sie auch eine heiße Spur.

Ich griff nach dem Stierhorn, brachte einen stummen Toast auf den Puppenkopf aus und den Whiskey um. Er brannte in der Kehle, und ich war gleich Feuer und Flamme. Noch ein paar von der Sorte, dachte ich, und ich mußte mich selber suchen.

Als die kalten Finger der Dunkelheit sich weiter in die Vandam Street 199B vortasteten, überwand die Katze die kurze Entfernung zwischen Küchentisch und Schreibtisch, wo sie sich unter ihrer Heizlampe zusammenkuschelte und wieder einschlief. Ich ging im zugigen Wohnzimmer langsam auf und ab, eine Zigarre in der einen Hand, das Foto von Derrick Price in der anderen. Ich wußte nicht, ob ich ihn finden konnte, und ehrlich gesagt, war ich auch nicht sonderlich erpicht darauf. Vielleicht hatte ich zu viele Filme wie den *Malteser Falken* oder *Chinatown* gesehen, wo die geheimnisvolle, gramerfüllte Klientin zu guter Letzt den Privatdetektiv nagelt. Bilder von Polly Price gingen mir unaufgefordert durch den Kopf. Während sie und ich auf und ab gingen, wurde mir klar, daß ich mich auf eine Gratwanderung zwischen Privatleben und Ermittlerleben begeben hatte.

Ich ging zur Anrichte und goß noch einen Jameson in das Stierhorn. Dann goß ich ihn mir hinter die Binde. Morgen würde ich vermutlich Polly treffen und alles erfahren, was es über Derrick zu wissen gab. Sämtliche Geheimnisse ihrer Flitterwochen. Und wenn ich Glück hatte, wurde er schon bald nicht mehr vermißt. Wie die meisten Menschen ging ich von dem Irrtum aus, ich hätte einen Funken Anstand im Leib.

»Ich finde dieses Arschloch, und wenn das ganze Wochenende dafür draufgeht«, sagte ich zu der Katze.

Die Katze rührte kein Härchen. Wenn man sich mit einer schlafenden Katze unterhält, dann weiß man, daß man in der Klemme sitzt. Dabei gibt es weit verödetere Boulevards des Soziallebens. Zum Beispiel einen Abend mit einem sterbenslangweiligen jüdischen Mittelschichtsehepaar.

Ich betrachtete sinnend die Türklinke, die Polly Price' blasse Hand kürzlich erst niedergedrückt hatte, als plötzlich die Telefone klingelten, so daß die Katze und ich vor Schreck zur Seite sprangen. Für die Katze war das Ganze noch etwas traumatischer, weil sie auf dem Tisch genau in der Mitte zwischen den beiden roten Telefonen geschlafen hatte.

»Das ist wahrscheinlich ein wichtiger Anruf«, sagte ich, und wieder war die Witzelei für die Katz, die sich eifrig auf dem Küchentisch putzte und das Klingeln krampfhaft überhörte.

Wie sich herausstellen sollte, war es tatsächlich ein wichtiger Anruf. Leider stellen sich die Dinge, denen wir im Leben Bedeutung beimessen, in der Regel als nebensächlich heraus, während sich die Dinge, die wir für nebensächlich halten, am Ende unweigerlich als schlichtweg und existentiell lebenswichtig erweisen. Und eines Tages springt man dann wie der britische Medienmogul Robert Maxwell von seiner Jacht ins Mittelmeer und sagt vor dem Ertrinken nur ein einziges Wort: »Rosegluck.«

Ich hob den linken Hörer ab.

»Haus der Qualen«, sagte ich.

»Kinkster!« sagte die Stimme im Hörer. »Hier ist Peter Myers.«

Durch einen kosmischen Zufall war Pete Myers genauso ein Tommy wie Robert Maxwell, nur war Pete Myers noch gesund und munter, und sein Geschäft, Myers of Keswick auf der nahegelegenen Hudson Street, florierte. Myers hatte sich auf britische Delikatessen spezialisiert, was grundsätzlich zwar ein Widerspruch in sich ist, aber gerade damit muß man in einer so perversen Stadt wie New York einfach Erfolg haben. Myers ist im allgemeinen cool und die Ruhe selbst, aber heute klang er höchst aufgeregt.

»Hi, Pete. Stimmt was nicht?«

»Allerdings nicht, und zwar mit unserem großen irischen Freund McGovern.«

»Ach, so sind die Iren halt. Von wo rufst du an, Pete?«

»Aus dem Hinterzimmer des Ladens.«

»Und wo ist McGovern?«

»Vorn im Verkaufsraum.«

»Hört sich nach dem idealen Praktikanten an. Bleibt er da?«

»Bleibt ein Hurrikan auf Kurs, Kinkster? Ich hab' keinen blassen Schimmer. Weiß der Geier, wieviel Grog er schon intus hat. Ich bin zwar kein Psychoklempner, aber er wird immer aggressiver und paranoider. Jetzt sieht er schon kleine grüne Männchen.«

»Vielleicht sind sie gar nicht so klein, Pete. Vielleicht sind sie auch nicht grün, und vielleicht sind es nicht mal Männchen. Aber wenn McGovern sagt, er sieht sie, dann sieht er sie, das kann ich dir flüstern.«

»Also eins sind sie auf jeden Fall *nicht*, Kinkster.«

»Was denn, Pete?«

»Kunden.«

Ich sagte, ich käme sofort vorbei, und legte auf. Mein Vater hätte jetzt gesagt: Genau das hätte nicht passieren dürfen. Ich wollte mich auf die Suche nach Derrick Price machen, und genau in dem Moment sprang McGovern wie ein großer irischer Kasperle aus der Versenkung. Aber das ließ sich nicht ändern. Alte Freunde wird man nicht los. Selbst der beste Freund schickt uns manchmal eine Laus über die Leber, sag' ich mir immer. Leider Gottes kann man den Freund nicht wie die Laus zerquetschen.

Ich schlüpfte in die Jacke, setzte meinen Cowboyhut auf, schnappte mir vier Zigarren für unterwegs und ging zur Tür.

Die Verantwortung übergab ich der Katze.

5

Als ich die Hudson zu Myers of Keswick hochlief, fiel Nieselregen auf die nächtliche Straße, dämpfte die Lichter der Großstadt und verlieh dem Neon einen fast gemütlichen Schimmer wie bei Zuckerwatte auf dem Jahrmarkt. Bei einem Streßkongreß zwischen Pete Myers und Michael McGovern den Schiedsrichter zu spielen sollte für den Kinkster ein Pappenstiel sein, dachte ich. Myers kannte ich schon, als ich noch gar nicht wußte, wie »Myers of Keswick« ausgesprochen wird. Pete verfügte über die tadellosen Manieren eines echten Briten und hatte mich nie korrigiert. Aber eines Tages spöttelte mein Freund Mick Brennan: »Man sollte doch meinen, daß man euch in Texas beibringt, daß das w in Keswick stumm ist, Kumpel.«

»Dann folge seinem Beispiel«, erwiderte ich.

McGovern hatte ich in einem großen Wandschrank – wo auch sonst? – in meiner Suite im Essex House vor dem Auftritt in *Saturday Night Live* kennengelernt. Wir schwebten damals unter der Wirkung von ungefähr elf verschiedenen Kräutern und Gewürzen, weswegen ich mich nicht darauf festnageln lassen würde, aber die Ehre oder die Schmach, uns vorgestellt zu haben, gebührt Piers Akerman, dem klügsten und lautesten Australier der Welt. Was wir drei gleichzeitig in jenem Schrank zu suchen hatten, wird wohl ewig unser süßes kleines Geheimnis bleiben, aber wenigstens hatten wir alles fest im Griff, was sich von den meisten New Yorkern nicht sagen läßt. Als wir den Schrank verließen, hatte ich einen neuen, ziemlich großen irischen Freund gewonnen, und mir fiel auf, daß die Suite von weiteren neuen Freunden nur so wimmelte. Vielen hing Bob Marley aus den linken Nasenlöchern, und die meisten habe ich nie wiedergesehen. So mußte ich nicht erst versuchen, sie wie Läuse zu zerquetschen.

Als Wind und Regen kälter wurden und die Hudson Street sich mit der Eighth Avenue vereinigte, schweiften meine Gedanken zu einem anderen Thema ab: Polly Price. Mit dem, was ich über diese Frau nicht wußte, hätte ich die Stadtbibliothek von New York vollschreiben können. Das, was ich wußte, reichte kaum, um bei einer Cocktailparty das Eis zu brechen.

Sie war seit zehn Jahren mit Derrick Price verheiratet, und wie das in glücklichen Ehen heutzutage üblich ist, lebten sie in verschiedenen Städten und sahen sich nur am Wochenende. Er wohnte in New York und sie in Washington, wo sie eben auch Washington-Ratso getroffen hatte. Beide waren Anwälte, aber das war ja zu erwarten. Ich habe zwar keine Statistik vorliegen, aber Ehen zwischen Anwälten scheinen aus irgendwelchen Gründen länger zu halten als andere Verbindungen. Die Vorstellung, daß zwei Anwälte sich erst gegenseitig die Beine wegschnippeln und dann in motorisierten Rollstühlen vor Gericht ziehen, um als Superprozeßhansel häßliche Scheidungsklagen auszufechten, kittet wahrscheinlich jede Ehe.

Polly Price wirkte merkwürdig unsicher, ob sie nun davon ausgehen sollte, daß ihr Mann unter die Räder gekommen war. Die Frage schien sie regelrecht zu verwirren. Zumindest konnte sie sich offenbar nicht vorstellen, daß Derrick sie betrog. Nachdem ich gesehen hatte, wie erotisch sie an einer Zigarette zog, konnte ich es mir auch nicht mehr vorstellen. Ich war erleichtert, daß ich nicht bloß einen Mann jagte, der eine Schürze jagte, die nicht von seiner Frau getragen wurde.

Laut einer Untersuchung des *National Enquirer* haben 98 Prozent aller Leute, die ihre Partner für untreu halten, recht. Entweder glaubt man dem *National Enquirer* oder seinem Partner. Wahrscheinlich fährt man mit beidem gleich schlecht.

Während unseres Sondierungsgesprächs hatte ich bei Polly Price nur ein einziges Mal nachgehakt. Da hatte ich ihr gerade zum zweitenmal Feuer gegeben, und sie hatte zum grob geschätzt siebtenmal ihre Beine übereinandergeschlagen.

»Lieben Sie Ihren Mann?« hatte ich gefragt.

»Lieben Sie Ihre Katze?« hatte sie zurückgefragt.

In vieler Hinsicht war das eine talmudische und irgendwie

enttäuschende Antwort, außerdem bewies sie eine bessere Beobachtungsgabe, als mir bei einer Klientin lieb war.
Ich stiefelte an der Jane Street vorbei die Hudson hoch. Vor Nr. 634, Myers of Keswick, standen etliche Straßenkreuzer. Durch das Schaufenster sah ich das höfliche Kommen und Gehen der Kunden sowie Pete, der nervös hinter dem Ladentisch stand. McGoverns Hünengestalt war nirgends zu erblicken. So weit, so gut.
Ich blieb auf der Schwelle stehen und bewunderte den blühenden Betrieb, den sich Pete Myers in jahrelanger Schweißarbeit aufgebaut hatte. Er behauptete, sein Kundenkreis rekrutiere sich zu 95 Prozent aus Briten und umfasse vom Königshaus bis zu den Rolling Stones sämtliche Schichten der Bevölkerung. Myers of Keswick durfte sich loyaler Stammkunden rühmen, diese waren aber auch stärker von einem Aroma der Würde und des Anstands durchzogen als Earl-Grey-Tee. Wenn man einen Menschen wie McGovern auf eine solche Klientel losließ, konnte er das gesamte Geschäft in einem New Yorker Handumdrehen in die Scheiße reiten.
»Wo ist Benny Hill?« dröhnte es aus dem Hinterzimmer des Ladens. Pikiert und verwirrt sahen sich die Kunden an. Pete Myers' Gesicht wurde aschfahl.
»Hast du ihn in den Dickstuffer gestopft?« dröhnte es weiter. Dickstuffer war der Produktname einer deutschen Wurstmaschine, die Myers in glücklicheren Tagen McGovern und mir vorgeführt hatte. Die Maschine preßte die Wurstfüllung durch eine silbrig glänzende, penisförmige Düse in die Wurstpelle. Den verdutzten Kundengesichtern war anzusehen, daß sie mit dem Zweck des obskuren Geräts nicht vertraut waren.
Ich schritt durch die tuschelnde Menge, im selben Moment kam Myers um den Ladentisch herumgeschossen, schüttelte den Kopf, wedelte mit den Armen, und wir stießen mit einem älteren Inder mit Turban zusammen, der vier Dutzend Curry-Chicken-Pies haben wollte.

»Da hast du's, Kinkster!« sagte Myers mit Leichenbittermiene. »Ich will ihn nicht hier vorn bei den Kunden haben, und ich kann ihn nicht zum Schweigen bringen. Wie kriege ich ihn bloß aus dem verdammten Laden raus?«
»Du brauchst entweder die gesamte polnische Armee oder einen Gabelstapler«, sagte ich, »wenn du McGovern irgendwohin kriegen willst, wo er nicht hinwill. Wir könnten natürlich auch ihn in den Dickstuffer stopfen.«
Myers fand diese Vorschläge gar nicht komisch.
Er linste vorsichtig durch die Tür ins Hinterzimmer, als wäre es die Höhle eines besonders trägen Drachen. »Ich mag McGovern«, sagte er. »Er gehört zu meinen ältesten Freunden.«
»Er gehört auch zu deinen stärksten Freunden.«
»Wir haben uns unzählige Male zusammen die Kante gegeben, aber so hab' ich ihn noch nie erlebt. Ich sag' dir, Kinkster, er ist verrückt geworden. Das sieht man an seinen Augen. Er hat nicht mehr alle Tassen im Schrank.«
»Welche klinischen Symptome zeigt der Patient? Einmal abgesehen von seiner Erkundigung nach Benny Hill und dem Dickstuffer?«
»Ich glaube, du kapierst nicht ganz, wie ernst das alles ist«, sagte Myers und packte mich wie ein Ertrinkender an der Schulter. »Er ist nicht erst seit heute abend so komisch. Das geht schon seit fast zwei Wochen so. Er hat ein kleines grünes Männchen gesehen. Er fühlt sich verfolgt. Mitten in der Nacht wird er von Leuten angerufen, die angeblich längst tot sind. Verdammt noch mal, er braucht einen Arzt!«
»Okay. Reg dich ab, Pete. Du stellst dich wieder hinter den Ladentisch und kümmerst dich um deine Kunden. Ich geh' nach hinten und rede mit McGovern.«
Der Plan war gut, nur seine Durchführung kam nicht aus den Startlöchern. McGovern trampelte durch den kleinen Flur und stieß ein großes Regal mit der allgegenwärtigen H.P. Sauce um, die jeder Engländer aus Gründen, die

dem Rest der Welt unbegreiflich sind, großzügig über sämtliche Speisen kippt. Mehrere Flaschen zerschellten auf dem Fußboden. »Die gute alte H. P. Sauce«, johlte McGovern schadenfroh. »Das britische Nationalgetränk! Damit man nie schmecken muß, was man gerade frißt!«
»Das ist ja unerhört!« sagte ein in Tweed gekleideter Gentleman entrüstet.
McGovern wollte mich überschwenglich umarmen und schaffte es dabei, eine ganze Wand aus Konserven mit Erbsenmus zum Einsturz zu bringen, eine grüne Pampe, die bei den Briten sehr beliebt ist.
»Weißt du, was in Wirklichkeit in diesen Dosen ist?« fragte er lauthals.
»Raus!« schrie Myers und zeigte auf die Ladentür.
»Komm, wir hauen ab, Kumpel«, sagte ich zu McGovern und legte hoffentlich meine beste Jiminy-Grille-Stimme an den Tag.
»Siehst du den ollen Inder da?« fragte McGovern mit weithin hörbarem Bühnenflüstern.
»Nein, seh' ich nicht, Mike.«
»Klar siehst du den ollen Wichser. Den mit dem zurückweichenden Turban ...«
»Und dafür baut man nun ein Weltreich«, zitierte ich aus dem *Fall des Lieutenant Morant* und schob McGovern zur Tür.
»Die blöde Sau verfolgt mich.«
»Vielleicht will er wissen, was in den Erbsenmuskonserven wirklich drin ist.«
»Das ist Sperma von kleinen grünen Männchen!« krakeelte McGovern, drehte sich an der Tür noch einmal um und funkelte das Tableau der entsetzten Kunden an.
»Das ist nun aber wirklich der Gipfel!« sagte der Gentleman im Fischgrätmantel von vorhin.
»Kennen wir uns nicht von der Boston Tea Party?« fragte ihn McGovern. Myers kam wieder hinter dem Tresen hervorgeschossen, und zusammen mit dem Chauffeur eines

der Straßenkreuzer schoben wir den tobenden Iren über die Schwelle der Zivilisation.
»Wen haben wir denn da?« schrie McGovern. »Einen tumben Lakaien der königlichen Kutsche? Soll der Prinzessin wohl Gerstenextrakt für den Gin besorgen, was?«
Ich sah, wie Myers zusammenzuckte. McGoverns Bemerkung mußte ins Schwarze getroffen haben.
Nach einem bedauerlichen Zusammenstoß mit dem Chauffeur schafften Myers und ich es schließlich mit vereintem Bitten, Betteln und Beschwatzen, den großen, widerstrebenden Iren aus dem Lädchen zu expedieren, aber vorher hatte McGovern noch eine längere Salve von »Cheerios!« und »Pip! Pip! Pip!s« auf das verbliebene Kundenhäuflein abgegeben.
Als McGovern und ich Myers of Keswick hinter uns ließen, machte ich Pete Myers durch die Scheibe ein Victory-Zeichen.
Er reagierte nicht, sondern sammelte bereits fieberhaft die Erbsenmuskonserven auf.
»Was machen wir jetzt?« fragte McGovern, als könnte er kein Wässerchen trüben.
»Um die Ecke gibt's ein nettes kleines französisches Restaurant«, sagte ich.

6

Eine der wichtigsten Eigenschaften des menschlichen Wesens, die kein dilettierender Privatdetektiv und vielleicht überhaupt kein dilettierendes menschliches Wesen je unterbewerten sollte, wurde einst wie fast alles andere von Sherlock Holmes unübertrefflich auf den Button gebracht. »Der Mensch ist ein Gewohnheitstier«, sagte er. Die gewissenhafte Beachtung dieser Maxime kann dilettierenden Privatdetektiven und Beobachtern des menschlichen Wesens die Feldforschung enorm erleichtern und zu verblüffenden Ergebnissen führen. Dilettierenden menschlichen Wesen läßt sich kein vergleichbarer Leitfaden an die Hand geben, um sie sicher durch das Labyrinth des Lebens zu geleiten. Deshalb schlagen wir wohl so selten die Profikarriere ein.

McGovern war wie die meisten Menschen ein Gewohnheitstier. Trank er, dann war er in Regionen weggetreten, wo kein Nachtbus mehr fuhr, riskierte eine dicke Lippe, und die Welt kam ihm lieber nicht in die Quere. Nüchtern gehörte er jedoch so gut wie immer zu jenem seltenen Menschenschlag des echten Gentleman. Heute abend war er Amok gelaufen, ohne getrunken zu haben. Irgend etwas hatte ihm, mit Myers' Worten, die Tassen aus dem Schrank geklaut, und jetzt konnte er sich nicht mehr ins Geschirr legen. Ich bin zwar kein Kunstexperte, aber er war ein Bild des Jammers.

»Vor zwei Wochen ist das losgegangen«, sagte er an dem kleinen, dunklen Tisch hinten im Eckbistro, wo ich ihn zur Manöverkritik hingeschleppt hatte.

»Ist was losgegangen? Verrat mir mal, was hier überhaupt los ist. Ich glaub' dir jedes Wort.«

»Danke, Peter Pan.«

Ich hatte McGovern so lange mit Wodka McGoverns versorgt, bis er wieder halbwegs normal war. Mir selbst hatte ich ein paar Old Grand-Dads gegönnt, damit ich wenigstens mit einer Bootsstange an seine Wellenlänge herankam.

»Hab' ich dir schon mal von Leaning Jesus erzählt?«

»Nicht daß ich wüßte«, sagte ich und kippte eine homöopathische Dosis meines dritten Old Grand-Dads.

»Den kannte ich vor fast vierzig Jahren in Chicago. Bevor

ich nach New York kam. Ich war vielleicht sechzehn, als ich ihn kennenlernte. Ich hatte einen Job als Weichensteller bei der Eisenbahn. Eines Abends hab' ich mir fast den Arsch abgefroren und bin in seine Bar auf der South Side rein. Er hat mich sozusagen unter seine Fittiche genommen. Ich durfte bei ihm was trinken, und er hat mir Romme und manches andere beigebracht. Ich war ein großes Kind. Er hat mich immer nur seinen Kleinen genannt.«

»Dann mußt du danach noch ganz schön gewachsen sein.«

»Für mich war er damals schon ein alter Mann. Ein sehr seltsamer, aber auch interessanter alter Mann.«

»›Verstehe‹, sagte die Farmerstochter zum Handlungsreisenden – aber warum wurde er Leaning Jesus genannt?«

»Ach, die alten Knaben hatten immer so farbenfrohe Spitznamen.«

»Welche alten Knaben?«

»Dazu komm' ich gleich. Er wurde jedenfalls Leaning Jesus genannt, weil er ein dünner, weißhaariger Kerl war, der irgendwie biblisch wirkte. Außerdem hatte er sich bei einem Autounfall einen Nackenwirbel angeknackst. Davon hat er sich zwar nach einiger Zeit erholt, aber sein Kopf hing von da an richtig dramatisch auf die Seite.«

»Auf welche Seite?«

»Die linke.«

»Tut mir leid, Sir, aber wir müssen sämtliche Details berücksichtigen. Auch wenn wir nicht immer Rücksicht nehmen können«, fügte ich hinzu, legte mich ebenfalls dramatisch auf die Seite, hob eine Backe an und entließ einen unüberhörbaren Furz in die Kerzenscheinidylle der jungen Pärchen, die an den Nachbartischen speisten.

Ich bestellte noch eine Runde, um die Gemüter zu beruhigen, und setzte die Befragung fort, ohne die geringste Ahnung, wo das alles enden sollte. Ich wußte bloß, daß im Loft ein fetter Vorschuß geduldig darauf wartete, daß ich endlich die Suche nach Polly Price' Ehemann aufnahm, und ich vertrödelte hier meine Zeit mit McGovern, der über irgendeinen Typen daherlaberte, den er vor vierzig Jahren in Chicago gekannt hatte. Wenn ich den Vorschuß zur Bank gebracht hätte, wären jetzt schon die ersten Zinsen fällig gewesen.

»Okay«, sagte ich, als unsere Drinks kamen, »was hat dieser Leaning Jesus gemacht?«

»Was er gemacht hat?« fragte McGovern ungläubig. »Er hat mir alles beigebracht, was ein Kind auf der South Side von Chicago wissen mußte. Er brachte mir das Leben bei, das Kartenspiel, das Untertauchen, das Hehlen, er hat einen Schlawiner aus mir gemacht.«

»Verstehe«, sagte ich. »Aber hatte dieser Typ außer seiner Bar auch noch einen Broterwerb? Er muß doch irgendeinen Job gehabt haben.«

»Ich dachte, das hätt' ich schon erzählt.«

»Dann muß ich's verdrängt haben.«

»Er war Al Capones Koch«, sagte McGovern.

»Leaning Jesus war Al Capones Koch?«

»Gaaanz genau«, sagte er in der recht überzeugenden Nachahmung einer Figur aus *Amos 'n' Andy*.

»Jesus *Maria*!«

»Nein. *Leaning* Jesus.«

Ich starrte ihn einen Augenblick an, starrte meinen Drink an und erhob das Glas zum Toast.

»Auf Leaning Jesus.«

»Auf Leaning Jesus.«

Ich glaubte McGovern aufs Wort. Er saugte sich nichts aus den Fingern. Und wenn man sich's recht überlegte, war Leaning Jesus ein treffender Name für Al Capones Koch. Er konnte ja schlecht Paul Bocuse heißen.

Während sich McGovern für den fünften Stand ein Bein ausriß, hatte er außerdem jede Menge Gangster, Mörder, schwere Jungs und leichte Mädchen kennengelernt. Er hatte, nur mal als Beispiel, eingehende Interviews mit

Richard Speck, Lieutenant Calley und Charles Manson geführt. Warum sollte Leaning Jesus da keine Vaterfigur für ihn abgeben?

»Seit zwei Wochen spielen mein Telefon und mein Fernseher verrückt«, nahm er den Faden wieder auf. »Klingeln, schalten sich ein und aus, blenden auf und ab und piepen immerzu. Und ich kann hingehen, wohin ich will, ich werde von Männern bespitzelt und verfolgt ...«

»Von kleinen grünen Männchen?«

»Einmal auf jeden Fall«, sagte er trotzig.

Ich starrte wieder meinen Drink an. Das war schlimmer, als ich gedacht hatte. Und das Schlimmste war, daß ich ihm glaubte.

»Paß auf«, sagte ich. »Ganz ruhig bleiben, Kumpel. Denk am besten gar nicht dran. Dafür gibt es bestimmt eine logische Erklärung, und du kannst dich darauf verlassen, daß ich sie finde.«

»Angefangen hat das alles vor zwei Wochen. Da hab' ich mitten in der Nacht einen Anruf bekommen. Damit ging der ganze Scheiß los.«

»Ganz ruhig bleiben. Wir werden der Sache auf den Grund gehen.«

McGovern hatte einen merkwürdig benommenen, weggetretenen Ausdruck in den Augen, der mich nicht gerade frohlocken ließ. Ich wußte nicht, ob er nüchtern oder betrunken war, normal oder durchgeknallter als Kafka.

»Er war schon ein uralter Mann, als ich '67 aus Chicago weg bin. Aber Gott ist mein Zeuge, vor zwei Wochen hat er mich mitten in der Nacht angerufen.«

»Wer hat dich vor zwei Wochen angerufen, McGovern?«

»Leaning Jesus, wer denn sonst?«

7

Später konnte ich nicht einschlafen. Vor oder während des Zwischenfalls bei Myers of Keswick hatte McGovern nichts getrunken, da war ich inzwischen sicher. Also mußte er dringend zum Schädel-TÜV, dachte ich. Wenn er von Leaning Jesus hörte. Ein kleines grünes Männchen sah. Aber dann wurde mir klar, daß ich ihm seine lächerliche Geschichte auch noch abkaufte, was vielleicht bedeutete, daß ich ebenfalls zum Schädel-TÜV mußte. Je länger ich im Bett lag und darüber nachdachte, desto verrückter klang das alles und desto weniger zweifelte ich daran, daß sich das alles nur an einem einzigen Ort abgespielt hatte – in McGoverns großem, gutgeöltem und im Leben marinierten Bregen. Natürlich gab es noch eine andere Erklärung für sein groteskes Erlebnis, aber darauf kam ich damals nicht, was für alle Beteiligten unangenehme Folgen haben sollte. Aber wäre diese Erklärung damals schon über meinen verstaubten, traumbeladenen Schreibtisch getappt, hätte ich sie wahrscheinlich als noch unglaublicher als die beiseite geschoben, mit der ich mich jetzt herumschlug.

McGoverns merkwürdige Situation war aber nur eine der Furien, die frenetisch um mein von Straßenlaternen schwach erhelltes Schlafzimmer herumflatterten und Morpheus in die Flucht schlugen. Obwohl ich wahrscheinlich Amerikas einziger Jude ohne Schuldgefühle war, konnte ich in einiger Ferne doch die Umrisse von Polly Price' Mann ausmachen, der mir die Arme entgegenstreckte und mich mit den Augen um Hilfe anflehte. Die Suche nach Vermißten war immer zum Kotzen. Zumal in den gar nicht so seltenen Fällen, wo die Vermißten nicht gefunden werden wollten.

Auch in meinem Leben gab es einige Vermißte, dachte

ich, als ich die Katze zum dreizehnten Mal sanft vom Kissen schob. Sie schmollte ein bißchen, lief einmal ums Bett und kehrte schnurstracks aufs Kissen zurück. Eine zartfühlende Katze muß erst noch geboren werden. Freilich gibt es auf der Welt auch nur wenige wirklich zartfühlende Menschen. Da ist es schon ein Wunder, wenn man überhaupt mal zum Schlafen kommt.

Sowohl privat als auch beruflich vermißte ich Menschen, dachte ich, während ich hellwach dalag und dem mächtigen, monotonen Summen lauschte, das New York nachts produziert. Ich hätte gern Steve Rambam zu Rate gezogen, den Privatdetektiv, mit dem ich bei früheren Fällen am häufigsten zusammengearbeitet hatte. Der hätte bestimmt haufenweise Ideen gehabt, wie man die Suche nach Derrick Price angehen konnte. Aber Rambam war in Tel Aviv – oder war diese Woche Rio dran? Oder Sri Lanka? Noch ein Vermißter, den ich gerade dringend brauchte.

Dann vermißte ich Stephanie DuPont, die umwerfende Blondine, die im Loft über mir in gefährlicher Nähe zu Winnie Katz' Lesbentanzschule lebte und vielleicht auch liebte. Stephanie machte gerade mit ihrer Familie und all den anderen Etepetete-Familien dieser Welt ihren traditionellen Jahresurlaub in St. Moritz. Dort liefen unter Garantie jede Menge Vermißte herum. Aber ich vermißte Stephanie wirklich. Sie war eine unschätzbare Hilfe bei der Suche nach Ratsos Mutter gewesen, sie war die klügste und attraktivste junge Frau, die ich je gesehen hatte, und in letzter Zeit hatte ich mehrmals lebhaft geträumt, wie sie die Stelle der Katze auf meinem Kopfkissen einnahm.

Sowohl Stephanie als auch Rambam mußten in den nächsten Wochen wieder in der Stadt eintrudeln, aber vorher mußte ich Polly Price mehr als nur Zigarrenqualm und Ratso-Zwillinge vorweisen können. Eine Zeitlang dachte ich an Polly Price, dann dachte ich an ihren Mann Derrick, dann dachte ich wieder an Polly. Und dann nahm Polly die Stelle der Katze auf dem Kissen ein.

Ich konnte noch immer nicht einschlafen.
Ich stand auf, kochte mir eine heiße Schokolade mit Marshmallows, schlürfte sie und paffte dazu im halbdunklen Wohnzimmer eine Zigarre. Wer noch nie heiße Schokolade, Marshmallows und eine Zigarre zusammen probiert hat, der sollte es mal versuchen. Angeblich hilft es beim Einschlafen.
Als ich wieder ins Bett ging, war es fast vier Uhr. Die Katze hob den Kopf vom Kissen und sah mich gereizt an. Ich legte mich auf den Rücken, starrte an die uralte Decke und versuchte, an gar nichts zu denken, aber McGoverns große, irgendwie kindliche Gestalt durchkreuzte all meine Anstrengungen. Also dachte ich an Woody Hayes, den Footballtrainer, der jedoch nicht mit meinem Idol Ira Hayes verwandt war. Wie Sie vielleicht noch wissen, war Ira Hayes der Pima-Indianer aus Arizona, der auf Iwo Jima zusammen mit fünf weiteren Männern das Sternenbanner aufpflanzte und auf dem berühmten Foto zu sehen ist, das nach der Schlacht aufgenommen wurde. Aber das war eine andere Geschichte – oder ein anderer Traum? Um vier Uhr morgens wirft man Weißes und Buntes manchmal in dieselbe Maschine.
Mir fiel ein, daß Woody Hayes zur Verteidigung seines brutalen Dribbelns einmal gesagt hatte: »Wenn du den Ball abgibst, gibt es drei mögliche Spielverläufe, und zwei davon sind schlecht.« Ich wandte dieses Theorem auf McGoverns momentane Lage an und stellte fest, daß auch hier drei Dinge im Spiel waren: Alkohol, Wahnsinn oder aber seine subjektive Wahrheit. Die Dinge, die zu seiner Misere beigetragen hatten, waren dummerweise alle drei schlecht.
Nachts wachzuliegen war jedoch nicht ganz vergebens, fand ich. Oft sah man dann Dinge, die man nicht alle Tage sieht. Es gab Myriaden Bilder, Nachbilder, Träume, Halbträume, Visionen und Revisionen, die genau wie seltene Viren im tropischen Regenwald das Tageslicht niemals überlebt hätten. Was war denn schon ein Mysterium,

fragte ich mich, mehr als eine Scherbe oder ein Steinchen eines großen Mosaiks? Und manchmal landete dieser winzige Splitter dank der Macht der menschlichen Phantasie genau da, wo er hingehörte.
»Jeder Mensch hat Phantasie«, sagte ich zur Katze. »Man muß sie nur nutzen.«
Die Katze öffnete kurz ein skeptisches Auge und schloß es wieder.
»Scheiße«, sagte ich, »mit der Phantasie kommt man schneller voran als auf der Datenautobahn.«
Die Katze hatte offenbar noch nichts von der Datenautobahn gehört, deshalb erklärte ich es ihr.
»Weißt du«, sagte ich, »beim Bau der Datenautobahn gibt man zwanzig Milliarden Dollar dafür aus, daß sich am Ende Millionen Menschen pausenlos darüber streiten können, wer nun der bessere Kapitän der *Enterprise* war.«
Die Katze sagte nichts. Sie hatte noch nie etwas für Bettgeflüster übrig gehabt.
Als die Morgendämmerung die Stadt überflutete, krochen schon die ersten Autos über Brücken und durch Tunnel, tauchten auf den Straßen schon die ersten Fußgänger auf und waren die Katze und ich schon fest eingeschlafen.

8

»Sie können Polly zu mir sagen.«
»Gut, Polly.«
Es war früher Nachmittag, und wir saßen an einem Tisch in der Nähe der Herrentoilette eines kleinen, rappelvollen

chinesischen Restaurants in der Canal Street namens Sun Sai Gai. Polly Price war anscheinend wieder auf den Teppich gekommen, sah aber genauso feurig und temperamentvoll wie am Vorabend aus. Sie wollte wissen, ob ich schon ein Ermittlungskonzept hätte. Ich wollte bloß wissen, ob noch ein paar Eßstäbchen aufzutreiben waren, um meine Augen offenzuhalten.

»Ich hätte nicht gedacht, daß Sie schon so früh anfangen würden, bis in die Puppen zu arbeiten«, sagte sie.

»Bei einer Vermißtenanzeige kann man gar nicht früh genug loslegen«, sagte ich. Sollte sie doch ruhig glauben, ich hätte an dem Fall gearbeitet. Schließlich sollte ich ja auch glauben, daß sie ihren Mann liebte.

»Heute ist also der fünfte Tag seit Derricks Verschwinden, ja?« fragte ich, als der Ober die zweite Kanne chinesischen Tee brachte. Der bringt einen manchmal über die Runden. »Ja«, sagte sie leise.

»Sie wissen, daß ich recht intuitiv und eher unorthodox arbeite. Eine Art Country-and-Western-Version von Miss Jane Marple.«

Polly Price schenkte mir ein müdes Lächeln. Ich ackerte weiter.

»Das ist Ihnen vielleicht auch ganz recht, denn wenn ich Sie richtig verstanden habe, liegt Ihnen viel an Diskretion. Egal, wie gut Sie Ihren Mann zu kennen glauben, es ist nicht auszuschließen, daß er absichtlich verschwunden ist. Vielleicht ist ihm etwas über den Kopf gewachsen. Sie sagten, er sei Teilhaber einer angesehenen Kanzlei hier in New York ...«

»Schmeckel & Schmeckel«, sagte sie nüchtern.

»Spielen wir den Gedanken einmal durch«, sagte ich. »Ein Anwalt in seiner Position verschwindet ohne die geringste Spur. Das steht zwar noch nicht fest, aber wenn es der Fall ist, wird die Angelegenheit mühsam. Ich brauche Ihre Hilfe, um die richtige Spur aufzunehmen. Dazu müssen Sie eventuell Ihren Stolz, Ihr Ego und viele Ihrer bis-

herigen Einschätzungen Ihres Mannes draußen vor der Tür lassen.«
Ich spürte, daß ihr diese Vorstellung zu schaffen machte. Als sie mich ansah, schimmerte Kummer in ihren Augen.
»Und draußen vor der Tür finden Sie in New York nicht mal einen Parkplatz«, sagte ich.
In den nächsten Minuten, als unser Essen auf dem Tisch erschien und langsam wieder verschwand, erarbeiteten wir einen vorläufigen Plan, um dem Rätsel ihres abgetauchten Gatten auf den Grund zu gehen. Nach dem Essen wollten wir zum Penthouse ihres Mannes auf der Upper West Side fahren, wo sie im Moment wohnte. Ich hatte freie Hand, seine Papiere, Effekten, Unterkunft, seinen Wagen – die ganzen Paraphernalien seines Lebens durchzusehen. Sie wollte mir alles zusammensuchen, was eine Schnitzeljagd zu ihrem Mann ergeben konnte. Ich erklärte ihr, wir müßten die Spur vielleicht erst zurückverfolgen, bevor sie uns weiterbringen würde. Das verstand sie anscheinend, aber ich bezweifelte, daß sie auch bereit war, die vollen Konsequenzen zu tragen. Es ist immer schwer zu akzeptieren, daß ein Mensch, den man geliebt hat, nicht der Mensch ist, für den man ihn gehalten hat.
Oder für den man sie gehalten hat, dachte ich in einem kleinen Tagtraum. Ich sah ein Mädchen in einem pfirsichfarbenen Kleid. Sie war keinen Tag älter als bei unserer ersten Begegnung. Damals war sie in ihrem weißen Thunderbird auf der Ranch in Texas vorgefahren. Heute hatte sie einen vierjährigen Sohn. Lebte im Nordwesten. Richtete gerade ihren vierten oder fünften Ehemann ab, aber wer zählte da noch mit? Geographisch, kulturell und philosophisch keine gute Partie, aber in jener zeitlosen, primitiven und unbeobachteten Weise, die es nur im Tagtraum gibt, waren wir wie füreinander geschaffen. Ich konnte sie ja mal besuchen.
»Womit haben Sie sich denn nun *wirklich* die letzte Nacht um die Ohren gehauen?« fragte Polly, als mein Kopf un-

willkürlich ein Stück wegsackte. Sie lächelte und ließ mir Zeit, bis ich meine sieben Zwetschgen wieder einigermaßen beisammen hatte.

»Das ist eine interessante, leider aber auch staubtrockene Geschichte«, sagte ich. »Den größten Teil der Nacht musste ich bei einem durchgeknallten irischen Dichter Babysitter spielen, der kleine grüne Männchen sieht und von einem toten Mafioso namens Leaning Jesus angerufen wird.«

»Ach kommen Sie, Kinky«, sagte Polly und lachte zum ersten Mal an diesem Nachmittag. »So einen Typ kauf' ich Ihnen nicht ab.«

»Wie Leaning Jesus?«

»Von dem ganz zu schweigen. Nein, ich meine Ihren Journalistenfreund – allein die Vorstellung, Sie würden mit Cowboyhut und Zigarre dasitzen und jemanden beraten, der offensichtlich …«

»Auf einem anderen Planeten kocht?«

Jetzt wollte sie sich ausschütten vor Lachen, aber ich wußte nicht, ob sie hysterisch war oder über meinen Einwurf lachte. Dabei schlug sie auf bezaubernd kultivierte, aber auch etwas freche Weise die Hand vor den Mund. Es war eine schöne Hand, und es war ein schöner Mund. Es war ein Mund zum Küssen, selbst wenn man sie dafür in die Hand beißen mußte.

»Wenn das hier vorbei ist«, sagte ich, »und wir dann noch miteinander reden, kann ich Sie McGovern ja mal vorstellen.«

»Gern«, sagte sie. »Wenn er wirklich auf einem anderen Planeten kocht, können wir vielleicht Rezepte tauschen.«

Sie hatte Tränen in den Augen. Genau das hätte nicht passieren dürfen. Eine hysterische Schickse als Klientin, die ihren Mann verlegt hatte und sich vor meinen Augen in ihre Einzelteile auflöste, und dazu die Sonderattraktion eines McGovern, der mir mit seinem Alptraum de luxe die Freizeit raubte, die ich garantiert nicht haben würde –

das alles hatte mir gerade noch gefehlt. Ein toller Einstieg ins neue Jahr.
Ich sah mich um, entdeckte einen Ober und bedeutete ihm, daß wir zahlen wollten. Als ich Polly Price wieder ansah, beobachtete sie mit trockenen Augen und leerem Blick die Menschen, die am Fenster vorbeiliefen.
»Ach, Derrick«, sagte sie.
Ich bezahlte, wir verließen das Restaurant, nahmen uns ein Taxi, fuhren in den Norden der Stadt und dann auf die West Side hinüber.
Vielleicht liebte sie ihren Mann ja doch.

9

Derrick Price' Wohnung war protzig und ziemlich aufgeräumt für einen Mann, der so selten zu Hause war. Das Penthouse befand sich in einem Gebäude, das in der Nähe vom Riverside Drive lag und mindestens neunzehn Portiers hatte. Die Wohnung hatte einen Balkon, der sich um die Ecke herumzog und auf dem ich mich häuslich eingerichtet hatte. Ich saß auf einem modernen, unbequemen, schmiedeeisernen Stuhl, paffte eine Zigarre und genoß die schöne Aussicht. New York war noch da, sicher, aber man brauchte die Riesenteleskope von der Mount-Palomar-Sternwarte, um die Stadt noch zu erkennen. Polly stellte ihre Garderobe auf den Kopf, und ich stellte meinen Verstand mit der Frage auf den Kopf, wie schwer es wohl werden würde, diesen stinkreichen Kanzleipartner wiederzufinden, der an meiner Stelle auf diesem Stuhl sitzen sollte.

»Nicht da drauf setzen«, sagte Polly, als sie in einem hinreißenden schwarzen Kleid durch die Glasschiebetür kam. »Das ist eine moderne Skulptur, die Derrick selbst gemacht hat.«
»Hübsches Stück«, sagte ich, stand behutsam auf und rieb mir den Hintern.
»Alles heil geblieben?«
»Na klar, das sitz' ich auf einer Backe ab, und wahrscheinlich reiß' ich mir nicht zum letzten Mal den Arsch auf. Also, dann wollen wir mal.«
Ich zählte Polly auf was ich alles brauchte: Geburtsdatum und Sozialversicherungsnummer ihres Mannes und sämtliche Kontoauszüge, Telefonrechnungen und Kreditkartenbelastungen oder -quittungen, die Aufschluß über sein Tun und Lassen bis zu seinem Verschwinden geben konnten. Während sie nach den Unterlagen suchte, durchstöberte ich die Wohnung auf eigene Faust. Auf den ersten Blick war nichts verändert worden beziehungsweise schien alles an seinem angestammten Platz herumzuliegen. Polly hatte erzählt, sie habe in der Wohnung nur wenig angefaßt und nichts umgestellt.
»War die Putzfrau in den letzten Tagen da?« fragte ich, als ich in das Zimmer kam, wo sie Papiere aus einem Schreibtisch holte.
»Derrick hat keine Putzfrau.« Sie klammerte sich ans Präsens, fiel mir auf. Ich war gespannt, wie lange sie das durchhalten würde.
»In einer so großen Wohnung«, sagte ich, »würde man doch zehn kleine Mägdelein erwarten.«
»Derrick ist sehr analfixiert.«
»Alle erfolgreichen Anwälte sind analfixiert«, sagte ich. »Das macht ihren Charme aus. Ich sehe gar keinen Weihnachtsbaum.«
»Derrick ist sehr weltlich eingestellt.«
»Gut, er ist also sehr analfixiert und sehr weltlich eingestellt. Sonst noch was?«

»Er ist ein sehr guter Ehemann«, sagte sie, schlug die Hände vors Gesicht und drehte die Schleusen wieder auf. Ich ließ sie weinen. Ich spürte, daß sie mir etwas verschwieg. Und dadurch kann eine langweilige Untersuchung oft sehr schnell sehr unangenehm werden.

Ich besichtigte die Küche, die aussah, als hätte sie noch nie eine Kakerlake gesehen. Aber eine Kakerlake wäre ja auch schön blöd, in eine Küche zu ziehen, wo es nichts zu futtern gab. Ich spazierte ins Wohnzimmer, das genauso unbewohnt wirkte. Kaum persönlicher Krimskrams. Weder auf den Tischen noch an den Wänden waren Fotos des glücklichen Paars. Das Zimmer erinnerte mich an einen gut ausgestatteten Sitzungssaal oder eine Hotelsuite der oberen Preisklasse. Aber vielleicht lag das auch an mir, dachte ich. Katzen, halbgerauchte Zigarren, eine Staubschicht auf dem Boden und eine Lesbentanzschule über dem Kopf waren vielleicht nicht jedermanns Geschmack.

Ich sah mir Derricks Schlafzimmer an, wo Polly in den letzten Nächten geschlafen hatte. Auch sie mußte ziemlich analfixiert sein, denn alles war wie aus dem Ei gepellt. Fotos, Nippes und persönliche Siebensachen waren mit solcher Symmetrie ausgerichtet worden, daß selbst der große Hercule Poirot erfreut den Schnurrbart gezwirbelt hätte. Aber ich hätte nicht ohne weiteres sagen können, welche Fotos und Habseligkeiten Polly gehörten und welche Derrick.

Ich holte Derricks Foto heraus, das Polly mir gegeben hatte, und verglich es mit den Bildern auf dem Nachttisch. Auf meiner Aufnahme sah er weniger glücklich aus. Aber auf meinem Foto war Polly ja auch nicht dabei. Ich versuchte, ihn mir mit Dickens' Formulierung als »Mitreisenden auf dem Weg ins Grab« vorzustellen. Derrick Price war meinesgleichen gewesen. Vielleicht hatte er bloß einen früheren Flug gebucht.

Aus Derrick Price' Wandschrank würde jede noch so verklemmte Schwuchtelschlampe wie ein geölter Blitz herausgleiten, um sich sofort zu outen. Jeder Anzug, jede Krawatte und jeder Schuh hing oder stand in Reih und Glied. Es sah aus wie eine Geschäftsauslage. Price mußte krankhaft ordnungsfixiert sein. Wie hatte er nur ein so schludriges Ende nehmen können?
Ich setzte mich aufs Bett und betrachtete durchs Fenster die Blumentöpfe des Vermißten, die in Reih und Glied auf dem Balkon standen. Gott würde sie in Zukunft gießen müssen, fürchtete ich. Wie war ich bloß auf die Schnapsidee gekommen, diesen Fall zu übernehmen? Vielleicht konnte mir Polly helfen, die Papiere dieses Typen zu ordnen, aber was ich sonst noch suchte, würde ich kaum finden. Das Penthouse wirkte wie ein Besuch am Grab der eigenen Mutter, wenn man weiß, daß sie nicht drin liegt.
Ich fragte mich, was wohl Sergeant Cooperman in dieser Wohnung gefunden hätte? Und warum hatte Polly Price mich hinzugezogen und nicht New Yorks Freunde und Helfer? Wo stand Derrick Price' Wagen? Verheimlichte Polly mir etwas, oder war sie bloß die traumatisierte Ehefrau, die aus Leibeskräften die Ohren steifhielt? Fragen über Fragen. Aber anders als die Blumentopf- und Schlipsreihen, fürchtete ich, würden manche Antworten ein ziemliches Kuddelmuddel abgeben.
Als ich ins Arbeitszimmer zurückkam, schichtete Polly auf dem Schreibtisch einen ordentlichen kleinen Stapel aus den gesammelten Unterlagen auf. Sie schien auch sich selbst wieder gesammelt zu haben.
»Polly«, sagte ich, »so wie Ihrem Mann etwas über den Kopf gewachsen sein könnte, so könnte mir dieser spezielle Fall über den Kopf wachsen. Der einzige vernünftige Ausgangspunkt scheint mir Ihr Aktenstapel da zu sein, und ehrlich gesagt, waren Schnitzeljagden und Computerausdrucke noch nie meine starke Seite. Der Be-

rater, auf den ich mich in solchen Fällen zu verlassen pflege, ist im Ausland, und ich weiß nicht, wann er zurückkommt. Ich will Ihren Mann finden. Sie wollen Ihren Mann finden. Aber was ist, wenn Ihr Mann nicht gefunden werden will?« Polly Price hatte eine Zigarette gefunden. Ich gab ihr Feuer. Ich springe gern in die Bresche. Dann brachte sie die Unterlagen wieder auf Stoß, schob sie in einen großen gelben Umschlag und reichte ihn mir. Wohl oder übel steckte ich ihn ein. »Glauben Sie an Gott?« fragte sie. »Die Frage kann ich ohne meinen Anwalt nicht beantworten«, sagte ich. »Und der wird im Moment vermißt.«

»Fragen Sie mich nicht, woher ich das weiß«, sagte sie. »Aber Sie werden Derrick bestimmt finden.«

10

Ich nahm den Umschlag und den Schlüssel zu Price' Wagen, lief die Straße zum Parkhaus hinunter und fand das winzige Betonareal, das den verschwundenen Anwalt monatlich wahrscheinlich mehr gekostet hatte als eine Villa auf dem Lande. Das Auto war da. Ich auch. Also suchte ich es innen und außen fachgerecht nach Dellen neueren Datums ab, nach Blutflecken und anderen Anzeichen, die Aufschluß über den Verbleib von Derrick Price geben konnten. Nichts. Schließlich notierte ich mir das Kennzeichen, drückte einem der neunzehn Portiers den Schlüssel in die Hand, hielt ein Taxi an und fuhr in die Vandam Street zurück.

Mir war nicht ganz wohl bei der Vorstellung, an dem Fall

dranzubleiben, aber schließlich war mir bei vielen Dingen des Lebens nicht ganz wohl. Dazu gehörte beispielsweise die Beobachtung meines Freundes Dylan, daß Sportler im Interview nach dem Spiel jeden Satz mit »Ja gut« anfangen müssen. Die Saison war so gut wie gelaufen, nur das Super-Bowl-Spiel stand noch aus. Ich wußte, daß das Interesse für Profifootball ein genauer Seismograph der Leere des eigenen Lebens ist. Trotzdem hätte ich jetzt gern zerstreut zugesehen, wie die Spieler auf dem Feld übereinander herfielen.

Warum hatte Polly Price ihren Mann nicht bei der Polizei als vermißt gemeldet? Und hätte Coopermans Gefolge überhaupt bessere Karten als ich, ihn zu finden? Da war ich skeptisch. Beim NYPD glaubte man doch auch nicht an Gott. Dann konnte ich so gut wie jeder andere das Kommando übernehmen. Solange man nicht den Leitwolf spielen mußte, gab sich das nicht viel.

Im Loft würde ich Derrick Price' Papiere durchgehen, obwohl ich mir davon keine großen Ergebnisse versprach. Für investigative Recherche und technisches Korinthenkacken war ich schlecht ausgerüstet. Aber eine andere Spur konnten wir gar nicht mehr verfolgen. Der Stand der Dinge bestärkte mich nur in der Auffassung, daß wir uns alle für Berufe entscheiden, für die wir völlig ungeeignet sind. Auf meinen Taxifahrer traf das jedenfalls zu. Er überfuhr sieben rote Ampeln, hielt den Fußweg für seine Überholspur und hätte beinahe die zehn Punkte für das Überfahren eines Albinonegers eingeheimst, der den Fehler gemacht hatte, die Seventh Avenue vorschriftsgemäß überqueren zu wollen.

Als der eisige Regen die Dämmerung Manhattans durchbohrte, wappnete ich mich für einen langen, einsamen Abend im Loft. Es herrschte noch die eintönige Zeit nach den Feiertagen, in der sich so viele deprimierte Zahnärzte und andere Amerikaner die Kugel geben, und ich verstand sie mehr denn je. Mein ganzes Leben lag vor mir auf dem Tisch. Der ungeöffnete gelbe Umschlag. Die Flasche Jameson, halbvoll oder halbleer, je nachdem, ob man ein fröhlicher Conntry-Line-Dancer oder ein deprimierter Zahnarzt war. Ein Aschenbecher in Form des Staates Texas mit einer halbgerauchten Zigarre, die so tot wie meine Träume war. Das alte Stierhorn, von dem ich mir immer vorstellte, es habe seinerzeit den einen oder anderen trödelnden Torero aufgespießt, bevor es in seine nächste Inkarnationsstufe überging und mich aufspießte. Schließlich die Katze, die mein momentanes Lebensgefühl wahrscheinlich am besten zum Ausdruck brachte, indem sie ihr Fell formvollendet und miesepetrig nach einem unauffindbaren Floh absuchte.

Ich setzte mich an den leeren Tisch. Ich hatte keine Gäste und konnte mir einen Platz aussuchen. Jede Menge Bewegungsfreiheit für Daniel Boone. Ich goß mir einen Whiskey ein, zischte ihn, saß eine Weile da und starrte durch das rußige Küchenfenster in die rußige Nacht über New York. Allein vom bloßen Anblick fühlte man sich rußig. Rußig und verregnet.

»Lieber rußig und verregnet als gar kein Triebleben«, sagte ich zur Katze.

Die Katze sagte nichts, sondern begann sich rituell in einer Körperregion zu putzen, die für meine laufende Ermittlung vergleichsweise unerheblich war. Vielleicht auch nicht. Aus Rücksicht auf die Katze werde ich den genauen Ort ihrer Zuwendung aber Leuten vorbehalten, die ohne diese Information aufgeschmissen sind.

Ich reanimierte die tote Zigarre, goß mir noch einen Whiskey ein, setzte mich an den kleinen Tisch, starrte den gelben Umschlag an und versank in Grübeleien über mein Dasein. Meine Lebenserhaltungssysteme waren anscheinend völlig atrophiert. Die Menschen, die mir im Lauf der Jahre geholfen, die mich beruflich und privat getröstet und gestärkt hatten, waren inzwischen alle weit weg, verhindert oder tot. Einige vermutlich alles drei. Mir fiel ein, was Doc Phelps, ein lieber, verstorbener Freund unserer Familie, einmal über seine letzten einsamen Jahre in New Mexico gesagt hatte: »Ich bin sehr glücklich, denn ich habe in meinem Leben viele Menschen geliebt und liebe sie immer noch.« So gesehen war ich auch ein glücklicher Mensch.

Aber welch ein merkwürdiges Glück. Andererseits war das Glück natürlich immer etwas merkwürdig.

Ich schüttete mir den Inhalt des Stierhorns aufs Zäpfchen und den Inhalt des gelben Umschlags auf den Schreibtisch.

»Jetzt kannst du was erleben, Derrick«, sagte ich. »Frisch gewagt ist halb gewonnen.«

Die Katze fand an dieser Äußerung nichts Besonderes. Den Anblick eines Manns, der im Loft Selbstgespräche führte, war sie gewohnt, und hier hielt sie nicht einmal ein angewidertes Miauen für nötig

Ich trug das alte Konfetti von Derrick Price' Erdentagen ab und brauchte dafür ungefähr genauso lange wie er für die Anhäufung. Das Durchsehen seiner Kreditkartenbelege und Telefonrechnungen erinnerte mich an die Begeisterung, mit der ich immer meine Steuererklärung ausfülle. Für einen posttechnologischen Peter Pan wie mich ist das eine scheußliche Arbeit.

»Herkules der Erbsenzähler«, sagte ich zur Katze.

Die Katze antwortete nicht, weil sie nicht da war. Sie war ins Wohnzimmer gelaufen, hatte sich in ihrem Schaukelstuhl zusammengerollt und schlief tief und fest.

»Meine Lebenserhaltungssysteme atrophieren immer weiter«, rief ich.

Aber niemand hörte mich. Weder die Katze noch Derrick Price. Nicht einmal die Lesbentanzschule, die offenbar aus Sympathie mit meinen Lebenserhaltungssystemen Betriebsausflug machte. Mir sollte das nur recht sein. Ein glücklicher Mensch kann mit der Außenwelt sowieso wenig anfangen. Ich goß mir noch einen Whiskey ins Stier-

horn und machte mich über Derricks Kontoauszüge her. Herrgott, ich liebte meine Arbeit.
Ich saß über den Auszügen, und es war kaum die Lebensdauer einer Seeschildkröte vergangen, als etwas von einem der Zettel hochsprang und mich quasi in die Nase biß. Ich fand, wenn das sogar mir auffiel, mußte es eine größere Unstimmigkeit sein. Irrtum ausgeschlossen. Derrick Price hatte etwas *wirklich* Merkwürdiges getan. Und er war dabei ganz bestimmt nicht glücklich gewesen.
Ich war ganz in die Überprüfung meiner Entdeckung versunken, als die Telefone klingelten. Ziemlich verschnupft erhob ich mich aus meinem auserwählten Stuhl, ging zum Schreibtisch und packte markig und männlich den linken Hörer.
»Schieß los«, sagte ich.
»Folgendes«, sagte McGovern, und in seiner Stimme lagen Untertöne von Triumph und Angst. »Er steht vor dem Fenster und glotzt herein.«
»Wer? Wo?«
»Ein Typ in Schlapphut und Lodenmantel steht im Regen auf meiner Feuerleiter.«
»Vielleicht Gene Kelly.«
»Ich weiß genau, wer das ist. Kannst du rüberkommen?«
»Klar, schon unterwegs. Aber wer ist es denn?«
»Derselbe Wichser, der ...«
Ein elektronisches Piepen ertönte, gefolgt von merkwürdigem, sehr lautem metallischem Klappern.
Dann verstummte der Hörer.

11

Cinderella gehörte längst ins Bett, als ich an der Hudson Street endlich ein Taxi bekam. In einer Hinsicht hatte McGovern recht. Es schiffte wie Sau. Mir war das piepegal. Genau wie W. C. Fields liebte ich den Regen. Es gibt eine ergreifende und hoffentlich wahre Anekdote über Fields' letzte Tage. Die Schauspielerin Carlotta Monti, seine sehr viel jüngere Geliebte, die die Vorliebe des großen Mannes für das Trommeln des Regens aufs Dach kannte, soll damals oft ohne Fields' Wissen das Haus verlassen und das Dach mit einem Wasserschlauch gesprengt haben. Angesichts der zunehmenden Atrophie meiner Lebenserhaltungssysteme war bei meinem Lebensende wahrscheinlich niemand mehr da, der mit einem Wasserschlauch das Dach sprengen konnte. Erst recht würde niemand mehr da sein, der mir den Wasserschlauch *halten* konnte. Das hatte allerdings auch sein Gutes. Wenn im Leben schon etwas atrophieren muß, dann doch lieber die Lebenserhaltungssysteme als der Wasserschlauch.

Rund vier Schlaglöcher später gehörte meine Meditation über das tragische Leben des W. C. Fields ebenso der Vergangenheit an wie der Regen. Jetzt überschwemmten mich Ärger und Frustration, die sich fast ausschließlich gegen meinen alten Kumpel McGovern richteten. Ich hatte keine Ahnung, worin seine persönlichen Probleme bestanden, aber sie hatten sich einen verdammt schlechten Zeitpunkt ausgesucht. Er war der letzte Mensch, den man freiwillig für seine Lebenserhaltungssysteme gewählt hätte, und er war so ziemlich der letzte, der in meinen noch herumgeisterte.

Ich muß jedoch gestehen, daß McGovern viele seltene menschliche, fast christusartige Eigenschaften besaß. Wie ein solcher Mensch jemals in New York landen konnte, war mir ein Rätsel. Er war kein Materialist wie Ratso. Nun war natürlich niemand ein solcher Materialist wie Ratso. Ratso hatte den Materialismus quasi gepachtet. Dem stand eine Erbschaft von knapp 57 Millionen Dollar ins Haus, aber er war zu geizig, um nach den Feiertagen seinen alten Freund anzurufen. Da war McGovern aus anderem Holz geschnitzt. Der war da, wenn man ihn brauchte. Leider war er auch da, wenn man ihn nicht brauchte.

Ich bezahlte das Taxi und stiefelte die Jane Street lang an der Stelle vorbei, wo die letzte Windmühle im Village gestanden hatte. Als ich die Treppe zu McGoverns Mietshaus hochstieg, stellte ich mir vor, wie dieser baumlange Kerl im Schlafzimmer kauerte und heiser ins Telefon flüsterte, um die unheimliche Gestalt draußen auf der Feuerleiter bloß nicht auf sich aufmerksam zu machen. Die Vorstellung hatte etwas Drolliges. Selbst kauernd war McGovern größer als die meisten anderen Menschen.

Ich klingelte bei Apartment 2B.

Sofort ertönte der Summer. Ich drückte die Haustür auf, lief durch den kleinen Vorraum in den schmalen Flur und die kurze Treppe in den ersten Stock hoch. McGoverns Wohnung lag am Ende des Korridors, und ich sah, daß die Tür nur angelehnt war. Aus der Wohnung drang kein Licht.

Ich schob die Tür vorsichtig auf und wartete, bis sich meine Augen an das Halbdunkel gewöhnt hatten. Nach ein paar Augenblicken sah ich den Schimmer der gerahmten Fotografie von Carole Lombard an der Ziegelwand neben McGoverns Kamin.

»MIT ... MIT«, sagte ich leise.

Keine Antwort.

Mit dem Kürzel MIT bestätigten McGovern und ich uns oft, daß wir beide wohlauf waren. Die Abkürzung bedeutete »Man in trouble«. Wir hatten sie uns ausgedacht,

nachdem McGovern in den Nachrichten die Meldung von einem Mann gesehen hatte, der in seiner Wohnung in Chicago tot aufgefunden worden war. Die Leiche war erst nach sechs Monaten entdeckt worden, als sie schon schlimmer aussah als das Zeug unter dem Mikroskop des Penicillinentdeckers, dessen Name mir gerade entfallen war. Der berühmte Wie-hieß-er-noch-gleich.
»MIT – MIT – MIT!!« wiederholte ich, diesmal lauter.
»MIT«, ertönte die unwirsche Antwort aus einem dunklen Winkel des Zimmers.
Ich sah in Richtung des MIT und erkannte McGoverns große, vertraute Gestalt, die reglos in seinem uralten Sessel zusammengesackt war. Er schien sich an einem großen Glas festzuhalten, das meiner Cowboyintuition zufolge einen ziemlich steifen Wodka McGovern enthielt.
»Du züchtest halluzinogene Pilze, was?« fragte ich und tastete nach dem Lichtschalter. Das wäre wenigstens eine logische Erklärung für sein auffälliges Verhalten gewesen.
»Mach das Licht an«, sagte er bitter. »Die Party ist vorbei.« »Prima Zeile für einen Countrysong«, sagte ich. »Mal sehen, was sich draus machen läßt.«
»Der Wichser war da, sag' ich dir, und jetzt ist er weg.«
»Ich fürchte, *der Text* hätte weniger Erfolgschancen.«
Ich fand den Lichtschalter, drückte drauf und sah mich in McGoverns vollgestopftem Wohnzimmer um. Es sah aus, als wäre es vom Sightseeing-Zug der Sunset Limited getroffen worden, aber soweit ich das beurteilen konnte, lag alles an seinem Platz, also wie Kraut und Rüben durcheinander. Man konnte McGovern alles mögliche vorwerfen, aber ich war heilfroh, daß es noch einen Menschen gab, der *nicht* analfixiert war.
»Der Wichser stand genau da auf der Feuerleiter«, sagte McGovern wie ein bockiges kleines Kind, das sich nicht daran gewöhnen kann, daß es von den Erwachsenen nie ernst genommen wird.

Er zeigte stur auf den Absatz der Feuerleiter, der durch das nächste Fenster deutlich zu sehen war. Genauso deutlich war zu sehen, daß niemand auf der Feuerleiter stand. McGovern hatte heute abend offenbar schon etliche Wodka McGoverns weggepichelt. Ich war natürlich kaum geeignet, ihm eine Standpauke über die Gefahren der Trunksucht zu halten.

»Dann werfen wir doch mal einen Blick nach draußen«, sagte ich.

»Fühl dich ganz wie zu Hause.«

»Falls es dir entfallen sein sollte, McGovern: Ich habe mich schon bei verschiedenen denkwürdigen Gelegenheiten bei dir ganz wie zu Hause gefühlt.«

McGovern lachte kurz auf aber es kam nicht von Herzen. Es war ein leises, fast trauriges Lachen, das gar nicht zu diesem lebenslustigen irischen Wonneproppen paßte. Vielleicht ging es auf die Zweige der hochgewachsenen, stolzen amerikanischen Ureinwohner in seinem Stammbaum zurück.

Ich ging an ihm vorbei zum Fenster vor der Feuerleiter. Ich wollte es aufmachen, fand es aber verriegelt. Das ist für New York nicht ungewöhnlich.

»Ist dieses Fenster immer verriegelt, wenn du zu Hause bist?«

»Nur wenn ein Mann auf der Feuerleiter steht.«

»Konnte er dich sehen?«

»Ich glaube nicht. Ich hab' im Schlafzimmer durch die Jalousie zu ihm rübergelinst. Er hat ins Wohnzimmer gespäht, als ob er's ausbaldowern sollte.«

»Du hast am Telefon gesagt, du hättest den Typen erkannt. Wer war's denn?«

»Erinnerst du dich an den alten Inder, den wir bei Myers of Keswick gesehen haben?«

»Den mit dem zurückweichenden Turban?«

»Gaaanz genau. Der hat mich gestern ohne Turban beschattet. Dann ist er abends bei Myers of Keswick aufge-

taucht. Und heute abend steht er mit Schlapphut bei mir vorm Fenster.«
»Ülkiger und ülkiger.«
Ich riegelte das Fenster auf und schob es bis zum Anschlag hoch. Dann trat ich auf den Absatz der Feuerleiter hinaus und sah auf die kleine Gasse hinter McGoverns Mietshaus hinab. Kein Schwein zu sehen. Wie eine Art Stadtschildkröte schob McGovern seinen großen Schädel durchs Fenster. Als ich mich zu ihm umdrehte, sah ich an der Mauer etwas auf dem Absatz liegen, was wie eine Herrenbrieftasche aussah. Ich hob sie auf und kontrollierte sie.
»Hast du was gefunden?« fragte McGovern von drinnen.
»Michael R. McGovern«, entzifferte ich den Führerschein unter den Lichtern der Großstadt. Ich hielt ihm die Brieftasche hin.
»Hey, super!« sagte er. »Die such' ich schon seit Tagen!«
»Sie ist trocken, wie du siehst, sagte ich und kletterte ins Zimmer zurück. »Wann ist dir der Mann aufgefallen, und wann ist er verschwunden?«
»Als ich ihn gesehen habe, hat es schon geregnet.«
»Dann muß es also etwa eine halbe Stunde her sein.«
»Als es aufgehört hat, hab' ich gleich rausgeguckt, aber da war er schon weg. Er muß die Brieftasche also fallen gelassen haben, als der Regen aufgehört hat und er gerade wegwollte.«
»Gewiß, Watson, aber findest du es nicht bemerkenswert, daß er dir die Brieftasche durch das verriegelte Fenster klauen konnte?«
»Vielleicht hat er sie schon früher mitgehen lassen.«
»Und jetzt bringt er sie zurück, wie sich das für einen anständigen kleinen New Yorker gehört? Eine solche Theorie stimmt mich doch eher skeptisch, Watson.«
»Wenigstens hat er mir kein Geld geklaut«, sagte McGovern bei der Prüfung seines zurückerhaltenen Eigentums.
»McGovern«, sagte ich und zündete mir mit einem rotz-

farbenen Feuerzeug, das sich seit rund achtundvierzig Stunden in Familienbesitz befand, behutsam eine Zigarre an, »wir beide sind doch Männer von Welt.«
»Ach ja?«
»Aber ja. Wir leben. Wir lieben. Wir laben uns am Alkohol.« Beim Sprechen sah ich, daß McGovern bereits seinen Wodka McGovern auffüllte. Mit eindringlicher Stimme, was ihm hoffentlich nicht entging, fuhr ich fort: »McGovern, warst du irgendwann im Lauf des Abends draußen auf der Feuerleiter?«
McGovern schwenkte seinen Drink, ohne mich eines Blickes zu würdigen, aber ich spürte, wie er sich für einen Koller Jahrgang 1937 auf Touren brachte. Diese Koller waren schnell verraucht, aber wenn sie ihn überkamen, war er nicht ansprechbar. Falls er überhaupt reagierte, dann meistens sehr kindisch, und das war noch milde ausgedrückt. Ich paffte in der drückenden Stille meine Zigarre und ging zur Tür.
»Sag mal, McGovern«, sagte ich, »wie hieß der Typ, der das Penicillin entdeckt hat?«
»Fleming«, sagte er, immer noch eingeschnappt. »Alexander Fleming.« Ich fand es erstaunlich, daß er sich so etwas merken, aber nicht mal auf die eigene Brieftasche aufpassen konnte.
Er trank einen ordentlichen Schluck aus seinem großen Glas, dann drehte er mir den Rücken zu und sah Carole Lombard tief in die Augen. Er litt eindeutig immer noch unter meinem unausgesprochenen Vorwurf, er selbst habe seine Brieftasche auf der Feuerleiter liegengelassen.
»Warum interessiert dich Fleming?« fragte er.
»Nur so.«
Er starrte Carole Lombard eine ganze Weile an, und da ich nichts Besseres zu tun hatte, starrte ich sie auch an. Sie erwiderte unsere Blicke mit verführerischem Lächeln. Na gut, sie schenkte der ganzen verdammten Welt ihr verführerisches Lächeln. Sie wußte, daß sie sämtliche An-

sprüche befriedigte. Sie war witzig, schön, intelligent und tot. Wenn man sich schon verlieben mußte, konnte einem gar nichts Besseres passieren.
McGovern hatte sich umgedreht und konnte fast schon wieder mit mir reden. Aber vorher trank er noch ein paar kräftige Schlucke. Dann bedachte er mich mit seiner Spielart eines grimmigen Blicks.
»Kannst du konstruktive Kritik vertragen?« fragte er.
»Aber immer«, sagte ich. »Laß hören.«
»Leck mich am Arsch«, sagte er.
Dann lachte er. Diesmal von Herzen.

12

Die erste Tat am Morgen war ein Blick auf die Uhr und die Entdeckung, daß es Mittag war. Ich hatte ausnahmsweise ganz gut geschlafen, ohne feuchte Träume um McGoverns trockene Brieftasche, allerdings ging sie mir immer noch durch den Kopf. Alles lief darauf hinaus, dachte ich, als ich ins Bad ging und mich meinen verschiedenen morgendlichen Waschungen widmete, daß ich bei meinen Projekten neue Prioritäten setzen mußte, wenn ich endlich vorankommen wollte. Die Sache mit McGovern war ein Nebenkriegsschauplatz, und wie jeder Nebenkriegsschauplatz, der etwas auf sich hielt, hatte er mich von weit wichtigeren Dingen abgelenkt: der Suche nach meinem batteriebetriebenen Nasenhaarschneider und der Suche nach Derrick Price.
An Nasenhaare denkt man üblicherweise nicht, bevor man in die Jahre kommt, aber dann reißen sie die Macht an

sich. Betrachtete man die Dinge vom anderen Nasenloch, würde Derrick Price verdammt schwer rauszupopeln sein. Ich hatte endlich eine Spur und wollte ihr nachgehen, sobald ich die Katze gefüttert, der Espressomaschine Starthilfe gegeben und meine erste Zigarre des Tages in Brand gesteckt hatte. Besonders optimistisch war ich allerdings nicht. Besonders optimistisch war ich allerdings nie. Ich hatte lange genug mit Sergeant Cooperman, Sergeant Fox, Rambam und Kent Perkins, meinem Detektivfreund in L.A., Räuber und Gendarm gespielt. Sie hatten mir eine ganz gewöhnliche – manchmal allerdings auch recht ungewöhnliche – Faustregel für die Suche nach Vermißten eingebleut. Wenn man den Betreffenden nach einer Woche noch nicht gefunden hatte, mußte man sich darauf gefaßt machen, ihn ein Leben lang zu suchen. Ich hatte das dumpfe Gefühl, weder Polly Price' Vorschuß noch ihre Geduld würden so lange vorhalten, von ihrer neuentdeckten Frömmigkeit ganz zu schweigen. Was meinen eigenen Glauben anging, so hatte ich nicht den Eindruck, daß es Gottes Wille war, ich solle mein Lebtag einen auf geheimnisvolle Weise flötengegangenen Anwalt suchen. Ich lauschte meinem feinen inneren Stimmchen, und plötzlich hörte ich zum ersten Mal in meinem Leben das Gebot des Herrn. Ich verstand, was er von mir wollte. Gott wollte, daß ich mich auf die Suche nach meinem batteriebetriebenen Nasenhaarschneider machte.

»Gott«, sagte ich, als ich mit der Zigarre in der Hand ins Bad zurückging, um einen Nixon abzudrücken, »vielleicht steht ein Menschenleben auf dem Spiel, und wahrscheinlich habe ich endlich eine heiße Spur, die mich zu ihm führt. Warum zum Teufel willst du also, daß ich loswetze und nach meinem Nasenhaarschneider suche?« Ich fand, für einen Sterblichen war das eine völlig berechtigte Frage.

»Nur dem Reinen ist alles rein«, sagte mein feines Stimmchen. Der Herr brachte den Menschen offenbar kein Takt-

gefühl entgegen, egal, ob sie vermißt wurden oder gerade einen Nixon abdrücken wollten.
»Paß mal auf«, sagte ich. »Ich hab' im Moment total viel um die Ohren. Immer hübsch eins nach dem anderen. Jetzt leg' ich erst mal gemütlich ein Ei, und anschließend spring' ich für dich in die Naßzelle. Dann werd' ich reiner als das ganze kontinente Europa.«
Offen gestanden wollte ich nicht in die Naßzelle, weil dort das Katzenklo stand, und wenn ich duschen wollte, mußte ich es immer erst herausheben. Das konnte unangenehm werden, denn ich hatte die Katzenstreu so lange nicht gewechselt, daß die ersten Kothäufchen versteinerten und Ähnlichkeit mit präkolumbianischer Kunst bekamen. Letztlich konnte ich das nur begrüßen. Sollte es wirklich mal hart auf hart kommen, konnte ich sie auf den Markt werfen. Ich war guter Dinge, daß irgendein New Yorker Kunsthändler sie mir schon abnehmen würde. Aber der Zeitpunkt war schlecht gewählt. Auf dem Kunstmarkt kursierte jetzt schon der letzte Scheiß, und ich wollte keinesfalls unter Preis verkaufen.
»Frank Sinatra wäscht sich fünfmal am Tag die Hände«, sagte das feine Stimmchen, das nicht lockerließ. Wie so viele Gestalten in der Bibel, paffte ich weiter meine Zigarre, drückte den Nixon ab und ignorierte das Stimmchen. Gott ließ sich von meinem Bemühen um Alltagstrott jedoch nicht abschrecken. Eher ermutigte es ihn noch.
»Stephanie DuPont duscht dreimal am Tag«, sagte das Stimmchen, das zunehmend in Fahrt kam.
»Und du altes Schlitzohr hast natürlich den Spanner gemacht, was?« sagte ich gutmütig.
Manchmal fühlt man sich Gott nahe, manchmal nicht, und manchmal kann man einfach nicht zu seinen Verletzlichkeiten stehen. Ich brachte meinen Papierkrieg auf dem Klo hinter mich, wusch mir einmal die Hände, schnappte mir eine Tasse dampfenden Espresso und ging

in die Küche, um mich über den anderen Papierkrieg herzumachen. Vielleicht war ich ein bißchen kurz angebunden, aber ich hatte einfach keine Zeit, den ganzen Tag im Himmel rumzuhängen und Nasenhaarschneider, Sperlinge und Hutu-Macheten zu betrachten. Wenn Gott erst einmal in aller Ruhe darüber nachdachte, würde er bestimmt einsehen, daß ich als meines Bruders Hüter endlich zu Potte kommen mußte. Man konnte schließlich nie wissen. Vielleicht stellte ich demnächst fest, daß mein Bruder Derrick Price hieß.

13

Wie Columbus erreichte ich die Bank of America erst nach geraumer Zeit. Und dort ging die Reise erst richtig los. Ich war einem eingelösten Scheck auf den Fersen, den Price in der Woche vor seinem Verschwinden auf seine örtliche Bankfiliale ausgestellt hatte. Der Begünstigte über die klangvolle Summe von 150 000 Dollar war die Inter-America Trading and Finance Corporation. Summe und Zeitpunkt der Ausstellung fielen im Vergleich zu Price' sonstigen Transaktionen auf wie ein Jude mit einer Ameisenfarm.

Um auf Schnitzeljagd zu gehen, wollte ich die Technik anwenden, die Rambam immer seine »abgebrühte Computermethode« nannte. Ich hatte keinen Computer, und Rambam war noch in Tel Aviv, London oder Sri Lanka, aber ansonsten sprach meiner Meinung nach nichts dagegen. Dank der Informationen auf der Rückseite des Schecks konnte ich also die örtliche Filiale der Bank of

America anrufen und mich erkundigen, wo ihre Filiale Nr. 282 liege. Schwuppdiwupp spuckten sie das Gewünschte aus. Sie lag in Fairfax, Virginia. Das klappte ja wie am Schnürchen.

Ich hob wieder ab, rief die Auskunft in Fairfax an, ließ mir die Nummer der dortigen Bank of America geben, rief an und blieb am Apparat, während ich zwischen den dienstbaren Geistern herumgereicht und schließlich zu einer Firmenkundenservicebetreuerin oder so durchgestellt wurde.

»Schmeckel & Schmeckel, am Apparat Derrick Price«, sagte ich. »Ich rufe aus New York an.«

»Gladys Hemoglobin«, sagte sie. »Was kann ich für Sie tun?«

»Ich muß eine zweite Zahlung an einen Ihrer Firmenkunden veranlassen, Inter-America Trading and Finance. Ich bräuchte deren Postanschrift. Meine Sekretärin hat es geschafft, die Akte in Hongkong zu vergessen.«

»Einen Augenblick bitte, Mr. Price.«

Ich zwinkerte der Katze zu und wartete. Das war ja so einfach wie freihändiges Stehen.

Kurz darauf war sie wieder dran und diktierte mir eine Adresse in Silver Spring, Maryland. Ich bedankte mich, legte auf, zündete mir eine frische Zigarre an und versorgte mich in der Espressoabteilung mit Nachschub. Dann rief ich die Auskunft in Silver Spring an und bat um die Nummer der Inter-America Trading and Finance Corporation. Sie stand nicht im Telefonbuch.

Jetzt hatte ich eine Anschrift der Firma, aber keine Telefonnummer. Einen Bekannten in der Gegend hätte ich bitten können, bei der Adresse vorbeizufahren, oder ich hätte in Rambams Ausdrucksweise »eine neue Adresse projektieren« können. Das zweite war vielversprechender. Ich wußte nicht, wobei Derrick Price Kopf und Kragen riskiert hatte – Erpressung, Nötigung, Unterschlagung. Jedes dieser Delikte hätte einen Bilderbuchamerikaner sofort mit

einer einfachen Flugkarte nach Malabimbi bei Qantas an Bord gehen lassen, Dustin Hoffmans Lieblingsfluglinie in *Rainman*. Immer vorausgesetzt, man schaffte die Strecke, ohne vorher zur Strecke gebracht zu werden.
Ob einem die »abgebrühte Computermethode« der Ermittlungsarbeit nun schmeckte oder nicht oder ob man nur mal abbiß, in jedem Fall hatte sie einen großen Vorteil gegenüber der üblichen Schnüffelarbeit vor Ort. Für Gesundheit, Bildung und Wohlbefinden war es besser, eine Zigarre zu paffen und im eigenen Loft Espresso zu schlürfen, als im bitterkalten, verregneten Gäßchen hinter einer Werft herumzulungern und eine Lagerhaustür zu belauern, aus der jeden Moment tausend Clowns herausmarschieren konnten, die allesamt John Wayne Gacy hießen.
Wenn es sich also überhaupt machen ließ, war es besser, auf die wilde, verwegene Schnitzeljagd zu gehen, die ins Land meiner Träume führte. Nachdem ich mich vom Rückschlag der fehlenden Telefonnummer in Silver Spring wieder berappelt hatte, machte ich mich an die Projektierung einer neuen Adresse der Inter-America Trading and Finance Corporation. Ich rief in Maryland bei der Industrie- und Handelskammer an. Diesmal gab ich mich als einfacher Zustellungsbeauftragter aus, ein Individuum, das Rambam zufolge »in der Nahrungskette ziemlich weit unten steht und deswegen nicht auffällt«. Für die kleinen Beamten, die ich beim Handelsregister an die Strippe bekam, war ich eine ganz alltägliche Nervensäge. Ein echter Zustellungsbeauftragter mochte sich über kurz oder lang an diese schäbige Behandlung gewöhnen, für mich war sie ein schmerzhafter Abstieg von der Verfügungsgewalt über Sekretärinnen, die in Hongkong Akten verschusselten.
»Eine Zustelladresse außerhalb der Staatsgrenzen«, meinte einer dieser Paragraphenreiter, nachdem ich zehn Minuten lang wie ein Staffelholz herumgereicht worden war, »das ist äußerst ungewöhnlich.«

»Ich habe so was auch noch nie gesehen«, sagte ich – meine ersten ehrlichen Worte des Tages.
»Ich weiß nicht mal, ob das überhaupt legal ist«, sagte der Paragraphenreiter unverbindlich, und das natürliche Timbre der Apathie kroch in seine Stimme zurück.
»Deswegen bin ich noch nicht arbeitslos«, sagte ich und bemühte mich um etwas Begeisterung, um seine Gleichgültigkeit noch zu schüren. Mit Erfolg.
Als ich auflegte, hatte ich den Namen und die Telefonnummer einer Anwaltskanzlei in Washington, die die Briefkastenfirma repräsentierte, der Derrick Price kürzlich 150 000 Dollar gezahlt hatte. Erpressung wäre mir zwar lieber gewesen, aber inzwischen nahm ich auch Betrug, Wucher und Unterschlagung mit Kußhand. Hauptsache, ich kam dem Obermotz auf die Schliche.
»Bald haben wir diesen Vogel geschnappt«, sagte ich der Katze mit einer Metapher, mit der sie sich total gut identifizieren konnte. Sie zwinkerte ein paarmal, und plötzlich schien ihr Interesse am Lauf der Dinge wieder zu erwachen. Auch ich hoffte auf Fortschritte, denn allmählich hatte ich die Schnauze voll.
Als Vertreter des Acme-Zustelldiensts telefonierte ich mit der Kanzlei in Washington in Sachen einer Vorladung und Klageschrift für die Inter-America Trading and Finance Corporation. Ich wurde mit einer Insolvenz-Sachbearbeiterin verbunden, die mindestens zwanzig Sekunden Zeit für mich hatte.
»Sind Sie noch die gültige Zustelladresse für Inter-America?« fragte ich.
»Nein«, sagte sie. »Die Zustelladresse hat sich geändert. Einen Augenblick bitte.«
Ich wartete, legte die Stiefel auf den Schreibtisch, paffte die Zigarre und gönnte mir eine Pause wie jeder müde Cowboy außerhalb der Schnitzeljagdsaison.
Als sie wieder ans Telefon kam, sagte sie: »Aller juristische Schriftverkehr soll Roscoe West zugestellt wer-

den.« Dann nannte sie mir noch eine Adresse in Washington.
Ich rief die Auskunft an und ließ mir die Nummer geben. Dann rief ich Roscoe West an. Das Telefon klingelte und klingelte.
Im Lauf des Tages rief ich noch ein paarmal in Washington an, hatte aber keinen Erfolg. Niemand war zu Hause, und ich hatte keine Lust, schon wieder eine neue Adresse zu projektieren, weil da ja wahrscheinlich auch niemand zu Hause wäre. Bei einer Schnitzeljagd trifft man kaum Wesen aus Fleisch und Blut. Höchstens einen Papiertiger, der einen Pappkameraden verschlingt. Trotzdem spürte ich, daß wir unserem Ziel näher kamen. Ich hatte eine Adresse, und ich hatte eine gültige Telefonnummer. Ich mußte nur noch das Gefühl loswerden, mein Leben größtenteils im Telefondienst nach einem Spendenaufruf von Jerry Lewis zugunsten Gesichtstickgeschädigter verbracht zu haben, und schon würde ich die Ermittlung tatkräftig vorantreiben.
Am Abend rief ich noch einmal Polly Price an. Sie wirkte weit beherrschter als am Vortag.
»Kommen Sie voran?« wollte sie wissen.
Ich setzte sie so weit ins Bild, wie ich verantworten konnte, also nicht besonders weit, und schilderte ihr die Sachlage etwas rosiger, als ich sie gegenwärtig sah.
»Eine Spur ist eine Spur«, sagte ich, »und mehr hab' ich im Moment nicht anzubieten. Deswegen schieb' ich meinen Arsch morgen nach Washington rüber.«
»Das ist aber komisch«, sagte sie.
»Ärscheschieben?«
»Nein«, sagte sie tonlos.
»Was dann, Polly?«
»Früher war Derrick gern in Washington, aber seit einigen Jahren haßt er die Stadt wie die Pest. In letzter Zeit haben wir uns praktisch nur noch in New York getroffen.«

»Das ist ja interessant«, sagte ich.
»Egal, was Sie herausfinden, Kinky – egal, in welcher Zwickmühle er sitzt –, ich muß es wissen. Sie müssen mir versprechen, daß Sie es mir sagen. Und zwar alles.«
»Großes Pfadfinderehrenwort. Wenn ich etwas erfahre, dann erfahren Sie es auch.«
Um ehrlich zu sein, glaubte ich schon etwas zu wissen. Ich wußte, daß Polly etwas wußte. Warum sollte eine verzweifelte Frau, die ihren Mann verlegt hat, sonst wohl die Polizei aus dem Spiel lassen? Vielleicht hatte sie selber einen schrecklichen Verdacht. Vielleicht wußte sie, in welcher Patsche er saß. Vielleicht wollte sie seinen Ruf in der Kanzlei schützen.
Aber egal, welche Motive dahinterstanden, Polly schwieg wie so viele Vögel im goldenen Käfig. Hätte sie geredet, dann hätte sie einer Handvoll Amerikaner sehr viel Kummer erspart.

14

Beim Landeanflug auf Washington schwebte der Shuttle vom La Guardia dicht über dem Potomac. In dieser Stadt hatte sich der angehende Präsident William Henry Harrison standhaft geweigert, bei der Parade zur Amtseinführung einen Mantel zu tragen. Zwei Wochen danach war er an einer Lungenentzündung gestorben. Mir sollte das nicht passieren. Ich trug eine grobe blaue Seemannsjacke, die aussah, als hätte Oliver Twist sie mir vererbt, und dazu einen knallroten Footballschal der australischen Sydney Swans plus einen schwarzen Cowboyhut. Ich paßte vielleicht nicht in die Restaurants der oberen Preisklasse, aber lieber sah ich wie ein Eichhörnchen aus, als mir die Eier abzufrieren.

Da Washington-Ratso einem zeitraubenden Job als Nachrichten-Kameramann für Channel 9 und ich einem zeitraubenden Job als arbeitsloser Jugendlicher nachging, hatten wir uns nicht mehr gesprochen, seit Polly Price erstmals meinen Puppenkopf in der Hand gehabt hatte. Ich hatte ihm ein paarmal aufs Band gesprochen, er hatte mir ein paarmal aufs Band gesprochen, und damit hatte sich unser Beitrag zu den Friedensverhandlungen im Nahen Osten. Ratso war ein libanesischer Druse, gehörte also wie die Juden einem Stamm an, der immer dort eine Heimat fand, wo er nichts zu suchen hatte.

Ich hatte Jimmie »Ratso« Silman 1978 bei einem Gig im Cellar Door in Georgetown kennengelernt. Er spielte damals bei der Rockabilly-Legende Tex Rubinowitz and the Bad Boys. Ich trat damals nur mit einem zweiten Gitarristen auf, und Ratso hatte sich unerhörterweise bereit erklärt, den Bass zu übernehmen. Nach dem ersten Set mußte ich aus irgendwelchen Gründen beschlossen haben, den Gitarristen zu feuern, und erklärte Ratso, ich brauchte keinen Bassisten. Also spielte er im zweiten Set Gitarre. Nach dem zweiten Set beschloß ich, daß ich gar keinen weiteren Gitarristen brauchte. Kurze Zeit darauf muß ich eingesehen haben, daß ich mich eigentlich auch nicht brauchte.

Aber Ratso und ich blieben Freunde. Im Lauf der Jahre waren wir als Musiker gelegentlich bei Willie-Nelson-Picknicks aufgetreten, im Lone Star Café, im berühmten Mo & Joe's Steakhouse und hin und wieder im Freudenhaus oder auf einer Bar-Mizwa. Bis ins Weiße Haus hatten wir es nie geschafft, aber das Los teilten wir immerhin mit Adlai Stevenson.

Als ich in die eisige Kälte vor dem Flughafengebäude hinaustrat, zündete ich mir auf dem Fußweg eine frische

Zigarre an und ließ meinen Blick über die aufgewühlte See nervöser Gesichter schweifen. Anscheinend warteten die ganzen Vereinten Nationen auf ein und dasselbe Taxi, aber Ratso war nirgends zu sehen. Also stand ich am Rinnstein, paffte meine Zigarre und nickte zwei freundlichen Sikhs zu, die an mir vorbeigingen. Man kann ja nie wissen.

»Kinkster!« ließ sich aus der Menge meiner Mitreisenden auf dem Weg ins Grab eine laute Stimme vernehmen. »Hier bin ich!«

Als ich ihn sah, war es unverkennbar er. Ratso trug den gleichen großen schwarzen Cowboyhut wie ich und den dicken Klischeeschnurrbart eines Irakers. Unter dem Schnurrbart erstrahlte das breiteste Lächeln diesseits von Watergate. Er fuhr einen Übertragungswagen, der über und über mit Antennen und Satellitenschüsseln bedeckt war und an dessen Seite in leuchtend roten Buchstaben CHANNEL 9 NEWS prangte.

»Ihre Limousine, Sir«, sagte er, als ich auf den Beifahrersitz kletterte. »Und willkommen in der Hauptstadt Ihres Vaterlands.«

»Und ich dachte immer, das wäre Austin«, sagte ich.

»Das war, bevor Ann Richards Hollywood den Rücken kehrte.«

Ratso kuppelte ein, und bevor ich wußte, wie mir geschah, webte er an dem kühnen, doch komplexen Teppich mit, auf dem allein man ein modernes Flughafengelände bei lebendigem Leibe verläßt.

»Jetzt verrat mir endlich, wo wir hinfahren, zum Geier«, sagte Ratso, »und vielleicht sogar, warum.«

Ich riß die Adresse aus meinem Ermittlernotizbuch und hielt sie ihm hin.

»Da hab' ich selten zu tun«, sagte er nach einem Blick auf den Zettel. »Piekfeine Gegend.«

»Gut. Und was hat Polly Price dir erzählt?«

Verdammt wenig.«

»Komisch. Mir hat sie genau dasselbe erzählt.«
»Aber hübsche Möpse.«
»Sieh mal einer an, die sind deinem rastlosen Beduinenauge also nicht entgangen, was?«
»Logisch. Außerdem würde ich meine Kamelschnauze gern mal in ihr Zelt schnuppern lassen.«
»Beherrsch dich noch 'n bißchen. Sie hält dich für einen gepflegten, gutgekleideten und aufrechten Gentleman, aber sobald ich ihren Mann nicht gefunden habe, kannst du vielleicht bei ihr landen.«
»Du findest den schon, Kinkster. Ich glaube an dich.«
»Du glaubst an mich? Ich denke, du glaubst an Allah.«
»Allah«, sagte Ratso abschätzig. »Allah hab' ich in die Wüste geschickt, als die Redskins gegen Tampa Bay verloren haben.«
Auf dem Weg in die Stadt sahen wir mit unseren schwarzen Cowboyhüten und den qualmenden Zigarren ganz wie die biblischen Brüder aus, die wir garantiert auch waren; man mußte nur unsere Stammbäume bis zum Olivenzweig hochklettern. Als der Verkehr dichter wurde, fingen Ratsos drei Scanner für Feuerwehr- und Polizeifunk an, in Zungen zu reden.
»*Wagen dreiundzwanzig*«, sagte ein Scanner. »Was heißt das?« fragte ich.
»Noch gar nichts«, sagte Ratso. »Es dauert einige Zeit, bis man Scanner-Ohren entwickelt hat.«
»*Wagen dreiundzwanzig.*«
»*Unterwegs zu Schüssen Siebenhunderter-Block Eighth Street Nordost.*«
»*Status?*«
»*Code eins.*«
»Was heißt Code eins?« fragte ich.
»Blaulicht und Sirenen«, sagte Ratso.
»Und Code zwei?«
»Nur Blaulicht.«
»Und Code drei?«

»Einmal Quattro Stagioni«, sagte Ratso, während der Ü-Wagen über die Fourteenth Street Bridge brauste.
»Was ist das da?« fragte ich und deutete nach links.
»Jefferson Memorial. Tut mir leid, daß ich dir in dieser Jahreszeit keine Kirschblüte zeigen kann.Japans Friedens- und Freundschaftsgeschenk für das amerikanische Volk.«
»Ich dachte, das wäre Karaoke.«
Während sich die Umgebung wie in einem Kaleidoskop aus Beverly Hills in Kalkutta und zurück verwandelte, durchfuhren Ratso und ich den Hexenkessel der Hauptstadt unseres Vaterlands, pafften Zigarren, diskutierten den möglichen Verbleib von Derrick Price und lauschten mit halbem Ohr dem unaufhörlichen Scanner-Geschnatter.
»Schußwunde im unteren Rückenbereich ...«
»Das heißt, im Arsch«, sagte Ratso.
»In welches Krankenhaus wird das Opfer gebracht?« fragte die Zentrale.
»Opfer ist bewußtlos ...«
»Das heißt, er ist übern Jordan«, sagte Ratso. »Wir sind bald da. Wie heißt der Typ noch mal?«
»Roscoe West. Aber der ist bestimmt nicht da, wenn's ihn überhaupt gibt. Wahrscheinlich ist da die lettische Botschaft oder so was. Wahrscheinlich haben wir das Ende unserer kleinen Schnitzeljagd erreicht, Paardner.«
»Hoffentlich bringst du dann alles zum Altpapier-Container.«
Als wir in die Zielgerade einbogen, verlangsamte Ratso. Wir sahen uns um: Block um Block friedliche Boulevards, weite Rasenflächen und anmutige Häuser aus der Zeit des Zweiten Weltkriegs, darunter zahlreiche alte Villen.
»Roscoe West furzt anscheinend in Seide«, sagte Ratso, fuhr noch langsamer und suchte nach der Hausnummer.
»Hätt' ich nicht gedacht«, sagte ich.
Im krassen Gegensatz zu den Palazzi der goldigen Gojim explodierten plötzlich die drei Scanner und gaben

knappe Kommandos, Grunzen, Geschrei und heiseres Rauschen von sich. Es klang, als hätte das Scanner-Trio eine Menage à trois veranstaltet und wäre gleichzeitig zum Orgasmus gekommen.
»Scheiße, was ist denn jetzt los?«
»Das ist der Code für Polizist in Not«, erklärte Ratso. »Dann bricht Panik aus, die Leute rennen sich übern Haufen, totales Chaos und Autos auf den Fußwegen. Das nennt sich zehn dreiunddreißig.«
»Davon hab' ich schon gehört«, sagte ich, »aber bei uns heißt das anders.«
»Und? Wie heißt das bei euch?« fragte Ratso und hielt vor der gesuchten Adresse.
»New York«, sagte ich.

15

Als Ratso und ich wie zwei freundliche Cowboyzeugen Jehovas geruhsam den Fußweg zu der alten Villa hochstapften, hatte Eisregen eingesetzt. Das finstere, stürmische Wetter betonte das Unheildräuende des Gebäudes, das auf der Liste von Lon Chaneys Drehorten sowieso ganz oben rangieren mußte. Ratsos Ü-Wagen stand unten an der Straße, ein weiterer Tag der verschnarchten Nachweihnachtszeit war im Anzug, und in der unmittelbaren Umgebung war keine Menschenseele auf den Beinen. Aber der Schein trügt wie der Mensch, und nach Art braver kleiner Zeugen Jehovas tarnten wir unsere fanatische Hartnäckgkeit mit provokativer Engelsgeduld.
Neben der Tür waren drei Messingschilder angebracht.

Auf einem davon stand: ROSCOE WEST & PARTNER.
»Sieht aus, als wären wir goldrichtig«, sagte Ratso. »Sieht auch so aus, als wären all die kleinen Lobbyisten und Anwälte noch im Skiurlaub am Arschloch des Oberen Pavians, Colorado. Oder sie zeigen sich als die häßlichen Amerikaner irgendwo in der sonnigen Karibik.«
»Und warum machen wir beide da nie Urlaub, Kinkster?«
»Weil manche Menschen arbeiten müssen«, sagte ich.
»Du hast doch noch nie einen anständigen Job gehabt.«
»Ich hab' ja auch gesagt, *manche* Menschen müssen arbeiten.«
Während dieses Geplänkels waren wir an ein paar Frontfenstern vorbeigelaufen und hatten festgestellt, daß der Laden tatsächlich bar menschlicher Bewohner zu sein schien. Nachdem wir vergeblich bei Roscoe West & Partner geklingelt hatten, drückten wir auf die alte Klinke, gaben der großen Tür einen Stoß, stellten zu unserer Überraschung fest, daß sie offen war, und gingen hinein.
Die Flügel links und rechts waren dunkel und still, aber in der Bürosuite von Roscoe West, die im ersten Stock liegen mußte, waren leise Trippelschritte zu hören. Es mochten Ratten, Menschen oder meine blühende Phantasie sein, aber alle drei konnten einem ganz schön auf den Wecker gehen. Dann verklangen die leisen Geräusche, und das Haus lag wieder totenstill da.
»Das Treppchen hoch, Goldköpfchen?« fragte Ratso.
»Führe die Karawane, o wackerer arabischer Bruder.«
»Kommt gar nicht in die Tüte, o weiser Hebräer. Das hier ist dein Gig.«
Wir waren nicht eingebrochen, denn die Tür war ja offen gewesen, aber als wir die dunkle Treppe hinaufgingen, beschlich doch das Gefühl unbefugten Eindringens die kümmerlichen Reste meines Gewissens. Der Besitz eines Gewissens konnte sowohl bei der Verbrechensbekämp-

fung als selbstverständlich auch in Washington ein schweres Handikap sein.
Im ersten Stock betraten wir durch eine offene Tür eine ziemlich große Bürosuite. Niemand war zu sehen, aber das Licht war an. Halbherzig rief ich ein paar Grüße in den Raum, und wir warteten. Keine Reaktion. Leere Bürokratencañons.
»Vielleicht hat jemand aus Versehen das Licht angelassen«, sagte Ratso.
»Und dann noch vergessen, dic Tür abzuschließen?«
Ich ging in Roscoe Wests Büro und sah mich ein wenig um, während sich Ratso die angrenzenden Büros vorknöpfte. Ein erster Blick in Wests Aktenschrank förderte keine Akte über Derrick Price zutage. Aber das wäre auch etwas billig gewesen, fand ich. Ich wollte das Büro gerade verlassen, als ich ein leises Summen von einem Schreibtisch hörte. Eine elektrische Schreibmaschine war noch in Betrieb, und in der Walze steckte ein angefangener Geschäftsbrief. Bevor ich ihn lesen konnte, ertönte weiter vorn im Flur mein Name.
»Kinkster!« rief Ratso. »Ich hab' was für dich.«
Während ich durch die große Diele zu ihm rüberging, merkte ich, daß etwas nicht stimmte. Ein Telefon war nicht aufgelegt worden. Ich griff nach dem Hörer auf Abwegen und lauschte, was nicht ganz einfach war, weil Ratso immer weiter rief. Ich hörte bloß undeutliche Gesprächsfetzen, die mich an den Scanner-Lärm in Ratsos U-Wagen erinnerten.
»Scheiße, Mann, wo sind die bloß alle hin?« fragte ich auf der Schwelle des kleinen Lagerraums, in dem Ratso stand. »Ist der Dritte Weltkrieg ausgebrochen, und uns hat mal wieder keiner Bescheid gesagt?«
Ratso antwortete nicht. Er stand hinter einem Tischchen und sah auf einen mittelgroßen, halboffenen Koffer hinunter.
»Jedenfalls haben wir es mit einer ziemlich schusseligen

Belegschaft zu tun«, sagte ich. »Das Licht brennt. Eine Schreibmaschine ist an. Ein Telefon wird nicht aufgelegt ...«
»Das ist noch gar nichts«, sagte Ratso.
Ich kam um das Tischchen herum, blieb wie angewurzelt stehen und starrte einen Koffer voller Plastiktüten mit weißem Pulver an. Weißer als Schneeflocken. Glänzender als Fischschuppen. Die Asche meiner verpfuschten Jugend.
»Wenn das Kokain ist, reicht es, um deinen Penis zur Venus zu schicken«, sagte Ratso.
»Und nicht nur einmal«, sagte ich. »Wie sagte Mrs. Henry Cabot Lodge, die Frau des Senators, damals? ›Wenn man die ganzen Leute, die im Gottesdienst einschlafen, auf die Straße legen würde, hätten sie es viel bequemer.‹«
»Solange keiner die Straße wegsnieft«, sagte Ratso.
Ich beugte mich über das weiße Pulver, als schaute ich in mein ausgehobenes Grab. Ich wußte nicht, ob ich beten oder fluchen sollte, aber meine Gedanken schweiften Jahrmillionen zurück in eine manchmal himmlische und manchmal höllische Welt, die Nancy Reagan bestimmt nicht kennenlernen würde. Magische Momente, zerstörerische Zeiten, zierlich, zart, verheerend, todgeweiht, heroisch, zauberhaft, hoffnungslos und unvergänglich. Vom *Wichita Lineman* zu *20 000 Meilen unter dem Meer* und wieder zurück, noch vor meiner ersten Black Mary, einem ziemlich perversen Drink aus einem Drittel Wodka, einem Drittel Bloody Mary und einem Drittel Worcestersoße. Tänze mit Engeln, Kämpfe gegen Dämonen und schließlich die Erkenntnis der Weisheit jenes Songs von Roger Miller, den mir mein Freund Captain Midnite mal geschickt hatte: »Don't Write Letters to My Dog«. Wenn dieser Mist peruanische Marschverpflegung war, konnte er ganz Los Angeles so high machen, daß die Stadt wie ausgestorben wäre. Wenn dieser Mist Heroin war, konnte er eine ganze Galaxie mit toten Rock-'n'-Roll-Stars bevöl-

kern. Egal, was das war, im freien Verkauf war es etliche Menschenleben wert. Sollte diese Wegzehrung vor dem Ende des eigenen Lebenswegs zur Neige gehen, konnte man sich nur noch zudröhnen, indem man Nancy Reagan durch den Fleischwolf drehte und sie dann sniefte.

Obwohl ich das Zeug im Koffer gar nicht angerührt hatte, sah ich rote und blaue Blitze über die Wände des Lagerraums zucken.

»Das ist eine Falle!« schrie Ratso, rannte ans Fenster und sprang doppelt so schnell zurück. »Da unten stehen Dutzende von Streifenwagen mit Blaulicht. Wie haben die es bloß geschafft, sich an uns ranzuschleichen, verdammt noch mal?«

»Ist doch klar: Code zwei«, sagte ich.

16

Wir standen auf der vereisten Feuerleiter an der Rückseite des Hauses und hörten durchs offene Fenster, wie die Cops die Treppe hochstürmten. Das Ganze wirkte wie im Film. Ein Film, wo man aufstehen und gehen möchte. Beziehungsweise rennen. Natürlich waren wir in eine Falle getappt. Wie und in wessen Falle, würde ich mir später überlegen. Falls es ein Später gab.

Genau wie unser Gehirn meist nur auf einem Zylinder vor sich hin tuckert, wissen wir oft gar nichts von unserem wahren sportlichen Können. Ratso und ich zischten schneller die Feuerleiter runter, als Gottvater im Supermarkt fette Hausfrauen erschafft. Wir rannten über den ins Kraut geschossenen Rasen hinter dem Haus, überquerten die kleine Lieferantenauffahrt und kämpften uns durch eine dichte Hecke, deren Büsche wundersamerweise voll im Laub standen. Vielleicht hatte Gottvater auch dort seine Hand im Spiel und in seiner Allmacht vorausgesehen, daß wir bei unseren hastenden Wanderungen durch Washingtons verderbte Wüsteneien Deckung brauchen würden. Wenn Gott wirklich vollauf damit beschäftigt war, fette Hausfrauen für den Supermarkt und Laub für diese Hecke zu erschaffen, dann war es kein Wunder, daß der Rest der Welt langsam, aber sicher zum Teufel ging. Aber wir brauchen Gott, dachte ich, während wir noch einen Rasen und noch eine Hecke hinter uns brachten. Wen hätten wir sonst verfluchen sollen? Ich war der letzte, der im Moment seine Existenz geleugnet hätte. Wer um sein Leben rennt, kann kein Atheist sein.

Der Körper rennt, aber der Geist sprintet. Warum war der Hörer nicht aufgelegt worden, fragte ich mich? Hatte man uns eine Falle gestellt, indem man die Cops gerufen oder einfach die Notrufnummer gewählt hatte? Dann war es eine todsichere Methode, nicht aufzulegen, denn der Anruf wurde zwangsläufig zurückverfolgt. Vielleicht waren wir reingelegt worden. Vielleicht war ich Derrick Price dichter auf den Fersen, als ich ahnte. Aber für wen konnte es so wichtig sein, mir bei dieser Ermittlung Steine in den Weg zu legen? Und wer um alles in der Welt konnte es sich leisten, diese unchristliche Menge von Irving Berlins White Christmas in einem Koffer herumliegen zu lassen, bloß damit ich als Sündenbock dastand?

Es war einfach aberwitzig. Natürlich war es genauso aberwitzig, auf der Flucht vor den Polizeidivisionen, die jetzt die Feuerleiter herabfluteten, ungeniert durch die Botanik zu wetzen. Ich hörte die Befehle der Cops, blieb aber nicht stehen. Ich lief auf Autopilot; plötzlich fühlte ich mich in meine Kindheit zurückversetzt und sah Wäscheleinen, Mülltonnen und Forts aus ausrangierten

Weihnachtsbäumen. Ratso hatte sich in meinen Kindheitsfreund Steve Worchel verwandelt, und wir preschten durch die sommerlichen Gärten der fünfziger Jahre in Austin, Texas. Wir hatten gerade ein Hornissennest mit Steinen beschmissen und rannten genauso um unser Leben wie Ratso und ich, was mir immer noch dunkel bewußt war. Egal, wer und wie alt man ist, dachte ich, wer um sein Leben rennt, leistet gefährliche, stressige und kräftezehrende Arbeit; Jogging ist nichts dagegen.

»Alles in Ordnung?« fragte Steve Worchel mich.
Aber etwas war nicht in Ordnung. Mein rechter Arm tat mir höllisch weh. Sechs Jahre machte ich dieses Affentheater des Lebens nun schon mit, aber noch nie hatte etwas so weh getan.
»Du bist gestochen worden!« schrie Steve mit der ganzen Panik eines Sechsjährigen.
»Hä?« fragte ich mit der ganzen Ratlosigkeit eines Sechsjährigen.
Plötzlich lüftete sich der Schleier der Kindheit, Steve Worchel wurde zu Jimmie »Ratso« Silman, über vierzig Jahre waren den verdammten Staudamm runtergeflossen, ich lehnte an einer Steinmauer, und auf der anderen Seite hörte man Männerrufe.
»Du bist getroffen worden!« sagte Ratso. »Aber ich glaub', bis zum Wagen schaffen wir's. Ruh dich etwas aus, und dann versuchen wir den Ausfall.«
Meine Oliver-Twist-Jacke zeigte die ersten Blutflecken, aber ein merkwürdiger Friede erfüllte mich.
»Wie fühlst du dich?« fragte Ratso, und in seinen braunen Augen lagen sechstausend Jahre biblischer Bruderliebe.
»Wie in dem Spruch, den die Spinnenfrau Raul Julia ins Ohr flüsterte«, sagte ich. »›Dieser Traum ist kurz, aber es ist ein glücklicher Traum.‹«

17

Diesmal war ich von weit Schlimmerem gestochen worden als damals vor vierzig Jahren. Diesmal war es eine Polizeikugel. Vielleicht konnte man die auch als moderne, ausgewachsene, künstliche Hornisse bezeichnen. Irgendwie hatten Ratso und ich es in eine enge Auffahrt und von dort in den U-Wagen geschafft. Ratso hatte mir mit ein paar flinken Bewegungen den Arm mit einem Stoffstreifen abgebunden; zum Glück war es ein glatter Durchschuß. Ich gönnte mir gerade einen Powerschlummer auf dem Rücksitz, als Ratsos Stimme plötzlich das Loch in der Ozonschicht um meinen Kopf durchdrang.

»Verfluchte Scheiße, die haben die ganze Gegend abgeriegelt. Müssen 'ne Rundumstraßensperre eingerichtet haben.«

»Woher weißt du das?«

»Aus'm Polizeifunk. Wir haben's bloß zum Wagen geschafft, weil sie versehentlich einen streunenden Obdachlosen aufgegriffen haben.«

»Wahrscheinlich Lazarus«, sagte ich und zuckte vor Schmerz zusammen, als ich mich aufrichten wollte.

»Bleib am besten flach liegen«, sagte Ratso. »Inzwischen hat sich rumgesprochen, daß sie den Falschen erwischt haben. Aber ich hab' 'ne Idee, und wenn sie funktioniert, sind wir hier ruckzuck verschwunden.«

»Und wenn nicht?«

»Die funktioniert schon. Ist schließlich nicht das erste Mal.«

»Und wenn ich nun verblute, während wir sie ausprobieren?«

»Dann müssen wir eben doch auf Allah zurückgreifen. Aber keine Bange, wird schon gehen. In meinem Job kriegt man alle naselang Verletzte zu sehen, und bei dir

ist kein Knochen verletzt. Außerdem kenn' ich einen eins a libanesischen Arzt.«
»Hoffentlich hat er ein paar magische Raketenbohnen«, sagte ich und hielt mir den Arm. »Ich fühl' mich, als wär' ich von Mr. Magoo ans Kreuz genagelt worden.«
»Duck dich, und zieh dir die Decke übern Kopf. Der Rattenmann übernimmt das Kommando.«
Sein vollmundiger Wagemut munterte mich zwar nicht gerade auf, aber ich konnte ihm schlecht widersprechen. Vom Rücksitz aus konnte ich nicht erkennen, was Ratso machte oder vorhatte. Das war vielleicht auch besser so.
»Halt deine Jarmulke fest!« schrie er, der Wagen rumpelte über einen Bordstein und schickte Schmerzwellen durch meinen rechten Arm.
Ich klammerte mich, so gut ich konnte, am Sitz fest und schickte Stoßgebete zu allen Göttern, die in Washingtons bewölktem Himmel hausen mochten. Unter meiner Decke hatte ich den Eindruck, als wendete Ratso und steuerte den U-Wagen zu der alten Villa zurück, die wir gerade auf den letzten Drücker hinter uns gelassen hatten und in der zweifellos die wütenden Cops ausgeschwärmt waren. Und einer von denen hatte eine Patrone weniger im Gurt.
»Wehe, du verläßt den Wagen!« schrie Ratso.
»Werd' mich hüten.«
Ratso gab Gas, kam dann mit quietschenden Reifen zum Stehen, und bevor ich noch die Zähne zusammenbeißen konnte, flitzte er schon mit geschulterter Kamera auf das Haus zu. Es war einfach genial. Ich konnte nichts sehen, hörte aber, wie die Cops ihm barsch und unmißverständlich mitteilten, er solle sich zum Teufel scheren. In Null Komma nichts saß er wieder hinterm Lenkrad, machte auf bitter enttäuscht, und die Cops schickten uns ohne Umschweife die Straße hinab und dahin, wo der Pfeffer wächst. Es hatte eben doch seine Vorteile, mit den Massenmedien unter einer Decke zu stecken.
»Wir hatten nicht bloß Schwein, daß wir *davon*gekommen

sind«, sagte Ratso, als wir uns einige Zeit darauf in seiner Wohnung ausruhten, »wir hatten auch Schwein, daß Dr. Fouad *her*gekommen ist.«
»Auf jeden Fall war es angenehmer, als in einer Notaufnahme rumzuhocken, von Cops ausgequetscht zu werden und darauf zu warten, daß dürre jüdische Ärzte und fette schwarze Schwestern einem den Garaus machen wie damals Libby Zion in New York.«
»In der Hauptstadt unseres Vaterlands solltest du mit solchen Bemerkungen vorsichtig sein«, sagte Ratso. »Man könnte deine Bemerkungen glatt als politisch inkorrekt auslegen.«
»Das Schild FARBIGE MÄNNER an deiner Klotür auch.«
Ich sah mich um und stellte fest, daß ich nicht nur ein Zwei Ratso-Mensch war, sondern daß meine beiden Ratsos auch ähnlich exzentrisch eingerichtet waren. Washington-Ratso konnte es zwar nicht mit New-York-Ratso aufnehmen, gab sich aber redlich Mühe. Wenn man Ratso hieß, sammelte man vielleicht grundsätzlich merkwürdige Objekte und hauste wie eine Packratte. Auf welche Sammelleidenschaft ließ wohl der Name Kinky schließen? Immer abgesehen von Kummer. Ich wollte über solche Fragen lieber nicht zu intensiv nachdenken, und dank Dr. Fouads Raketenbohnen mußte ich das auch nicht. Wie der Moderator einer Talkshow sprang ich von einem Thema zum anderen.
»Wie viele Gitarren hast du hier in der Wohnung?« fragte ich.
»Zwölf«, sagte Ratso. »Zwei mußte ich verkaufen.«
»Tut mir leid für dich. Und wie viele Schlangen?« »Sieben«, sagte er und stellte sich voller Stolz neben eine Reihe von Glaskäfigen. »Das sind Amerikanische Königsschlangen, und ich habe allen Namen gegeben, die mit dem King zu tun haben.«
»King Kong?«
»Nein, dem King of Rock 'n' Roll. Elvis.«

»Nett«, sagte ich und betrachtete die großen Kreaturen, die sich auf der anderen Seite des Glases ringelten.
»Die hier ist Elvis«, sagte Ratso und zeigte auf die größte Schlange. »Die hier heißt Priscilla, die hier Lisa Marie, die Colonel Tom, die Scotty Moore nach Elvis' Gitarristen. Die hier heißt D. J. Fontana wie sein Drummer. Die siebte hat noch keinen Namen.«
»Na«, sagte ich, »hast ja noch Zeit.«
»Für dich ist es Zeit für die Heia. Wirken die Schmerztabletten schon?«
»Von der schnellen Truppe sind sie nicht gerade«, sagte ich und legte mich auf die Couch, »aber die müssen ja auch nicht in die Rentenkasse einzahlen.«
Ich betrachtete eine Weile die Schlangen. Dann betrachtete ich die Gitarren. Dann fragte ich mich, wer es sich leisten konnte, Marschverpflegung für eine halbe Million Dollar herumstehen zu lassen, bloß damit ich Derrick Price nicht auf die Spur kam. Kurz bevor die Raketenbohnen meinen Schädel auf eine Erdumlaufbahn brachten, fand ich die Antwort, aber als ich am Morgen aufwachte, war sie weg. Genau wie ich ein paar Stunden danach.

18

Für einen libanesischen Drusen, dachte ich beim Rückflug nach New York, war Ratso ein großartiger Amerikaner. Er hatte sein Leben für mich aufs Spiel gesetzt und sich mit keiner Silbe über die Scherereien beklagt, die ich ihm gemacht hatte. Er war ein prachtvoller Dr. Watson, und was fast noch wichtiger war, er war ein

wunderbarer Freund. Warum war dieser Ratso bloß so anders als alle anderen Ratsos? Und womit bedankt man sich bei einem Mann, der schon zwölf Gitarren und sieben Amerikanische Königsschlangen hat?
Im Flugzeug schluckte ich noch ein paar von Dr. Fouads Raketenbohnen, und der Schmerz im Arm wich einem dumpfen Pochen. Damit konnte ich leben. Ob ich allerdings noch lange leben würde, wenn ich meine Nase weiterhin so dreist in Derrick Price' Angelegenheiten steckte, war mir schleierhaft. Mir geisterte nach wie vor die Frage durch den Kopf, wer sich wohl so ins Zeug legte, um mich aufs Kreuz zu legen. Wenn ich Derrick Price wirklich fast gefunden hatte, dann konnte mir das doch bitte schön mal jemand sagen. Aber vielleicht hatte dieser Jemand genau das versucht. Ich tappte weiterhin im dunkeln, ob Price noch lebte oder längst tot war, votierte aber für das Leben. Mir drehte sich alles vor Augen, und der Arm schmerzte wieder, als ich mir am La Guardia ein Taxi nahm und in die Vandam Street fuhr. Ich ließ den verschwommenen Dschungel der Großstadt an mir vorbeiziehen und versuchte, an gar nichts zu denken. Ich gestand es mir ungern ein, aber ich war froh, wieder in New York zu sein. Jetzt mußte ich nur noch Polly Price Bericht erstatten und mir überlegen, in welche Richtung ich weiterermitteln wollte, vorausgesetzt, sie wollte mir den Fall nicht wegnehmen und McCloud übertragen, dem Sheriff in New York.
Ich zahlte, schloß die Haustür auf und fuhr in dem alten Lastenaufzug mit der einsamen kahlen Glühbirne in den dritten Stock hoch. Ich zog den Arm aus der Schlinge, die Dr. Fouad mir angelegt hatte, und musterte ihn. Er war noch dran. Fühlte sich bloß so an, als gehörte er tatsächlich in einen Lastenaufzug. Ich steckte ihn in die Schlinge zurück und fand, mein einhändiges Aufschließen der Wohnungstür und mein ebensolches Kofferschleppen machten sich ganz gut.
»Schatz, ich bin wieder da«, sagte ich.

Die Katze wirkte nicht gerade überglücklich, mich zu sehen. Wirken Katzen eigentlich nie. Wahrscheinlich durften sie als Kätzchen nie ihre Wut rauslassen oder ihre Ängste abbauen oder auf andere Weise zu ihren Katzengefühlen stehen. Bestimmt war das der Hauptgrund, warum manche Katzen genau wie viele Menschen später solche Arschlöcher wurden. Aber vielleicht waren sie auch von Natur so.
Im Gegensatz zur Katze strahlte mich der Puppenkopf oben auf dem Kühlschrank mit breitem Lächeln an, als ich zur Tür hereinkam. Das war seltsam, denn ich war mir sicher, daß ich ihn mit dem Gesicht zur gegenüberliegenden Wand gedreht hatte.
Ich öffnete der Katze eine Dose Putenhäppchen in heller Soße, und sie freundete sich ein bißchen mit meiner Anwesenheit im Loft an. Dann sah ich mir den Puppenkopf näher an, der jetzt ziemlich genau im Profil zu mir stand. Ich sah mich kurz im Loft um, aber alles andere war so, wie ich es verlassen hatte. Nur der Puppenkopf hatte sich gedreht. Vielleicht hatte er den Anblick der Wand satt. Sie war fast völlig mit einer riesigen amerikanischen Fahne bedeckt, die ich vor ewigen Zeiten von Vaughn Meader geschenkt bekommen hatte. Möglicherweise mußte man dem Puppenkopf mangelnden Patriotismus vorwerfen.
Ich nahm ihn vom Kühlschrank herab, trat ans Fenster und hielt ihn in der Hand wie Yoricks Schädel. Beim genauen Betrachten des freundlichen Gesichts fiel mir wieder ein, daß auch der Puppenkopf verwundet worden war, als ihn bei einer mitternächtlichen Schießerei im Loft vor ein paar Jahren ein Querschläger aus der Waffe eines kolumbianischen Drogenkartellmitglieds erwischt hatte. Ich hatte ihn damals gewissenhaft wieder zusammengeklebt, und inzwischen fiel die Narbe nur noch auf, wenn man sehr genau hinsah. Ich wußte nicht, ob Mitleid mit einem kleinen Negerpuppenkopf schon krankhaft war, aber momentan waren wir gewissermaßen Blutsbrüder.

Schließlich hatten wir vieles gemeinsam. Beide waren wir lange Zeit allein gewesen. Beide begegneten wir der schnöden Welt mit einem tapferen Lächeln. Und was war nun der Dank? Für unsere guten Werke waren uns Kugeln zuteil geworden. Allerdings hatte er nur eine Kopfverletzung davongetragen.
Ich schluckte noch ein paar von Dr. Fouads Raketenbohnen und spülte mit irischem Whiskey nach; wahrscheinlich brauchte ich den Schwips. Dann ging ich zum Schreibtisch und hörte den Telefonverkehr der letzten vierundzwanzig Stunden ab. Der Anrufbeantworter hatte fünf Nachrichten aufgezeichnet. Eine kam von Rambam, der sich zurückmeldete, aber erst mal ausschlafen und achtundvierzig Stunden lang nicht gestört werden wollte.
»Verstärkung!« rief ich der Katze zu.
Die Katze sah mich an, als brauchte ich dringend einen Arzt.
Die zweite Nachricht kam von Stephanie DuPont, die mich angerufen hatte, kurz nachdem ihre Concorde auf dem Kennedy Airport gelandet war. Ihre Stimme wurde von atmosphärischen Störungen überlagert, klang aber vielversprechend.
»Der Lockruf der Liebe ertönt wieder!« rief ich der Katze zu.
Die Katze nahm diese aufregende Nachricht zur Kenntnis und fing an, sich ziemlich intime Körperregionen zu lecken. »Vielleicht sogar das«, sagte ich.
Die letzten drei Anrufe stammten von McGovern. Alle drei waren MIT-Anrufe, und einer klang immer durchgeknallter als der andere. Anscheinend hatte er weitere Drohanrufe von Leaning Jesus erhalten.
Ich würde ihn natürlich zurückrufen, fühlte mich jedoch verpflichtet, trotz unverrichteter Dinge zunächst Polly Price anzurufen. Schließlich war sie meine gegenwärtige Klientin. Meine echte Klientin. Meine zahlende Klientin. McGovern und sein Wahnsinn – ob nun wirklich oder

halluziniert – würden sich mit dem Rücksitz im Familien-DeSoto begnügen müssen.
Ich wählte Pollys Nummer, und während es bei ihr klingelte, griff ich mit dem gesunden Arm an mir vorbei und zog die Schreibtischschublade auf. Das ging ganz gut, aber als ich in die Schublade sah, wartete eine Überraschung auf mich.
Alle Kontoauszüge, Papiere und Akten von Derrick Price waren verschwunden.
»Hallo?« sagte Polly Price.
»Gut, daß ich Sie erreiche«, sagte ich. »Ich hatte schon Angst, ich hätte Ihre Nummer verlegt.«
»Was haben Sie in Washington herausgefunden?« wollte sie wissen. Die Reserviertheit in Person.
»Was halten Sie davon, wenn wir uns heute abend treffen? Rein privat. Wir trinken was und ...«
»Jetzt hören Sie mal gut zu«, sagte sie. »Mein Mann ist verschwunden, und ich habe keine Ahnung, ob er in Gefahr schwebt oder ob ihm etwas zugestoßen ist. Ich habe Ihnen vertraut und darauf gebaut, daß Sie ihn finden. Und da wollen Sie sich *privat* treffen und betrinken? Wofür halten Sie mich eigentlich?«
»Ich hol' Sie gegen acht ab«, sagte ich.

19

Vielleicht war mir etwas entgangen, sagte ich mir. Vielleicht waren in letzter Zeit nicht nur Derrick Price' Unterlagen und ein paar Gramm Armfleisch flötengegangen. Falls Polly Price mir etwas verschwieg, war es

Viertel nach höchste Zeit, ihr auf den Zahn zu fühlen. Jemand hatte Ratso und mir in Washington eine Falle gestellt. Jemand hatte gewußt oder fest damit gerechnet, daß ich bei Roscoe West & Partner antanzen würde. Deswegen hatte man dort das Kokain plaziert. Deswegen war die Telefonverbindung nicht unterbrochen worden, nachdem jemand den Notruf alarmiert hatte. Der Hörer neben dem Telefon sorgte zwangsläufig dafür, daß die Notruf-Telefonistinnen, die Rambam zufolge in der Nahrungskette noch unter den Zustellungsbeauftragten standen, irgendwann spitzkriegten, daß etwas nicht stimmte, und ein paar Streifen losschickten.

Nachdem ich die Fakten einige Zeit in meinem Denktopf umgerührt hatte, war ich ziemlich sicher, daß die Fallensteller so vorgegangen sein mußten. Jetzt brauchte ich nur noch ihr Motiv. Von der Katze und mir einmal abgesehen, hatten nur zwei Menschen überhaupt gewußt, daß ich nach Washington wollte – Ratso und Polly Price. Aber die Einzelheiten meines Besuchs waren selbst diesen beiden unbekannt gewesen. Ratso hatte die Adresse erst erfahren, als ich am Flughafen in seinen Übertragungswagen geklettert war. Und Polly hatte von meinen Plänen in der Hauptstadt praktisch nichts gewußt.

Die logische Erklärung für den Hinterhalt war, daß irgendwer, den ich während der Schnitzeljagd gesprochen hatte, von meiner Suche Wind bekommen und jemand anders gewarnt hatte, der daraufhin einen dritten warnte, und wenn Ratsos aggressiver Auftritt mit der Kamera weniger glimpflich verlaufen wäre, säßen wir wahrscheinlich immer noch hinter schwedischen Gardinen und suchten unsere Schnürsenkel. Es gehört zu den unliebsamen Begleiterscheinungen im Leben eines Privatdetektivs, daß man grundsätzlich niemandem trauen kann, nicht einmal den ältesten Freunden und nicht einmal der gramgebeugten Klientin selbst.

Ein Amateurdetektiv muß sich angewöhnen, grundsätzlich jeden Mitmenschen zu verdächtigen. Manche Freundschaft geht deswegen in die Brüche, aber diese altehrwürdige, bewährte Methode eines Sherlock Holmes ist fast so unfehlbar wie Käpt'n Käppi im Vatikan. Am Ende besitzt man wahrscheinlich nicht mehr viele Freunde, aber dafür ist man im Besitz der Wahrheit. Die Wahrheit kann bekanntlich der drögeste, lähmend dämlichste Begleiter auf der ganzen Welt sein, aber der Amateurdetektiv führt nun einmal ein einsames Mönchsdasein.

Nachdem ich eine Weile diesen Grübeleien nachgehangen hatte, bekam ich endlich den Arsch hoch und studierte sorgfältig Tür und Fenster des Lofts. Mir fielen nirgends neue Kratzspuren an den Schlössern oder andere Zeichen auf, die auf Einbruch hindeuteten. Da waren Profis am Werk gewesen. Und augenscheinlich hatten sie nur die Unterlagen gesucht, die meine Klientin mir vor kurzem gegeben hatte. Heute abend mußte ich herausfinden, ob Polly die Unterlagen ihres Mannes Dritten gegenüber erwähnt oder gar angesprochen hatte, daß ich mit der Ermittlung beauftragt worden war.

»Hast du jemanden gesehen?« stellte ich die Katze zur Rede. »Ist letzte Nacht zufällig jemand eingestiegen, hat sich gründlich umgesehen, den Schreibtisch durchsucht und einen großen gelben Umschlag mitgenommen? Ist der Betreffende daraufhin zum Kühlschrank gegangen und hat den Puppenkopf untersucht? Hast du jemanden gesehen, auf den diese Beschreibung paßt?«

Die Katze reagierte nicht. Wahrscheinlich war ihr wieder mal alles schnuppe. Sie war es gewohnt, daß sich launische Menschen plan- und ziellos durch den Rand ihres Gesichtsfelds treiben ließen. Eine Katze schiebt alle Menschen an den Rand ihres Lebens ab. Die meisten Menschen behandeln die meisten Menschen nicht anders. Dummerweise sind die Ränder unseres Gesichtsfelds nicht so groß oder so gut entwickelt wie die einer Katze.

Ich zündete mir eine Zigarre an, lief ein wenig auf und ab, und die Katze beobachtete mich aus ihrem Schaukelstuhl. Bei der grob geschätzt siebten Runde über den verstaubten Dielenboden fiel mir eine weitere Veränderung im Loft auf. Der blaue Daunenschlafsack, der in grauer Vorzeit von Ryan Kalmin im Basislager vergessen worden war, hatte vor meinem Aufbruch nach Washington sauber zusammengefaltet auf dem Sofa gelegen. Jetzt lag er unordentlich auf dem Boden am Fenster zur Feuerleiter.

Es entging mir keineswegs, daß der Schlafsack ein Indiz war, aber ich wollte meinen Verdacht von Rambam bestätigen lassen, und der lag noch mindestens dreiundvierzig Stunden lang im Winterschlaf. Vielleicht mußte ich ihn wecken und vor Schreck zur Seite springen lassen. Ich untersuchte erneut das Fenster zur Feuerleiter. Es machte nicht den Eindruck, als hätte sich jemand daran zu schaffen gemacht.

Ich wollte Polly Price ins Asti's ausführen. Dort ging es zwar meistens hoch her, aber was ich ihr zu sagen hatte, würde ziemlich schnell gehen. Vielleicht sollte ich McGovern einladen, später dazuzustoßen. Polly hatte gesagt, sie wolle ihn kennenlernen, bevor er in die Psychiatrie eingeliefert werde, und nach seinen letzten Nachrichten auf meinem Anrufbeantworter zu schließen, war das nur noch eine Frage der Zeit. Schließlich spricht nichts gegen ein großes, unglückliches Familientreffen, sagte ich mir und legte mich zu einem kurzen Powerschlummer aufs Sofa, bevor der Abend mit seinen Zerstreuungen hereinbrach.

Wahrscheinlich sollte ich noch ein paar von Dr. Fouads Raketenbohnen einwerfen, bevor ich Polly abholte und wir uns mit McGovern trafen. Wenn ich zwei Fliegen mit einer Klappe schlagen wollte, brauchte auch meine Klappe Nachschlag.

20

Als Augie mich und Polly zu unserem Tisch im Asti's führte, war die fette Lady schon am Singen. Nun war die fette Lady im Asti's immer am Singen. Oder jemand verkleidete sich als Torero und spielte eine Oper nach. Oder begleitete den Pianisten Eddie auf der Registrierkasse und den Flaschen hinter der Bar. Der Tisch war nicht gerade ruhig oder romantisch, aber den Gästen, die an ihm Platz nahmen, war leider auch nicht nach Ruhe oder Romantik. Im Gegenteil, als wir Drinks bestellt hatten und Asti's Antipasti de Luxe serviert bekamen, waren wir schon zur offenen Feldschlacht übergegangen. Die anderen Speisenden störte unser Streit nicht weiter, vermutlich glaubten sie, wir gehörten zur Show. Allerdings war es keine Verdauungshilfe für das bekanntermaßen üppige Mahl, das Augie seinen Gästen angedeihen ließ.

»Ich will bloß wissen, was in Washington los war«, sagte Polly, als sie auf ihren zweiten Scotch wartete. »Wie konnten Sie sich bloß anschießen lassen, und was hat das alles mit der Suche nach Derrick zu tun?« In ihren blauen Augen wehte ein Eishauch.

»Ich kann Ihnen alles haarklein erzählen«, sagte ich, »wenn Sie versprechen, mir eine Frage wahrheitsgemäß zu beantworten.«

»Einverstanden«, sagte sie und nickte, als der Ober ihr den Scotch hinstellte. Polly, wurde mir klar, war eine Frau, die einen Drink vertragen konnte. Zumindest unter gewissen Umständen, zu denen in diesem Fall ich gehörte.

»Nichts da von wegen ›einverstanden‹«, sagte ich und durchbohrte sie mit meinem besten Blick des abgebrühten Weicheis. »Ich will Ihr Versprechen, daß Sie mit der gesamten Wahrheit rausrücken.«

»Versprochen«, sagte sie eisig.

»Prima«, sagte ich. »Wir sollten öfter privat ausgehen.«
»Davon träumen Sie wohl«, sagte sie.
Ich sah mich in der vergeblichen Hoffnung um, McGovern möge früher kommen als geplant. Wenn sich die Dinge so weiterentwickelten, brauchten wir einen Puffer, noch bevor die Speisekarte kam, oder ich mußte meine Klientin auffordern, mit mir vor die Tür zu gehen.
»Träume sind doch was Feines«, sagte ich, um das Gespräch in Gang zu halten. »Lawrence von Arabien hat gesagt, die Männer, die in den Tag hineinträumten, seien die gefährlichsten.«
»Wenn Sie sich daran gehalten haben, will ich meinen Vorschuß zurück«, sagte sie.
So neckten wir uns eine Zeitlang, und ich betrank mich an ihrer Schönheit, die Zorn und Ungeduld noch berauschender machten. Außerdem mußte ich die Zeit totschlagen, solange ich mir nicht darüber im klaren war, was genau ich ihr erzählen wollte. Schließlich entschied ich mich, ihr alles so wiederzugeben, wie es sich zugetragen hatte. Ich konnte nur hoffen, daß sie genauso mitteilsam war. Wenn nicht, war es schließlich ihre Beerdigung. Das heißt, angesichts der Ereignisse der letzten Tage konnte es leicht meine werden.
In der Zeit zwischen Bestellaufnahme und Servieren des Hauptgerichts konnte ich fast alles wiederkäuen, was in Washington passiert war. Während Polly in ihrem Salat herumstocherte, erzählte ich ihr, daß jemand ins Loft eingebrochen war und Derricks Unterlagen gestohlen hatte. Bei der Beschreibung, wie ich von den Cops angeschossen worden war, verzog sie zwar kurz das Gesicht, was man als Mitleid mißverstehen konnte, aber insgesamt nahm sie alles mit stoischer Gelassenheit zur Kenntnis.
»Jemand will also verhindern, daß Sie Derrick finden«, sagte sie.
»Oder Derrick will verhindern, daß ich Derrick finde«, sagte ich.

Diese Vorstellung schmeckte Polly auch weiterhin nicht, aber wer zu spät schnallt, den bestraft die Lebenslüge. Wir sind nie der, für den wir uns halten, die Leute, die wir zu kennen glauben, sind nie die Leute, für die wir sie halten, und der kleine Countrysender hält seine Frequenz nie lange genug, daß man mal das Ende des Stücks mitbekäme. Immer wenn Cinderella Rockefeller heiratet, steht Jesse James schon bereit.
»Und das paßt bestens zu meiner Frage an Sie. Wenn Sie so erpicht darauf sind, Ihren Mann zu finden, warum rufen Sie dann nicht die Polizei? Die Wahrheit, Polly. Sie haben mir die volle Wahrheit versprochen.«
Polly sah auf ihren Hummer Fra Diavolo hinab. Jetzt sang die fette Lady »Happy Talk« aus *South Pacific: »You've got to have a dream ... If you don't have a dream ... How you gonna have a dream come true?«*
Natürlich hatte Polly einen Traum. Aber wie so oft in unserer alten, körnigen Schwarzweißwelt verwandelte sich ihr Traum in den Alptraum eines anderen. Und als ich die blaue Träne sah, die in ihren Chivas tropfte, wurde mir klar, daß ich dieser andere war.
»Derrick steckt nicht zum ersten Mal in der Klemme«, sagte sie mit erstickter Stimme. »Es gab da mal finanzielle Ungereimtheiten. Seine Partner haben dafür gesorgt, daß die Sache damals unter den Teppich gekehrt wurde. Ich hatte gehofft, es würde nicht wieder vorkommen. Er hatte es mir versprochen. Ich weiß weder aus noch ein. Ich kann nicht zur Polizei gehen. Helfen Sie mir trotzdem, ihn zu finden?«
Ich nahm Pollys Hand und drückte sie. Ihre Augen hatten die Farbe der Viehweiden von Kentucky nach dem Regen.
»Wo er auch sein und was er auch ausgefressen haben mag«, sagte ich, »Sie können auf mich zählen.«
Polly drückte mir so herzzerreißend die Hand wie ein Kind, für das jetzt alles wieder gut wird.

Dann drückte sich ein großer Mann auf den Stuhl neben mir. Es war McGovern, und seine überschäumende Laune ließ vermuten, daß er schon ein paar der großen, nach ihm benannten Drinks intus hatte.
»Darf ich raten, was deinem Arm passiert ist?« fragte er laut genug, um die Gäste an etlichen Tischen um uns herum von ihrer Pasta aufsehen zu lassen. »Du wolltest dir einen runterholen, und da sind dir die Eier explodiert.«

21

McGovern konnte aber auch ganz charmant sein. Er hatte in seinem Leben viele faszinierende Menschen und darunter auch sich selbst kennengelernt. Wahrscheinlich war das ein Teil seines Problems: Wie gut kannte er sich? Ich war kein Psychiater und wußte es nicht. Ich wußte nur, wenn ich Psychiater wäre, hätte ich sicher nur wenige Patienten, weil ich nicht ständig ein Täßchen Tee trinken und mich nach ihren Gefühlen erkundigen würde. Ich würde sie wegen ihres Selbstmitleids mit einem Tritt in den Arsch aus dem Sprechzimmer befördern und sie daran erinnern, daß so ein Tritt in den Arsch manche Leute erst richtig auf Trab bringt. Und nachdem ich ihnen Feuer unterm Arsch gemacht hätte, würde ich ihnen mit meinen Honoraren den Arsch aufreißen. Hörte sich nach einer verlockenden Branche an. Zweifellos gab es Menschen auf der Welt, die Hilfe brauchten, sicher mehr, als ich an Hilfe anzubieten hatte. Dummerweise saßen mindestens zwei davon an meinem Tisch.
Aber sie waren nicht allein. Auch ich hatte schließlich

meine Probleme. Mit einem Arm in einer Schlinge ist das Zerschneiden eines cognacgetränkten, großen, haarigen Pfeffersteaks schwieriger als japanische Arithmetik. Irgendwie gelang es mir. Ich war hoch erfreut, daß McGoverns irischer Charme bei Polly Price Anklang fand. Während er zurückhaltend, humorvoll und farbenfroh Anekdoten über seine Probleme erzählte, schien sich ihr kurvenreicher Körper zu entspannen. Eben hatte sie noch geweint, jetzt lächelte sie schon teilnahmsvoll, lachte und schüttelte ungläubig ihr hübsches Köpfchen.

Durch McGoverns Auftauchen kam ich nicht nur zum Essen, sondern hatte auch Zeit, Pollys Offenbarungen über den schillernden Charakter ihres Mannes zu verdauen. Es bestätigte sich, was ich schon seit geraumer Zeit vermutet hatte: Derrick war der Drahtzieher oder einer der Drahtzieher seines eigenen Verschwindens. Das bedeutete nicht, daß er außer Gefahr war, aber der Fall war zumindest keine Angelegenheit auf Leben und Tod mehr. Das verschaffte mir vielleicht etwas Zeit und beleuchtete neue mögliche Stoßrichtungen der Ermittlung.

Es zeichnete sich immer deutlicher ab, daß Derrick nicht der gottesfürchtige kleine Kirchgänger war, als den Polly ihn zunächst beschrieben hatte. Offenbar hatte er irgendwelchen Dreck am Stecken und war deshalb unter die Räder gekommen. Das Finden würde wohl kaum Probleme machen. Ich hoffte bloß, ihn nicht im Kofferraum eines Mietwagens am Kennedy Airport zu finden. Aber wenigstens wußte ich jetzt verdammt genau, wonach ich zu suchen hatte. Die meisten Menschen mußten sich mit weniger zufriedengeben.

»Erzählen Sie mal von diesem Leaning Jesus«, sagte Polly.

»Der müßte längst unter der Erde sein«, sagte McGovern. »Na gut, Kinky von Rechts wegen auch.«

»Das mußt gerade du sagen«, sagte ich unwirsch. »Wir beide haben doch praktisch dieselben Dämonen bekämpft.«

»Leaning Jesus?« fragte Polly wie ein kleines Kind, das wissen will, ob man ihm etwas mitgebracht hat.
»Seinetwegen wollte ich unseren Lord Peter Wimsey hier sprechen«, sagte McGovern. »Seit deinem Abflug hab' ich nämlich noch drei Anrufe von ihm bekommen.«
»Nach deiner Chronologie müßte er ungefähr hundertsieben Jahre alt sein«, sagte ich.
»Nun übertreib mal nicht. Als ich ihn kennengelernt hab', war ich sechzehn. Eine halbe Portion. Er hat mir Kochen und Hollywood-Romme beigebracht und mich einer älteren Frau vorgestellt, die mich in den Lauf der Welt einweihte.«
»Da mußt du noch vieles lernen, McGovern«, sagte ich, von der Konversation zunehmend gelangweilt. Aber Polly war hingerissen.
»Und er war wirklich und wahrhaftig Al Capones Leibkoch?« fragte sie.
»Wahrscheinlich hatte er auch noch andere Pflichten«, sagte McGovern. »Aber als Koch habe ich ihn kennengelernt.« Er beriet sich kurz mit einem Ober, und wie von Geisterhand erschien kurz darauf ein Wodka McGovern vor ihm.
»Haben Sie auch Capone kennengelernt?« wollte Polly wissen.
»Nein. Capone ist 1932 für elf Jahre hinter Gitter gewandert, und die letzten neun hat er auf Alcatraz abgesessen. Nach seiner Entlassung hat er sich auf sein Anwesen auf Palm Island vor Florida zurückgezogen, und da ist er 1947 gestorben. Das war also etwas vor meiner Zeit.«
»Wenn auch nicht viel«, sagte ich.
»Jedenfalls war ich erst sechzehn, und Leaning Jesus war damals in meinen Augen schon ein alter Mann. Aber da kann ich mich natürlich getäuscht haben. Es ist durchaus denkbar, daß er noch lebt und jetzt in den Achtzigern ist.«
»Es ist auch denkbar«, sagte ich, »daß die Anrufe Ferngespräche vom Jupiter sind. Wie meldet er sich denn? ›Hi,

hier ist Leaning Jesus, und du bekommst demnächst den großen Preis der Clearingstelle vom Verlegerausschuß.‹?«
»Schluß jetzt, Kinky«, sagte Polly, die eindeutig für McGovern Partei ergriff. »Lassen Sie Mike doch mal ausreden.«
»Na ja«, sagte McGovern und leerte seinen Drink, um sich für seine weibliche Zuhörerschaft in Schwung zu bringen, »es ist irgendwie merkwürdig. Der letzte Anruf klang verärgert. Das war fast eine Drohung.«
»Was hat er denn gesagt?« fragte ich und fühlte mich trotz der lächerlichen Situation nicht ganz wohl in meiner Haut.
»Er sagte: ›Du hast es. Ich weiß, daß du's hast. Gib auf. Kleiner.‹«
In McGoverns Mund war Leaning Jesus ein alter Mafioso mit irischem Einschlag. Polly hatte verzückt gelauscht. Dann erschauerte sie kurz.
»Okay, McGovern«, sagte ich. »Nehmen wir um des lieben Friedens willen an, daß du wirklich von Leaning Jesus angerufen wirst. Was zum Teufel könnte er von dir haben wollen?«
»Da bin ich überfragt«, sagte McGovern. »Ich weiß bloß, was *ich* haben will.«
»Nämlich?« fragte Polly.
»Noch einen Wodka McGovern«, sagte er.

22

1953, als ich sieben Jahre alt gewesen sein muß, sind meine Eltern mit mir zu einer Vorstellung von Shoshone dem Zauberpony gegangen. Im selben Jahr kauften

Tom und Min Friedman die Echo Hill Ranch, machten sie zu einem Ferienlager und bescherten Tausenden von Jungen und Mädchen glückliche und sorgenfreie Sommer voller Spaß. Mir bescherte Echo Hill den Schauplatz eines meiner erfolgreicheren Fälle, den ich in *Gürteltier und Spitzenhäubchen* aufgezeichnet habe. Für die Friedmans und für Wein war 1953 vielleicht ein gutes Jahr – für fast alle anderen und für fast alles andere war es schlimm. Hank Williams mußte damals ebenso wie Julius und Ethel Rosenberg das letzte Hemd anziehen, und vermutlich wußte keiner der drei, daß sie beim selben Schneider arbeiten ließen. Hank hatte sich Hirn, Herz und andere innere Organe zur Vergebung unserer Schuld mit elf verschiedenen Kräutern und Gewürzen gegrillt. Julius und Ethel, die man (fälschlich, wie vielerorts geglaubt wird) der Spionage für die Sowjetunion bezichtigte, wurden von unserer Regierung gegrillt und beteuerten bis zuletzt ihre Unschuld und ihre Liebe füreinander. Hanks Songs beteuerten seine Unschuld und seine unbegreifliche Menschenliebe. Hank und die Rosenbergs hatten kaum etwas gemeinsam, außer daß sich ein kleiner Junge in Texas bei all ihren Toden die Augen aus dem Kopf weinte.
Der Junge hatte auch ein Jahr zuvor geweint, als Adlai Stevenson beim Betriebsausflug das Sackhüpfen gegen den guten alten Ike verloren hatte, den Garth Brooks unter den Präsidenten. Ike sollte sich als der wichtigste politische Führer seit Millard Fillmore entpuppen und ist heute noch so populär wie die Ketchupflasche auf Amerikas Küchentischen, auch wenn Lenny Bruce und Judy Garland, die wie Elvis auf dem Klo sterben sollten, für die Dauer seiner beiden Amtszeiten nicht aus dem Haus gingen.
Der Junge hatte damals also oft weinen müssen, aber gottlob ließ er sich von menschlichen Tragödien dieser Art nicht die glückliche Kindheit verderben. Auch als Erwachsener weinte er noch dann und wann, aber da waren

die Tränen im oder mit dem bloßen Auge nicht mehr zu sehen, denn von menschlichen Tragödien dieser Art ließ er sich nicht die Cocktailstunde verderben. Aber in seiner Kindheit dürften die Tränen seinen Eltern aufgefallen sein. Vielleicht waren sie deshalb mit ihm zur Vorstellung von Shoshone dem Zauberpony gefahren.

An dem wolkenverhangenen Tag nach dem Abendessen im Asti's blickte ich nachmittags über die Vandam Street hinaus und träumte in den Tag hinein wie Lawrence von Arabien. Ich konnte es mir leisten, in den Tag hineinzuträumen. Der Abend mit Polly war glücklich überstanden, und es hatte mich nicht einmal gejuckt, als McGovern und sie Telefonnummern und Hobbys ausgetauscht hatten, womit sie ihre Fanclubs geringfügig vergrößerten, während meiner unaufhaltsam weiter atrophierte. Ich war nicht eifersüchtig auf Pollys offenkundige Schwäche für meinen irischen Lieblingsdichter. Noch nicht.

Auch Rambam hatte ich endlich erreicht und erwartete ihn im Lauf des Nachmittags. Ich hatte das Gefühl, er könnte mir bei einigen Fragen weiterhelfen, die mit dem Verbleib von Derrick Price zu tun hatten. Wenn dann noch Zeit blieb, konnte ich ja ausprobieren, Leaning Jesus den Kopf zurechtzurücken.

Ich blickte in den kalten, langweiligen Nachmittag hinaus und wanderte in Gedanken zu jenem Sommer des Jahres 1953 zurück. Auf dem kleinen Rodeoplatz in der Nähe von Bandera, Texas, hatte der Lautsprecher gerade den Auftritt von Shoshone dem Zauberpony angesagt. Tom und Min, meine Eltern, saßen neben mir und meinem kleinen Bruder Roger auf der splittrigen Zuschauertribüne. Plötzlich sahen wir alle gebannt in die Arena hinab.

Geführt von einem alten Cowboy mit Rauschebart, kam Shoshone herangetänzelt. Der Cowboy nahm ihm Zügel und Zaumzeug ab, und das Pony verbeugte sich artig nach allen Seiten. Shoshone trug einen wunderschönen

Sattel und eine große Satteldecke, an der rote, weiße und blaue Pailletten glitzerten. Dann trat der alte Cowboy zurück, und Musik erklang. Es war der »Tennessee Waltz«, und Shoshone das Zauberpony begann zu tanzen. Selbst uns Kindern im Publikum war von Anfang an klar, daß in Wirklichkeit zwei Männer in Shoshone steckten. Das merkte man an seinen durchdachten, fließenden Tanzschritten und daran, daß es sich manchmal auf urkomische Weise in verschiedene Richtungen zugleich bewegte und ab und zu auf drollige Weise, die nicht zu einem Pony paßte, den Rücken krümmte und durchbog. Ich mußte so sehr lachen, daß ich für kurze Zeit Hank Williams, Adlai Stevenson, die Rosenbergs und mich selbst vergaß. Die Tänzer im Ponykostüm waren so gut, daß ich sogar sie vergaß.

Dann war der »Tennessee Waltz« vorbei.

Shoshone machte eine tiefe Theaterverbeugung. Alles lachte, klatschte und johlte. Der alte Cowboy nahm seinen Hut ab. Dann nahm er seinen Bart ab. Dann nahm er die Maske des alten Cowboys ab, und wir sahen verdutzt, daß der alte Knacker in Wirklichkeit eine knackige junge Frau war.

Sie nahm Shoshone den Sattel ab. Dann nahm sie die Satteldecke ab. Ich fiel aus allen Wolken, als nur noch Shoshone das Zauberpony dastand. Shoshone war ein echtes Pferd. »Und was lehrt uns das?« fragte ich die Katze, die während meiner Kindheitsreminiszenzen ihr Spiegelbild in der Fensterscheibe betrachtet hatte. »Das alles will uns doch etwas sagen.«

Die Moral von der Geschicht' wollte die Katze aber anscheinend nicht hören. Sie war völlig in ihr Spiegelbild vertieft. Ich fuhr unbeirrt fort.

»Es will uns sagen, daß der Schein trügt. Und Scheinheilige erst recht. Diese Erkenntnis ist manchmal ein nützliches geistiges Hilfsmittel für Privatdetektive, Menschen im allgemeinen und Katzen im besonderen.«

Ziemlich genau in diesem Moment drang eine herzzerfetzende, primitive, andeutungsweise palästinensische Totenklage von der Straße herauf. Ich warf einen Blick aus dem Fenster und sah, daß Rambam auf dem Fußweg geparkt hatte, ausgestiegen war und eine Hand zu einer eher obskuren Geste von eher deftiger nahöstlicher Obszönität erhoben hatte. Ich machte das Fenster auf.

»Ich frier' mir hier unten den Arsch ab!« schrie er. »Schmeiß endlich den verdammten Puppenkopf runter!«

»Und manchmal«, sagte ich zur Katze, während ich zum Kühlschrank ging, »ist ein Rambam einfach nur ein Rambam.«

23

Kurz darauf saßen Rambam und ich am Küchentisch und tranken Espresso. Die Katze saß auf dem Küchentisch und sah Rambam beim Espressotrinken zu. Zugegeben, es war lächerlich, wenn ein großer, harter Kerl wie Rambam aus einem zierlichen Fingerhütchen trank, aber das gehörte zu den wenigen Geschenken, die ich im vergangenen Jahr von wohlwollenden, wenn auch unter Geschmacksverirrung leidenden Gojim erhalten hatte, und ich war fest entschlossen, es nicht nur zur Aufbewahrung toter Kakerlaken zu verwenden.

»Hast du nichts anderes als diese Scheißmokkatäßchen da?« fragte Rambam, der eine gute Kinderstube mitbrachte.

»Also der Herzoginwitwe von New Jersey haben sie sehr

gefallen«, sagte ich. »Stephanie DuPont hat sie mir geschenkt, bevor sie nach St. Moritz geflogen ist. Möchtest du gern das ganze Set sehen?«

»Danke, kein Bedarf«, sagte Rambam. »Aber du kannst es natürlich rausholen, falls der Schwulenchor von Manhattan dein nächster Klient werden sollte.«

»Darf ich dir den Espresso vielleicht im Stierhorn servieren? Es ist ein großes Privileg, aus dem Stierhorn des Kinksters trinken zu dürfen.«

»Hast du denn in dieser gottverfluchten Wohnung keine einzige Kaffeetasse?«

»Keine, die ich dir guten Gewissens anbieten könnte. Die werden alle für Alexander Flemings Laborexperimente gebraucht. Die einzige brauchbare Kaffeetasse im Loft ist die hier, meine offizielle IMUS-IN-THE-MORNING-Kaffeetasse und selbst die ist nicht besonders in Form.«

»Imus auch nicht«, sagte Rambam und stand auf, um sein Mokkatäßchen nachzufüllen.

»Sag nichts gegen den I-Mann«, sagte ich. »Der scheffelt anderthalb Millionen im Jahr, hat eine schöne neue Frau, die zirka siebenundneunzig Jahre jünger ist als er, und einen riesigen Landsitz in Southport.«

»Aber er hat keinen kleinen Negerpuppenkopf«, sagte Rambam neben dem Kühlschrank und tätschelte den Puppenkopf härter als nötig. »Apropos: Wann ziehst *du* denn endlich in eine bessere Gegend? Sagen wir, egal wohin, Hauptsache, es stößt nicht an die städtische Mülldeponie.«

»Wo doch der Müll trotzdem liegenbleibt.«

»Was du nicht sagst«, sagte Rambam und stand schon wieder auf, um sein Mokkatäßchen nachzufüllen.

Ich lehnte mich zurück, zündete mir eine Zigarre an und fragte mich, wie vorsichtig ich Rambam wohl behandeln mußte. Am Telefon hatte ich ihm nur erzählt, ich hätte eine neue Klientin und einen saftigen Vorschuß, suchte nach einem verschwundenen Ehemann und hätte in un-

serer Bundeshauptstadt schon den Streitschuß eines Cops eingesteckt. Rambam war ein professioneller Privatdetektiv, und es war schließlich nicht sein Fall. Ich wollte seine Freundschaft nicht ausnutzen. Ich wollte nur sein Hirn gründlich anzapfen, damit mir meins nicht weggepustet wurde.
Zwei Zigarren später hatte ich ihn in alles eingeweiht. Zwischendurch war er in regelmäßigen Abständen aufgesprungen, um auf – zumindest für mich – unterhaltsame Weise sein Mokkatäßchen nachzufüllen. Er hatte bereits ein paar scharfsinnige Bemerkungen gemacht. Eine war der Ratschlag gewesen, stehenzubleiben, wenn mir das nächste Mal ein Cop »Stehenbleiben!« zurief, denn andernfalls könnte ich einen Warnschuß direkt zwischen die Augen kriegen. Eine andere war, den Schlafsack auf Abwegen hätte man beim Einbruch wahrscheinlich aufs Fensterbrett gelegt, um keine Spuren zu hinterlassen, was auf ein bemerkenswert ausgeklügeltes Vorgehen schließen ließ. Wieder eine andere hatte ich mir schon selbst zusammengereimt. Daß die Falle in Washington und der Einbruch in New York praktisch zur selben Zeit stattgefunden hatten, deutete darauf hin, daß ich es mit einer ziemlich großen Organisation zu tun hatte.
»Aber woher wußten die überhaupt, daß Polly mich beauftragt hatte?« fragte ich.
»Sie ist wahrscheinlich eine Nullachtfünfzehn-Klientin. Hat's ihrer Busenfreundin erzählt, die's *ihrer* Busenfreundin erzählt hat, und im Handumdrehen hattest du einen Schlafsack auf dem Fensterbrett und 'ne Kugel im Arm. Wie geht's deinem Arm eigentlich?«
»Spielen kann ich noch«, sagte ich.
»Du solltest besser aufpassen. Egal, wer dahintersteckt, er gibt sich verdammt viel Mühe, dich aufzuhalten.«
»Du meinst also, Derrick lebt noch, ja?«
»Solange sie dir nicht seine Leiche vor die Tür legen, solltest du davon ausgehen.«

»Vielleicht warten sie bloß darauf, daß Derrick auf Öl stößt«, sagte ich, »und dann nieten sie ihn um.«
Rambam lachte kurz auf. Es war eher ein Bellen. Von einem Hund, den man nicht an den Hacken haben möchte.
»Ich werd' mal ein paar Sachen für dich abchecken«, sagte Rambam. »Warum die Cops in Washington so schnell vor Ort sein konnten. Und wie jemand es sich leisten konnte, soviel Kokain zum Fenster rauszuwerfen. Das läßt einige Vermutungen zu, und die sind alles andere als beruhigend. Und du solltest vorläufig aus der Schußlinie verschwinden. Das ist sicherer, und außerdem weiß ich sowieso nicht, welche Spuren du im Moment verfolgen könntest.«
»Irgendwas muß ich doch machen können.«
»Du kannst linkshändiges Wichsen üben«, sagte Rambam und ging zur Tür.
»Ich fürchte, das geht nicht«, erklärte ich seinem großen, sich entfernenden Rücken. »Mein Schwanz hat mir den Laufpaß gegeben, als ich in den Dschungeln von Borneo beim Friedenskorps war.«
»Das erklärt natürlich so einiges.«
»Kannst du mir noch einen Rat geben, bevor du abhaust? Was soll ich jetzt mit McGovern und dieser Leaning-Jesus-Kiste machen?«
»Du befolgst die Regel Nummer eins aller guten Privatdetektive: Übernimm niemals einen Fall ohne Honorar.«
»Schon klar, aber meinst du denn, daß da was dran ist?«
»Keine Ahnung«, sagte Rambam und machte die Tür auf.
»Manchmal haben auch Paranoiker echte Feinde.«

24

»Das ist eine messerscharfe Schlußfolgerung«, erklärte ich der Katze. »Rambam weiß, daß ich Linkshänder bin. Er weiß, daß mein rechter Arm verwundet ist. Er weiß, daß ein linkshändiger Baseballbatter mit rechts onaniert. Und umgekehrt. Deswegen hat er gesagt, ich solle das linkshändige Wichsen üben.«

Die Katze schien an meinem schlüpfrigen Lektiönchen Anstoß zu nehmen.

»Keine Angst«, sagte ich. »Ich würde mich selbst dann nicht der Selbstbefleckung ergeben, wenn ich das mit links könnte. Auch nicht zu Phantasien von Polly Price. Weißt du, warum?«

Die Katze wußte nicht, warum. Ich eigentlich auch nicht. Meinen Griffel in den Griff zu kriegen, wäre in dieser Spielphase die natürlichste Sache von der Welt gewesen.

»Hör mal, da kippt doch nicht gleich der göttliche Heilsplan aus der Bahn. Sagen wir, ich übertrete zwei Gebote. Ich lasse meinen Samen in mein Loft fallen und begehre meiner Klientin Arsch. Was kann mir schlimmstenfalls passieren? Daß Gott mich aus dem Verkehr zieht?«

Das Thema lockte meine Katze nicht mehr hinterm Ofen vor und mich, ehrlich gesagt, auch nicht. Ich ging zur Jamesonflasche und gab ihr die Hand, holte das Stierhorn her und goß mir einen großen Whiskey ein. Die ganze Sache war weit hergeholt, dachte ich. Wie sollte ich diesen Armleuchter finden, wenn mir so ein großes, hydraköpfiges Kraftfeld aus Bösem gegenüberstand und dieser Armleuchter dazugehörte?

Ich erinnerte mich an eine Bemerkung meines Vaters aus grauer Vorzeit. Sie lief darauf hinaus, daß man einen Menschen nach der Größe seiner Feinde beurteilen kann. Kleine Feinde lassen auf einen kleinen Geist schließen.

Große Feinde deuten daraufhin, daß man von einem großen Geist besessen ist. Ich erinnerte mich, daß mein Vater für die zweite Hälfte des 20. Jahrhunderts recht ungewöhnliche Helden angeführt hatte: Natan Sharansky und Rosa Parks. Meinem Vater zufolge hatten es beide mit dem System aufgenommen, beide hatten es besiegt, und beide hatten überlebt. Ich brachte einen Toast auf meinen Vater aus, weil nur ein Mann wie er Helden wie Natan Sharansky und Rosa Parks haben konnte. Dann goß ich mir den Whiskey hinter die Binde.

Wie viele Amerikaner hatte die Katze wahrscheinlich noch nie von Natan Sharansky gehört, aber ich fand, den konnte jeder zu Hause nachschlagen. Oder den Mann am Busbahnhof fragen. Auch ich hatte natürlich meine Helden des 20. Jahrhunderts. Hank Williams, den Hillbilly-Shakespeare, und Anne Frank, die jüdische Jeanne d'Arc. Sie hatten es nicht mit dem System aufgenommen, sie hatten es nicht besiegt, und beide waren tot. Na und? Andere Zeiten, andere Windmühlenflügel, dachte ich.

Ich steckte eine Zigarre in Brand und ging zu dem Tischchen mit meinem unbenutzten Schachbrett, das unter Staub und Spinnweben darauf wartete, von Gottes- oder Menschenhand berührt zu werden. Ich setzte mich und studierte das aufgebaute Spiel. Muster sind selbst dann interessant, wenn sie noch gar nicht zu erkennen sind. Ich füllte das Stierhorn nach und versuchte, mich an eine Bemerkung von Polly Price zu erinnern, die mich irgendwann stutzig gemacht hatte. Ich kam nicht darauf, aber sie würde mir schon noch einfallen. Ich sah die Schachfiguren an, sie sahen mich an, und draußen wurde es dunkel. Ich meditierte über dem Brett und dachte an die legendäre Partie, die Abraham Lincoln einst gegen einen ziemlich grantigen Richter am Obersten Gerichtshof gespielt hatte. Während des Spiels wurde Abe pausenlos von seinem kleinen Sohn Tad belästigt. Ihn selber brachte das nicht aus der Ruhe, aber den Richter reizte es bis aufs

Blut. Abe rauchte seine Pfeife, erklärte Tad, er solle sich noch ein bißchen gedulden und gleich nach Beendigung der Partie würde er mit ihm spielen. Tad reagierte mit kindlichem Zorn und fegte plötzlich die Figuren vom Brett. Der Richter am Obersten Gerichtshof war daraufhin in höchstem Aufruhr. Abe hingegen rauchte weiter geruhsam seine Pfeife und musterte das leere Brett, als überlegte er immer noch den nächsten Zug. Schließlich stand er auf und sah den cholerischen alten Richter an. »Die Partie geht an Tad«, sagte er.

Aber die Partie ging nicht an Tad. Auch nicht an Rambam oder Polly Price. Diese Partie würde an mich gehen.

Ich starrte immer noch das Schachspiel an, als die Telefone klingelten. Ich stand auf, latschte zum Schreibtisch und hob den linken Hörer ab.

»Telefonseelsorge«, sagte ich.

»Kinkstah!« sagte eine vertraute Nagerstimme.

Es war Ratso. Nicht Washington. New York.

»Kinkstah!« wiederholte die Stimme etliche Dezibel lauter.

»Ich muß mit dir reden.«

»Na gut, Ratte, dann schieß mal los.«

»Ich hab' grade einen sehr merkwürdigen Anruf von einem Typen namens Leaning Jesus bekommen.«

25

Genau das hätte nicht passieren dürfen. Meine Kräfte zu verzetteln. Das Ziel aus den Augen zu verlieren. Vom Hundertsten ins Tausendste zu kommen. Das

Ende der Fahnenstange zu erreichen. Jede Menge Klischees zu verwenden. Da die Suche nach Derrick Price jedoch mit dem Tempo eines Dreizehenfaultiers vorankam, war es völlig egal, wann und wodurch ich mich verzettelte. Rambam hatte recht. Die Suche nach dem vermißten Price war mein eigentlicher Fall. Aber wenn ich schon – wie sagt man so unschön? – die Zeit totschlagen mußte, konnte ich auch McGovern einen Gefallen tun. Damit verplemperte ich nicht mehr Zeit, als wenn ich mit der Katze plauderte oder mit Tad Lincoln Schach spielte.

Am Abend wartete ich an der Mott Street auf Ratso, rauchte eine Zigarre und machte Small talk mit dem chinesischen Zwerg (man verzeihe das Wortspiel), der auf einer improvisierten Staffelei an der Ecke Pastelle malte. Der Typ hatte echt was drauf, merkte ich, als ich mir im Gegensatz zu Millionen anderer New Yorker Zeit für ihn nahm. Konnte glatt der Toulouse-Lautrec von Chinatown sein. Ich nahm mir vor, irgendwann ein paar seiner Bilder zu kaufen. Bislang hatte sich mein Sammeltrieb zwar auf die Kollektion präkolumbianischen Katzenkots beschränkt, wo ich mir auch immer noch Hoffnungen machte, aber eigentlich konnte ich nicht so verkehrt liegen, wenn ich mir mit Pastellen chinesischer Zwerge ein zweites Standbein verschaffte. Ich wog immer noch Für und Wider ab, als unten auf der Straße eine papageienartige Stimme ertönte.

»Kinkstah! Was geht ab? Kinkstah! Big Wong's!«

Es war Ratso, und ich sah sofort, daß die Gerüchte über seine neue Garderobe übertrieben waren. Er war derselbe Ratso wie eh und je. Rosa Hose, über und über mit knallroten Songtiteln von Elvis Presley bekritzelt. Scheußlich unmodischer Waschbärfellmantel und eine Waschbärmütze, an der noch der kleine Kopf mit den zugenähten Augen baumelte. Uralte rote Schuhe, die ein Mann an den Hacken gehabt hatte, der, wie ich von früher wußte, längst zu Jesus gegangen war. Die einzigen neuen Accessoires, die auf baldige Kapitalzufuhr schließen ließen, waren ein teurer Burberry-Schal und eine Zigarre, die ich auf den zweiten Blick als Habana Montecristo No. 2 in erlesener Torpedoform identifizierte.

»Kinkstah!« wiederholte Ratso sein nervendes Mantra moderner Städter. »Kinkstah!«

»Wie ich sehe, befindet sich dein Zigarrengeschmack auf dem aufsteigenden Ast«, sagte ich, als wir auf dem Weg zu Big Wong's die Mott Street entlangliefen.

»Ja, die sind nicht von schlechten Eltern. Tut mir leid, daß ich dir keine anbieten kann. Mein Anwalt hat sie mir aus einem speziellen Humidor geholt, den ihm ein ehemaliger Klient geschenkt hat.«

»Schön, daß die zu irgendwas gut sind.«

»Humidore?«

»Nein«, sagte ich, »Anwälte.«

Als Ratso und ich bei Big Wong's reinspazierten, war es fast wie in den guten alten Zeiten. Wir hatten noch immer nicht herausgefunden, ob Tom Bakers Theorie zutraf, derzufolge die Ober mich für einen Mafiapaten hielten, weil ich mich beim Trinkgeld nicht lumpen ließ. Auch Ted Manns Auffassung, sie hielten Ratso und mich für ein freundliches Schwulenpaar, weil wir nie mit einer Braut auftauchten, war nicht von der Hand zu weisen. Egal, warum, die Ober und Küchenjungen ließen jedenfalls alles stehen und liegen, kamen auf uns zu und begrüßten uns wie zwei lange verlorene Brüder.

»Oooh-lah-lah! Ooooh-lah-lah!« entboten Ratso und ich unseren Teil des interkulturellen Balzgeschreis.

»Kee-kee! Chee-chee!« respondierten die Ober laut.

Die anderen Speisenden, die fast alle der fernöstlichen Konfession angehörten, sahen kurz hoch, aber ihre Mienen blieben unerträglich unergründlich. Dann konzentrierten sie sich genauso schnell wieder auf ihre Schweinefleischpampe. Ein Zusatz von Ted Manns Theorie besagte, daß »kee-kee« und »chee-chee« im Mandarin

»Spinner« beziehungsweise »Stinker« bedeuteten. Nach der Reaktion der Gäste zu urteilen, war auch das nicht ausgeschlossen.

»Kee-kee«, sagte der Ober und stellte mir ein Glas heißen Tee hin. »Chee-chee«, sagte er und wiederholte die Geste vor Ratso.

»›Kee-kee‹ verballhornt eindeutig Kinky«, sagte ich.

»Falls das stimmt, woher kommt dann ›chee-chee‹?«

»Vom Arschloch des Oberen Pavians. Also, was wollte Leaning Jesus von dir?«

Ratso sah schnell in die Speisekarte, konnte ein schiefes Grinsen aber nicht unterdrücken. Mir war sofort klar, daß er gar keinen Anruf von Leaning Jesus bekommen hatte. Merkwürdigerweise ärgerte ich mich nicht über seinen kleinen Streich. Ich nahm ihn mit philosophischem Gleichmut hin. Nur eine kleine Enttäuschung in einem Leben voller Enttäuschungen, sagte ich mir.

»McGovern hat dir alles erzählt, nehm' ich an«, sagte ich.

»Genau, Sherlock. Und ich habe eine Theorie entwickelt, die einfach faszinierend ist.«

»Das laß mal andere beurteilen«, sagte ich spitz.

Der Ober nahm unsere Bestellungen auf. Ich nahm das mit Knochen gehackte Huhn in Sojasoße und eine Wantan-Mei-Suppe, die schlechthin beste Suppe der Welt, besser noch als die Matzenkloßsuppe im Carnegie Deli. Ratso war richtig niedergeschlagen, als er hörte, das Schwein vom Grill sei aus, tröstete sich dann aber mit drei anderen Gerichten, darunter dem beliebten Tintenfisch mit eingelegtem chinesischem Gemüse.

»Das ist ein klassischer Fall von MIB«, sagte er, noch bevor uns der Ober den Rücken gekehrt hatte.

»MIB?«

»Du weißt schon. MIB. Men in Black. Die wundersamen Wesen, die alle Leute zu Gesicht bekommen, wenn gerade irgendwo ein UFO aufgetaucht sein soll. Steht doch alles bei John Keel in den *Mothman Prophecies*.«

Ich erinnerte mich dunkel an das Buch. Am deutlichsten erinnerte ich mich daran, daß es mir damals eine Heidenangst eingejagt hatte. Es war kein Roman. Der mit Ratso befreundete Keel war ein überspannter Gelehrter, der gewissenhaft den Verfall der meisten Menschen dokumentiert hatte, die je ein UFO gesehen haben wollten. Ein Glück, daß er nicht den Verfall all jener Menschen dokumentiert hatte, die kein UFO gesehen hatten.

»Ist doch sonnenklar«, sagte Ratso. »Sag mal, du schonst deinen rechten Arm ja so. Hast du wieder einen Betäubungspfeil abbekommen wie damals im Madison Square Garden, oder was?«

»Nein, ähm, ich hab' mir einen runtergeholt, und da sind mir die Eier explodiert.« In Sachen McGovern konnte Ratso mir vielleicht wirklich helfen, aber bei der charmanten Naivität, mit der er an manche Fälle heranging, würde diese einbetonierte Kiste alias Derrick-Price-Ermittlung wohl erst recht den Bach runtergehen.

»Typischer Haushaltsunfall«, sagte er. »Wolltest du dich vielleicht auch noch aufhängen, während du deinen Lötkolben angeheizt hast? Autoerotik mit Todesfolge ist unter heutigen Teenagern gar nicht so selten.«

»Noch viel zu selten«, sagte ich grimmig. »Zurück zu McGovern.«

»Ist doch sonnenklar«, wiederholte er. »McGovern sieht ein kleines grünes Männchen. Dann spielen seine elektrischen Geräte verrückt. Der Fernseher schaltet sich auf geheimnisvolle Weise ein und aus. Das Telefon klingelt, klappert, piept und hallt. Der Mixer geht von allein an ...«

»Immer sachte mit den jungen Bräuten. Vom Mixer hat er mir gar nichts erzählt.«

»Doch, doch, Mixer, Fernseher, Telefon. Laut Keel sind das die klassischen elektrischen Störungen, die immer auftreten, wenn jemand ein UFO gesehen hat. Ein Zyniker könnte natürlich behaupten, in McGoverns Wohnung gäbe es einfach ein paar Wackelkontakte.«

»Er würde eher sagen, in McGoverns Gehirn gäbe es ein paar Wackelkontakte.«
In diesem Augenblick kam der Ober mit dem Essen. Ratso unterbrach seine Ausführungen, um Entensoße, Ingwersoße, Sojasoße und scharfes rotes Chiliöl zu bestellen. Ich mußte an die Bemerkung des großen Froschfresserphilosophen Voltaire über die Briten denken: »Die Engländer haben 365 verschiedene Religionen, aber nur eine Soße.« Dann dachte ich an die H.P. Sauce, gegen die McGovern bei Myers of Keswick gewettert hatte. Dann dachte ich an McGovern. Dann nahm Ratso seinen Faden wieder auf, diesmal den Mund halbvoll mit Tintenfisch und eingelegtem chinesischem Gemüse.
»Die Men in Black oder MIB sind entweder Regierungsbeamte oder übernatürliche Wesen und tauchen Keel zufolge immer kurz nach diesen elektrischen Störungen auf. Angeblich tragen sie oft Kleidung, die seit Jahrzehnten aus der Mode ist.«
»Genau wie du.«
»Nein. Ihre Anzüge sind brandneu, und oft sieht man sie in nagelneuen Cadillacs aus den Fünfzigern und Sechzigern, bei denen nachts die Scheinwerfer nicht angeschaltet sind.«
»Kennzeichen aus New Jersey?«
»Mach dich ruhig lustig. Keel hat Tausende von Leuten interviewt, die unheimliche Begegnungen hatten, und McGovern paßt einfach perfekt ins Bild. Der Typ, den er auf der Feuerleiter gesehen haben will, muß einfach ein MIB gewesen sein. Dieser Trick siebzehn mit der trockenen Brieftasche, die vor einem verriegelten Fenster im Regen liegt, paßt wunderbar ins Bild.«
»Ein betrunkener McGovern, der auf der Feuerleiter seine Brieftasche verliert, auch.«
»Aber die Brieftasche war trocken.«
»Das Huhn in Sojasoße auch.«
»Außerdem darfst du den Paranoiafaktor nicht verges-

sen. McGovern glaubt, daß er verfolgt wird, daß man ihm nachspioniert. Niemand glaubt ihm. Nicht mal seine besten Freunde.« Ratsos Eßstäbchen blieben mitten in der Luft stehen, und er sah mich kühl an. Ich erwiderte seinen Blick und schlürfte dann weiter meine Wantan-Mei-Suppe.

»Kapierst du denn nicht, Sherlock? Manchmal reicht die reine Deduktion nicht aus. McGovern macht dasselbe durch wie der Footballtrainer einer High-School, den Keel in Alabama interviewt hat. Republikaner mit Bürstenschnitt, absoluter Spießer. Otto Normalverbraucher, bis er zum ersten Mal ein UFO sieht. Dann kommen die elektrischen Erscheinungen, die Men in Black, die Paranoia, die Skepsis seitens der Familie und Freunde, die Krisen im Alltag, die Besessenheit, die Scheidung, der Alkoholismus, und nach kurzer Zeit hast du ...«

»... einen Durchschnittsamerikaner vor dir?«

In wohltuendem Schweigen aßen wir auf. McGovern mußte Ratso seine Situation sehr ausführlich geschildert haben. Daran war nichts auszusetzen, Ratso war schließlich ein Freund. McGovern brauchte Freunde, wir alle brauchten Freunde. McGovern fühlte sich ja schon von einem alten Mann mit Turban verfolgt. Da konnte ein Ratso auch keinen großen Schaden mehr anrichten. Wenn ich Glück hatte, ließ mich McGovern so lange in Ruhe, bis ich Polly Price' Vertrauen erworben hatte.

Schließlich kam der Ober mit der Rechnung. Ratso machte ein paar Finten in Richtung Brieftasche, aber im Endeffekt zahlte ich und gab ein üppiges Trinkgeld, weil ich möchte, daß mich die Menschen mögen. Auch wenn's nicht bei allen klappt.

Ratso hatte seine bevorstehende Erbschaft mit keinem Wort erwähnt, daher nahm ich an, daß sie immer noch bevorstand. Ich hatte meine Mithilfe mit keinem Wort erwähnt, derentwegen er bei mir in der Kreide stand. Eines schönen Tages würde er zahlen. Ich würde wahre Liebe

finden. Ich würde vergnügt bis ans Ende meiner Tage leben. Die Menschheit würde Frieden finden. Big Wong's wäre weiterhin ein Killerbienenrestaurant, bis eines Tages ein Wichser von der *New York Times* mit Krawatte und Regenschirm auftauchte, eine lobende Kritik über die hiesige Küche schriebe und sie mit ein paar Sternen auszeichnete. Bald darauf würde man Rindfleisch Süßsauer servieren, Glückskekse verteilen, und niemand würde je wieder »keekee« oder »chee-chee« sagen.
Als ich nachts ins Loft kam, waren drei Nachrichten auf dem Anrufbeantworter, die meinen Ermittlungsurlaub torpedierten und mich in heftigsten Aufruhr versetzten. Die erste kam von McGovern, dem gerade zwei ganz in Schwarz gekleidete Männer einen Besuch abgestattet hatten. Der zweite Anrufer war Polly Price, die auf ihrem Anrufbeantworter eine Nachricht vorgefunden hatte, am Tag darauf fände bei Merrill Lynch in Chicago das Meeting von Derrick Price mit den Treuhändern statt. Der dritte Anruf kam von Rambam und war, wie immer bei ihm, kurz und bündig. Derrick Price' Kfz-Zulassung war vor sieben Jahren abgelaufen. Zusammen mit Derrick Price' Lebenszeit.
Ich nahm mir eine frische Zigarre aus Sherlock Holmes' Porzellankopf, musterte sie nachdenklich, riß ein Küchenstreichholz an und steckte ein Ende in Brand. Ich paffte, bis sie glühte wie ein Zigeunerfeuer in weiter Ferne. Dann stand ich auf, ging zur Anrichte und streichelte die Katze.
»Höchste Eisenbahn, Nähe zu suchen«, sagte ich.
Die Katze sagte natürlich nichts.

26

Als der große Jet über dem O'Hare Airport in die Warteschleife ging, folgten in meinem ausgefransten Schädel zahllose Gedanken seinem Beispiel. Ich hatte Polly Price fürs erste nichts von Rambams Entdeckung erzählt, daß ihr geliebter Mann seit sieben Jahren tot war. Von einer solchen Nachricht überfallen zu werden kann für eine Ehefrau ein harter Brocken sein. Außerdem war Rambam beileibe nicht unfehlbar, und mein Glaube an Computer war eher begrenzt. Ferner ging irgend jemand davon aus, Derrick Price würde sich bald bei Merrill Lynch mit seinen Treuhändern treffen. Das klang nach dem Euphemismus einer Geldwaschanlage für die Knete, die Price via Roscoe West & Partner in unsere Landeshauptstadt geschleust hatte. Wenn ich Price bei diesem Meeting in die Finger bekam, war das der lebende Beweis, daß er nicht tot war. Wenn dieses Flugzeug je in O'Hare landete, war das der lebende Beweis, daß ich nicht tot war.

Während wir über Windy City Kreise zogen, starrte ich durchs Fenster in die graue Waschküche, die für das Ziel oder die Ziellosigkeit dieser Ermittlung ein gutes Bild abgab. Inwiefern unterschied sich dieser Flug eigentlich von anderen Flügen? Was hatte ich in Chicago zu suchen, wenn Derrick Price tot war? Die Antwort lautete, daß ich einen bei uns Chefdetektiven sogenannten leisen Verdacht hatte, und ich konnte von Glück reden, wenn er nicht Krach schlug. Meiner Ansicht nach war dies einer der seltenen Fälle, wo sich Rambam und seine abgebrühten Computer irrten.

Ich hatte mich so Knall auf Phall entschlossen, nach Chicago zu fliegen, daß ich nicht einmal meine Klientin eingeweiht hatte. Als Polly mir von dem Anruf wegen Derricks Meeting erzählte, hatte ich so getan, als würde ich mich auf den Hosenboden setzen und die Sache im Auge behalten. Ich teilte Rambams Chauvi-Ansicht nicht, daß jede Klientin alles *ihrer* Busenfreundin erzählt, die es *ihrer* Busenfreundin erzählt, die es ihrer Busenfreundin erzählt, und am Ende muß man nach dem Hasenpanier grapschen, damit einem nicht halb Peru in die Schuhe geschoben wird. Während ich in die entmutigend endlose Suppe hinausstarrte, dachte ich, daß vielmehr mein eigenes telefonisches Sperrfeuer diese Hornissen aufgescheucht hatte. Mehr als ein Streifschuß pro Woche ging mir über die Hutschnur, und deswegen hatte ich mich in Chicago nirgends angemeldet.

»Können Sie schon was sehen?« fragte die Frau auf dem Sitz am Gang und betastete nervös ein Kreuz, das groß genug war, um ein schwimmendes Pferd in die Tiefe zu ziehen.

»Ich sehe, daß uns ein ziemlich unangenehmes Erlebnis bevorsteht«, sagte ich. Wenn überhaupt, wurde der Nebel draußen vor dem Fenster nur dichter.

»Sie können da unten wirklich *gar nichts* erkennen?« fragte sie weiter, und auf der stark behaarten Oberlippe brach ihr der Schweiß aus.

»Moment mal«, sagte ich, preßte die Augen so dicht an die Scheibe, wie mein Hut zuließ, und spähte in die Tiefe. »Einen Augenblick dachte ich, wir hätten gerade den Jordan überquert, aber es war wohl bloß eine Wolke.«

»Leute«, sagte der Pilot über Lautsprecher. Dann machte er eine Pause, und meinen Mitreisenden auf dem Weg ins Grab sank das Herz in die Hose. Es ist immer ein schlechtes Zeichen, wenn ein Pilot nach dem »Leute« eine Pause macht.

»Über O'Hare herrscht dichter Verkehr«, fuhr er nach einer kleinen Ewigkeit fort. »Im Tower hofft man, uns in einer halben Stunde Landeerlaubnis erteilen zu können ...« Kollektives Stöhnen ertönte. Es erinnerte mich an das Geräusch von Gottes Basketball, dem die Luft abgelassen

wird. Oder an das Geräusch des Publikums, wenn Mick Jagger in einem Konzert der Rolling Stones einen Song ankündigt, den sie noch nie gespielt haben.
Dann mischten sich auch noch Turbulenzen ein, was zur niederschmetternden Folge hatte, daß die Dame neben mir ihre Bibel zückte und wie verrückt auf ihren Herrn einzumurmeln begann. Ich wußte nicht mal, wo genau sich mein Herr im Moment eigentlich aufhielt. Vielleicht saß er im Carnegie Deli und futterte ein Salamisandwich. Vielleicht war er auch übers Wochenende ins Grüne gefahren.
Nur zwei Amerikaner wußten, wo ich war. Ich dachte an sie, um mich abzulenken. Rambam hatte versucht, mir den Flug nach Chicago auszureden. Er brauche noch etwas Zeit, um sich über Derrick Price kundig zu machen. Egal, ob der noch lebe oder nicht, Rambam fand, ich solle bei allem, was das Meeting bei Merrill Lynch angehe, äußerst vorsichtig sein. Falls sich dort jemand als Derrick Price ausgebe, dann sei definitiv etwas im Schwange, und koscher sei das dann bestimmt nicht. Davon war Rambam überzeugt. Aber warum sollten die noch unvergeisterten Firmenangehörigen von Merrill Lynch eine Seance für einen Toten abhalten? Offensichtlich stand ich mit meiner Annahme nicht allein, daß Price noch irgendwo dem Drang des Irdischen folgte. Das nächste Problem war, wie ich mich in das Meeting hineinmogeln sollte, aber darum konnte ich mich nach der Landung kümmern. Hoffentlich war es bald soweit, denn inzwischen reckte die Dame am Gang mir ihr Kreuz entgegen und redete in Zungen.
Der zweite Amerikaner, der meinen Verbleib kannte, war McGovern. Im Gegensatz zu Rambam war er Feuer und Flamme, als ich so spontan nach Chicago wollte. Wenn ich erst Polly Price' launischen Mann gefunden hätte, hoffte er wahrscheinlich, hätte ich mehr Zeit, Leaning Jesus aufs Kreuz zu legen.

Plötzlich hörte man das Rumpeln, mit dem das Fahrgestell ausgefahren wurde und einrastete. Die Dame am Gang sah entsetzt von ihrer Bibel hoch.
»Was war denn das?« wollte sie wissen.
»Nichts zu erkennen«, sagte ich. »Vielleicht haben wir gerade die himmlischen Heerscharen zu Kleinholz verarbeitet.«
»Der Herr sei uns gnädig!« schrie sie.
»Amen«, sagte ich verbindlich.
Es war eine ungewöhnliche Ermittlung, dachte ich. Und es war eine ungewöhnliche Beziehung zwischen Klientin und Ermittler. Die üblichen Verdächtigen ließen sich nicht verhaften, weil es keine gab. Es gab nur einen Mann im Schatten, Derrick Price.
Während mir diese düsteren Gedanken durch den Kopf gingen, durchstieß das Flugzeug die letzte Suppenschicht, die uns so lange umgeben hatte, und ich hatte das Gefühl, zum ersten Mal seit Wochen das Tageslicht zu sehen.

27

Die Büros von Merrill Lynch lagen in der City, noch im Loop und ganz in der Nähe des Ortes, wo Abbie Hoffman 1968 seinen Yippieangriff der Leichten Brigade gegen die Polizei von Chicago geführt hatte. Ich aß seinerzeit im Dschungel von Borneo Affenhirn mit den Pygmäen, deshalb entgingen mir die Geschehnisse auf diesem speziellen Kriegsschauplatz. Ich lernte Abbie erst einige Jahre später kennen, im Zimmer Nr. 1010 des New

Yorker Chelsea Hotels, Janis Joplins vormaligem Zimmer. Erst nachdem Abbie auf der Flucht vor dem FBI in den Untergrund gegangen war, wurden wir richtige Freunde. Und erst nach seinem Tod als desillusionierter jüdischer Dinosaurier wurde mir klar, wie wenig sich die Menschen im Grunde doch geändert haben. In einem grausamen, jämmerlichen und oft genug lähmend dämlichen Bataaner Todesmarsch der Geschichte quält sich die Menschheit von einem Jahrtausend zum nächsten. Dabei gibt sie sich alle Mühe. Aber man glaubt eben jahrtausendelang, auf einen Silberstreif zuzulaufen, und am Ende stellt sich heraus, daß es doch wieder nur Jeanne d'Arc ist, deren Haare in Flammen stehen.

Auf der Michigan Avenue stieg ich aus dem Taxi und sah auf die Uhr wie irgendein verstopfter, humorloser Kanzleiteilhaber, der aus dem Bennigan's tritt. Es war halb drei. Um drei fand Derrick Price' lang ersehntes Meeting statt.

Pünktlichkeit ist eine Zier, sagte ich mir und setzte meine australische Buchmachertasche aus Leder auf dem Fußweg ab, direkt neben den zitternden Skelettresten eines Bleistiftverkäufers.

»Früher oder später brauchen Sie einen Bleistift«, sagte er.

»Stimmt genau«, sagte ich, nahm mir einen Bleistift aus seinem Kaffeebecher und schmiß einen Zwanni hinein. Hoffentlich hatte Gott zugeschaut.

Ich warf mir die Buchmachertasche über die Schulter, trottete die Michigan hoch, steckte mir eine Zigarre an und suchte nach dem richtigen Wolkenkratzer. Ich reiste im tiefen Winter mit leichtem Gepäck, wenn auch mit mehr Habe als der Bleistiftverkäufer. In der Tasche steckten bloß ein Zigarrenkistchen, eine Garnitur frische Wäsche und ein handgefertigter Kulturbeutel, den ich vor zwanzig Jahren in Juarez erstanden hatte. Man kann schließlich nie wissen, ob man sich nicht mal schnell abseilen muß.

Ich fand die Adresse auf der Michigan Avenue, schmuggelte die Zigarre am Wachschutz vorbei und entdeckte die Büros von Merrill Lynch auf der Informationstafel. An der Liftbatterie sah ich, wie eine Otiskabine eine große Mitmenschentraube ausspuckte und auf wundersame Weise einen Augenblick leerstand. Ich sprang hinein, drückte die 33, sah zu, wie sich die Türen schlossen, und schwebte himmelwärts. Es war eine einsame Reise, und plötzlich sang ich einen uralten Song der Flying Burrito Brothers: »*On the thirty-third floor, a gold-plated door won't keep out the Lord's burning rain …*«

Auch mich würde keine Tür aufhalten können. Wenn ich wieder in die Eingeweide der Stadt hinabschwebte, wollte ich in meinem Derrick-Price-Puzzle ein paar neue Stücke einsetzen.

Falls Price live und in Farbe hier war, konnte ich meine Zelte natürlich gleich wieder abbrechen und meine Einmannkarawane im Triumphzug nach New York zurückreiten lassen, um ein schiefes Bild und ein paar gemischte Gefühle reicher. Klar, ich wäre von den Socken und sogar ein bißchen enttäuscht, wenn sich Price bei diesem Meeting festnageln ließe und als stinknormaler Schreibtischtäter herausstellte. In Wahrheit wollte ich mehr. Nach den Begebenheiten in Washington und dem Einbruch ins Loft hatte ich mehr verdient, fand ich. Andererseits – das Aufspüren eines Vermißten ist das Aufspüren eines Vermißten. Oder wie es in Hollywood so schön heißt: Eine Nummer ist eine Nummer.

Friedlich paffte ich im leeren Lift meine Zigarre und dachte an Rambam, der von Price' Tod überzeugt war. Falls er recht hatte, dann hatte ich es mit einem Derrick-Price-Imitator zu tun, und der machte seine Sache verdammt gut. Aber durch den irrtümlichen Anruf seines Spießgesellen war er jetzt vielleicht über die eigenen Füße gestolpert. Egal, wer er war. Rambam sagte immer, Identitäten seien kinderleicht zu fälschen, wenn man methodisch vorgehe und ein bißchen Geld unters Volk bringe. Da steht McTöffels Wagen. Da liegt McTöffels Büro. Dort ist McTöffels Firma. Also muß es einen McTöffel geben. Obwohl es oft genug keinen gibt. Allerdings gibt es dann gewöhnlich auch keine Mrs. McTöffel.

Die Türen gingen auf, bevor ich den Gedanken weiter ausgesponnen hatte. Es gab keinen Liftboy, dem ich »gute Fahrt« wünschen konnte, also stiefelte ich in die Halle, und ein Yuppiepärchen betrat den Fahrstuhl. Beide sprangen sofort wieder heraus, und die Frau fächelte ihrem Schnabel auf übertriebene Art und Weise Luft zu.

»Sie haben vielleicht Nerven, Mann!« rief der Mann mir durch den Korridor nach. »Sie haben vielleicht Nerven.«

Ich ging unbeirrt weiter. Ich konnte meine Leibeswinde doch nicht vom Freigang abhalten. Dann mußten die beiden eben auf den nächsten Lift warten. Das machten solche Leute doch immer.

Die Empfangsdame von Merrill Lynch sah nur kurz von ihren Raumschiffkonsolen hoch, aber wenn Blicke töten könnten, hätte mein Totenschein hier die Unterschrift bekommen.

»Womit kann ich dienen?« fragte sie.

»Ich suche …«

»Rauchen ist in diesem Gebäude verboten.«

»Aschenbecher anscheinend auch«, sagte ich und musterte die plüschig keimfreie Einrichtung.

»Mit der Zigarre können Sie nicht bleiben«, sagte sie und genoß die Gelegenheit, ihr bißchen Autorität ausspielen zu können.

»Bin sofort wieder da«, sagte ich unnötigerweise. Die Frau interessierte sich sowieso nur für mein Verschwinden. Es war ihr schnurz, ob ich zurückkam oder mich in den erstbesten offenen Fahrstuhlschacht stürzte. Ihretwegen konnten sämtliche Anteile von Merrill Lynch auf dem Weltmarkt zum Schleuderpreis verhökert werden. Sie hatte nur ein Ziel im Leben: Ein Mann mit einem großen

Hut sollte seine Zigarre aus dem Empfangsbereich entfernen. Eigentlich traurig.
Ich schritt in die Halle wie der Leprakranke in der Bibel auf der Suche nach einer leeren Höhle. Es gab keine Aschenbecher. Noch nie war jemand so wahnsinnig gewesen, in diesem Gebäude zu rauchen, und man hatte für diesen statistisch unmöglichen Fall keinerlei Vorkehrungen getroffen. Also tat ich mein Bestes, die Zigarre mit dem Stiefelabsatz auf dem Marmorboden umzubringen. Sie lag da wie ein dampfender Kothaufen. Mit neuerwachter Entschlossenheit ging ich zur Rezeption zurück.
»Womit kann ich *dienen*?« fragte die Empfangsdame und versuchte gar nicht erst, ihren Ärger zu unterdrücken.
»Nun, meine Kleine«, sagte ich und verfiel in einen kräftigen texanischen Akzent. »Ich bin Billy Bob Bullock, der Anwalt aus Dallas. Ich will zu dem Meeting mit Derrick Price.«
»Dem was?«
»Dem Meeting mit Derrick Price. Um drei. Ich wäre rechtzeitig dagewesen, aber mein Pferd durfte nicht ins Parkhaus. Harr-harr-harr!«
»Nehmen Sie bitte Platz. Ich sage Mr. Beadleheit Bescheid.«
Es gab Unmengen von Sofas und Glastischchen und Finanz- und Börsenzeitschriften. Man konnte sich hinsetzen und eine Ewigkeit schmökern, und nach einiger Zeit befürchtete ich, genau das stünde mir bevor. Dann kam Mr. Beadleheit.
»Mein Name ist Beadleheit, ich bin der stellvertretende Büroleiter.«
»Billy Bob Bullock. Aus Dallas.«
»Sehr erfreut. Was können wir für Sie tun, Mr. Bullock?«
»Ich will zu dem Meeting mit Derrick Price um drei. Müßte schon im Gange sein, wenn meine Uhr nicht vorgeht.«
»Für drei Uhr ist kein Meeting mit Derrick Price ange-

setzt. Es ist gar kein Meeting mit Derrick Price angesetzt. Brenda, haben wir überhaupt einen Derrick Price in der Kartei?«

Die Empfangsdame konsultierte ihren Computer, sah hoch und strahlte.

»Kein Derrick Price«, sagte sie fröhlich. »Überhaupt niemand namens Price.«

»Mr. Price ist uns nicht bekannt«, sagte Beadleheit.

»Na, dann bin ich ja der Einbeinige beim Arschtrittwettkampf.«

Ich verließ die Rezeption, ging durch die Halle zu den Fahrstühlen und kam mir fast so dämlich vor wie Billy Bob Bullock. Entgeistert war ich allerdings nicht gerade. In dieser Branche steht man gelegentlich dumm da, oder man kann nicht sehr schlau sein.

Rambam hatte recht, dachte ich, während ich im Fahrstuhl die dreiunddreißig Stockwerke hinabsauste. Außer mir hatten alle recht. Entweder lebte Derrick Price nicht mehr, oder er war auf Tauchstation gegangen. Der Flug nach Chicago war reine Zeitverschwendung gewesen. Mein ganzes Leben war bisher reine Zeitverschwendung gewesen.

Als ich auf die eiskalte Michigan Avenue hinaustrat, angelte ich mir als erstes eine frische Zigarre und zündete sie an. Ich sah hoch und wollte den Stumpen gerade stoisch wegpaffen, als mir links vom Haupteingang eine schwarzglänzende Limousine auffiel. Neben ihr stand der livrierte Chauffeur auf dem Fußweg und hielt leicht gelangweilt ein kleines Schild hoch.

Ich paffte noch ein paarmal geruhsam an der Zigarre und ging auf ihn zu. Vielleicht war mein bisheriges Leben doch keine Zeitverschwendung gewesen.

Auf dem Schild stand: DERRICK PRICE.

28

Es gehört zu den trivialen Tatsachen des Lebens, daß die meisten Leute, die man ins Korsett der Condition humaine gezwängt hat, etwas anders sein wollen. Oder jemand anders. Der Proktologe, der sich vor und nach jedem Patienten sorgfältig die Hände wäscht, wäre gern Dr. Albert Schweitzer. Der Rockstar, der sich fragt, ob er dem Hotelpagen guten Gewissens den Porscheschlüssel anvertrauen kann, würde gern den Regenwald retten. Jeder Bankkassierer würde gern eine Million Dollar unterschlagen und sich nach Costa Rica absetzen. Jeder durchschnittliche Costaricaner würde sich gern nach Akron, Ohio, absetzen und Bankkassierer werden. Die vielen Menschen, die ein anonymes Leben führen, sehnen sich nach Ruhm. Die wenigen Menschen, die dem Ruhm in die Falle gegangen sind, sehnen sich unweigerlich nach Anonymität. Und der Rest von uns hat es Tag für Tag mit so vielen Arschlöchern zu tun, daß wir lieber Proktologen geworden wären, denn die werden wenigstens dafür bezahlt.

»Ich bin Derrick Price«, sagte ich zu dem Chauffeur.

»Ihr Büro hat mir Ihre Route gegeben, Sir«, sagte er und tippte sich an den Mützenrand. »Ich soll Sie zu Ihrem nächsten Meeting und danach ins Hotel zurückfahren.«

»Einverstanden«, sagte ich. »Eines schönen Tages wird mein Büro mir selbst verraten, wo ich hinfahre.«

Der Chauffeur lachte höflich. Dann trat er zurück und riß mir den Wagenschlag auf. Einer von uns beiden wurde gerade geleimt, und ich hätte gern gewußt, wer. Andererseits bekommt man nur alle Jubeljahre die Gelegenheit, in anderer Leute Schuhen zu stecken, außer man heißt Ratso und hat einen ganzen Schrank voller Schuhe anderer Leute, die längst bei Jesus gelandet sind.

Ich stieg in die Limousine.

Der Chauffeur lächelte, schloß die Tür und tippte zur Beruhigung noch einmal an den Mützenschirm. Als er um den Wagen herum zur Fahrertür ging, ließ ich mich in die Polster sinken. Einen Augenblick lang fragte ich mich, was auf einmal in mich gefahren war. Genausogut konnte man aus freien Stücken bei einem UFO an Bord gehen. Ein Himmelfahrtskommando erfordert nicht unbedingt Mut. Im Eifer des Gefechts ist es oft bloß eine Mischung aus Sturheit und noch etwas – innerer Leere vielleicht. Die Plexiglasscheibe trennte mich nicht nur vom Chauffeur, sondern auch vom Rest der Welt.
Während wir zügig durch die windigen Canons der City von Chicago glitten, wurde mir klar, daß die Lösung des Falls in greifbarer Nähe war. So oder so. Wenn ich in eine Falle gelaufen war, dann war ich darauf gefaßt. Wenn mich der Chauffeur allen Ernstes für Derrick Price hielt, dann war ich durch puren Zufall in der Höhle des Löwen gelandet. Auch darauf war ich gefaßt.
Ich dachte an eine Bemerkung von Karl Wallenda, dem Vater der Flying Wallendas. Er machte sie am Tag nach der schlimmsten Tragödie, die den berühmten Hochseilartisten je zugestoßen war. Keine vierundzwanzig Stunden zuvor waren drei Familienangehörige vor den Augen Tausender entsetzter Zuschauer zu Tode gestürzt, als die siebenköpfige Pyramide zusammengebrochen war. Die Reporter hatten Wallenda gefragt, wie er das Hochseil so schnell nach dem Unfall wieder habe betreten können. »Das ganze Leben ist ein Hochseilakt«, hatte Wallenda geantwortet.
Recht hatte er.
Nach dem bißchen Sonne zu urteilen, fuhren wir nach Südwesten. Chicago hatte bekanntlich schon immer sehr verschiedene Stadtviertel, und viele davon wischten an den Autofenstern vorbei. Heute waren die meisten Gesichter hier schwarz, braun und gelb, aber in einem dieser Viertel hatte mein Vater vor fünfundsechzig Jahren seine

Kindheit verbracht. Mit etwa zehn Jahren hatte er im Sommer für einen Polen gearbeitet, der den Hausfrauen Gemüse verkaufte. Der Pole hatte ein Pferdefuhrwerk gemietet, auf dem Markt beladen, war durch die Straßen und Gassen der Westside gezogen und hatte in mindestens fünf Sprachen seine Waren ausgerufen. Mein Vater saß oben auf dem Kutschbock. Es war das erste Pferd seines Lebens.

Wie mittelalterliche Banner zogen sich damals Wäscheleinen kreuz und quer über die dunklen, verrußten Gassen. Das Fuhrwerk zuckelte voran, der Gemüsehändler rief seine Waren aus, und mein Vater brachte sie den Hausfrauen in die oberen Stockwerke. Er erinnert sich noch heute daran, daß sein Brotherr ein polnisches Wort öfter rief als alle anderen. Es lautete *kartofel*.

Fünfundsechzig Jahre danach fuhr meines Vaters Sohn in einer schnittigen Limousine durch dieselben Straßen und betrachtete zweifellos dieselben alten Ziegelbauten, die heute mit Brettern vernagelt waren und krampfhaft aneinander Halt suchten. Der Gemüsehändler war fort. Das Pferdefuhrwerk war fort. Die Hausfrauen waren fort. Ihre einst allgegenwärtigen Wäscheleinen waren fort. Nur ein paar verwilderte Grundstücke waren noch übrig, ein paar traurige, baufällige Häuser und ab und zu eine dunkle, verrußte Gasse, die aus dem Nichts ins Nichts führte.

Ich drehte die Fensterscheibe herab. Der Fond der Limousine füllte sich mit einer Urkälte, die aus einer anderen Eiszeit zu stammen schien. Ich starrte in die trostlose Umgebung, wo unter aufgebrochenem Asphalt gelegentlich alte Straßenbahngleise aufblitzten wie die tiefliegenden, narbenübersäten und kaum auffindbaren Venen eines sterbenden Junkies.

»*Kartofel*«, sagte ich.

Außer dem Chauffeur konnte mich niemand hören, und der ließ die Straße nicht aus den Augen. Entweder war er kein Pole, oder er brauchte keine Kartoffeln.

29

An ein paar Schlaglöchern, durch die die Straße Ähnlichkeit mit Startbahn drei des Flughafens von Sarajevo bekam, bogen wir links ab. Bei einem solchen Meeting, dachte ich zum x-tenmal seit Beginn der Fahrt, mußte man sein Leben vielleicht teuer verkaufen. Sonst war man verraten und verkauft. Und ich wollte mich auf keinen Fall für dumm verkaufen lassen.

Die Wolkendecke riß auf, aber auch in der Sonne wurde es nicht viel wärmer. Obwohl ich die Scheibe längst wieder hochgekurbelt hatte, schien es in der Limousine eisig zu ziehen. Erst wollte ich den Chauffeur bitten, die Heizung hochzudrehen, konnte mich aber nicht dazu aufraffen. Ist es kalt, oder ist mir kalt? ist eine Frage, auf die nur die wenigsten von uns im Lauf des Lebens eine befriedigende Antwort finden. Wir wurden sowieso langsamer, und der Chauffeur sah suchend zu einem Lagerhaus hinüber. So kurz vor dem Ziel wollte ich nicht an seiner Fahrkunst herummäkeln.

Offenkundig sollten wir hier jemanden treffen, aber wir schienen allein zu sein. Ein paar Ratten flitzten durch einen Graben, aber auch das waren definitiv nur Vierbeiner. Der Chauffeur fuhr noch ein Stock auf das Lagerhaus zu, dann hielt er an.

»Tut mir leid, Mr. Price«, sagte er, ohne mich anzusehen. »Sie müßten jeden Moment kommen. Wahrscheinlich sind sie im Verkehr steckengeblieben.« Für ihn war das eine lange Rede.

»Gut möglich«, sagte ich. Auf dieser Fahrt war das auch für mich eine lange Rede.

Wir saßen da und warteten. Gedrückt betrachtete ich durchs Fenster das Unkraut und den Schutt. Falls hier draußen wirklich ein Meeting stattfand, war es garantiert keines von denen, wo der Jungmanager aufspringt und seine bunten Tortendiagramme austeilt, die er in Kinko's Copyshop vervielfältigt hat. Aber das war mir klar gewesen, lange bevor ich in die Limousine geklettert war. Deshalb war ich schließlich nach Chicago gekommen. Damit endlich mal was passierte. Alle Menschen waren sterblich. Entweder wurde man einfach von wildfremden Leuten neben einem leerstehenden Lagerhaus umgebracht, oder man starb an Langeweile, weil man in den eigenen vier Wänden hockte und überlegte, wie man wohl sterben würde. Mal ehrlich, das war doch kein Leben.

Von der hinteren Lagerhausecke kam ein dunkelblauer Lincoln Town Car langsam auf uns zu. Eine halbe Shopping-Mall-Länge entfernt blieb er stehen. Vorn saßen zwei Männer. Plötzlich wirkte die Stadt totenstill und weit weg, obwohl sie mich von allen Seiten umgab wie die Fliege, deren Summen Emily Dickinson beim Sterben störte.

»Einen Moment, Mr. Price«, sagte der Chauffeur, stieg aus und schwirrte in Richtung Neuankömmlinge ab.

Ich beobachtete. Ich wartete. Ich bangte. Sonst konnte ich ja nur Däumchen drehen. Da außer McGovern und Rambam niemand von meinem Flug nach Chicago wußte, wurde dieses Meeting oder diese Falle oder diese Szene aus *French Connection* wohl kaum für mich veranstaltet. Egal, was mir blühte, es galt Derrick Price. Mit der Frage, ob es ihn überhaupt gab, konnten sich Kant- und Kierkegaard-Fans herumärgern, sobald sie sich geeinigt hatten, ob ein Baum, der in einen leeren Wald fällt, ein Geräusch macht. Der springende Punkt war, daß jemand *glaubte,* es gäbe Derrick Price. Falls Rambam doch recht hatte und Price seit sieben Jahren unter der Erde war, wie sollte mir dieser Jemand dann auf die Schliche kommen?

Ich wußte nicht mehr weiter, und aus Jux und Dollerei griff ich nach dem Türhebel. Mein Chauffeur unterhielt sich drüben mit den Typen im Town Car, und ich war ihnen anscheinend Jacke wie Hose. Mit Hängen und Würgen konnte ich noch entkommen. Ich zog am Türhebel. Nichts geschah. Ich zog alle Sicherungsknöpfe hoch, legte alle Schalter um und zog erneut am Türhebel. Derrick war gar nicht angetan. Die Plexiglasscheibe war hochgefahren. Der Chauffeur hatte mich eingeschlossen.

Das war kein gutes Zeichen, aber wie sich sofort herausstellte, mußte ich mir auch nicht mehr lange über die Konsequenzen den Kopf zerbrechen. Mein Chauffeur setzte sich auf den Rücksitz des Town Car, und der Wagen verschwand in die Richtung, aus der er gekommen war. Kein »Tut mir leid, Mr. Price«, nicht mal ein Winken. Ich war schon immer der Meinung gewesen, es sei nur ein kleiner Schritt aus der Limousine in die Gosse, nur hatte ich nie den ebenso gültigen Umkehrschluß gezogen: daß man ganz schön in der Tinte sitzen konnte, wenn man diesen kleinen Schritt aus der Limousine in die Gosse unterließ.

Diesmal nahm die Tinte die Form zweier Männer mit Strumpfmasken an, die plötzlich hinter der Limousine auftauchten. Routiniert, als arbeiteten sie in einer Autowaschanlage, bewegten sie sich im eiskalten Sonnenlicht um die Limousine herum und kippten zwei große Benzinkanister über ihr aus. Dann traten sie einen Schritt zurück, und die eine Strumpfmaske holte Zigaretten und Streichhölzer aus der Tasche. Mit den Händen hielt sie den Wind ab und gab sich Feuer wie der Marlboro-Mann. Dann warf sie das brennende Streichholz auf die Limousine.

Wenigstens würde ich stilvoll zugrunde gehen, war mein letzter Gedanke, bevor mein Kosmos mit beeindruckendem Rauschen in Flammen aufging. Durch die Flammen konnte ich gerade noch erkennen, wie die beiden Strumpfmasken davoneilten, am Horizont in einen Kombi sprangen und sich mit schlitternden Reifen aus dem Staub machten. Ich bekämpfte eine Gänsehaut, häm-

merte gegen die Scheiben und versuchte ein paarmal vergeblich, die Türen zu öffnen. Draußen war keine Menschenseele zu sehen. Selbst die Ratten hatten sich in irgendwelchen Löchern verkrochen.
Derrick Price war mir auf dieser Reise wohl durch die Lappen gegangen. Auch Leaning Jesus mußte auf die nächste Inkarnation warten. Zwei Strikes hatte ich schon verpatzt, genau wie Nellie Fox, der legendäre Second Baseman der Chicago White Sox, der es in die Hall of Fame geschafft hätte, wenn er nicht so früh gestorben wäre. Wenn ich nicht aus dieser Limousine rauskam, ohne lange zu fackeln, war ich bald endgültig out. Mach dich vom Acker. Ab auf die Ersatzbank. Wer früher stirbt, ist länger tot. Wie Nellie Fox. Oder Lefty Frizzell. Im Baseball und in der Countrymusik mußte man um jeden Preis im richtigen Moment abtreten. Sonst konnte man genausogut schon in der High-School sein Auto an den Baum setzen. Bis auf ein paar Puristen würde sich kein Schwein an einen erinnern, und ein paar Puristen hatten der Welt gerade noch gefehlt. Aber Baseball und Countrymusik sind nicht das Leben. Beide machen mehr Spaß, beide sind farbenprächtiger und oft auch bedeutsamer als das Leben, aber das Leben sind sie eben nicht. Im Spiel des Lebens gibt es so gut wie keine Sieger, und selbst Heilige und Märtyrer müssen immer zu früh abtreten.
Wie gebannt starrte ich auf die rechte Fensterscheibe. Als die Flammen an der Limousine hochleckten und über das Glas tanzten, verlief die Tönungsfarbe der Scheibe, schmolz und tropfte. Sie bekam eine merkwürdige Form, die mich aber nicht gerade beruhigte. Ich sah Jeanne d'Arc, deren Haar in Flammen stand.

30

Am ersten Schultag in der zweiten Klasse der Edgar-Allan-Poe-Grundschule in Houston, Texas, merkten meine kleinen Klassenkameraden und ich, daß irgend etwas faul war. Larry Duckworth, der Fettsack mit der Schuppenflechte und dem Hopalong-Cassidy-Ranzen, saß nicht auf seinem Platz in der ersten Reihe. Da wir vom Tod so wenig Ahnung hatten wie von Erdkunde, reimten wir uns später zusammen, daß er am letzten Tag der Sommerferien an einem Ort namens Lake Stupid an der Grenze zwischen Texas und Israel ertrunken sein mußte. Unsere Lehrerin, Mrs. Nekrophilie, erklärte uns nie, was ihm wirklich zugestoßen war. Während die ganze Klasse baß erstaunt auf den leeren Platz starrte, sagte sie bloß, Larry Duckworth hätte sich auf den Weg über den Regenbogen gemacht.

Fast ein halbes Jahrhundert später und in Sichtweite des goldgefüllten Topfes war ich todsicher, daß ich meinem Regenbogen so nah war wie nie zuvor. In einer brennenden Limousine im verlassenen Viertel einer fremden Stadt in der Falle zu stecken, bringt das eigene Denken ganz wunderbar auf Touren. Nicht, daß ich den Fall gelöst hätte. Aber Informationssplitter und Gesprächsfetzen rasten mit einem Affenzahn durch die kleinen japanischen U-Bahn-Tunnel meines Schädels, und ich kapierte endlich, daß ich die ganze Zeit nach dem Falschen gesucht hatte.

An der Festumzugsstrecke hatten zahllose kleine rote Flaggen geflattert, fiel mir im nachhinein auf, und es war jammerschade, daß ich erst dank zahlloser kleiner roter Flammen die zahllosen kleinen roten Flaggen erkannt hatte. Vielleicht lag es an einer Bemerkung von Polly

Price über McGovern. Sie hatte gewußt, daß er Journalist war, obwohl sie nicht einmal aus New York stammte. Vielleicht lag es an Ausmaß und Stil der Abenteuer von Washington-Ratso und mir in unserer Landeshauptstadt. Vielleicht lag es an den Daten über Derrick Price, die Rambam ausgebuddelt hatte, der weltbeste Experte im Umgang mit abgebrühten Computern. Vielleicht lag es an den Angaben, die er nicht ausgebuddelt hatte. Vielleicht lag es daran, daß McGoverns, Polly Price' und meine Probleme so viel gemeinsam hatten. Wir haben alle unsere Probleme, aber langsam wurde es mir zu bunt. Wenn der Chauffeur zurückkam, mußte ich ihn wirklich bitten, die Heizung runterzudrehen. Ich schmorte ja förmlich. Vielleicht lag es daran, daß Polly Price neulich McGovern im Asti's wie Freiwild angesehen hatte. Vielleicht lag es daran, daß eine Gang, die einen Mann umbringen will, der in einer Limousine feststeckt und sie frühestens in der Hölle identifizieren kann, eigentlich keine Strumpfmasken braucht.
Das war eine ganze Wagenladung von Vielleichts, und soweit ich sehen konnte, bevor auch mein Personal Computer abgebrüht war, blieb jetzt nur noch ein Vielleicht übrig. Vielleicht konnte ich die Plexiglasscheibe aus der Fassung treten, bevor ich mich in Friedman-Frikassee verwandelte. Plexiglas ist ein Mittelding zwischen Plastik und Glas, und man hat es ungern zwischen sich und der Last Exit Brooklyn. Es ist bekanntlich etwas elastisch, und wenn es genug Energie im richtigen Rhythmus ausgesetzt wird, verbiegt es sich bekanntlich. Bekanntlich schmilzt es auch, aber diese Eigenschaft teilt es mit Cowboyhüten und stümpernden Privatdetektiven, und ich hatte keine Lust herumzuhocken, bis dieses Thema im Chemieunterricht drankam, wenn ich meine Hausaufgaben auch bei irgendwem abschreiben konnte.
Man sollte im Leben so früh wie möglich seinen Kick kriegen, und ich hatte robuste Stiefel aus Brontosaurus-

vorhaut sowie ein halbes Jahr verdrängter Karatekurse aufzubieten, die mein Kumpel Sal Lorello und ich vor einer halben Ewigkeit bei dem begnadeten Schwarzgurt Neil Davino in Mount Kisco, New York, genommen hatten. Neil war ein so guter Karateka, daß er nicht zur Armee gehen konnte, weil er Gefahr lief, sich beim Salutieren umzubringen. Er hätte die Trennscheibe in einem New Yorker Handumdrehen rausgekickt, und inzwischen war es in der Limousine so heiß, daß mir nur noch eine Handvoll davon blieb. Neil war jedoch nicht da, ich aber schon, und es war höchste Zeit, »Drop-kick Me Jesus Through the Goalposts of Life« anzustimmen.
Meine ersten Versuche verliefen eher deprimierend, aber je lauter die Limousine knackte und zischte und je mehr ihr Inneres Ähnlichkeit mit dem Rauchersalon im *City of New Orleans* annahm, desto besser bekam ich den Dreh raus. Vielleicht bildete ich es mir bloß ein, aber mit jedem Tritt schien die Trennscheibe ein Stück weiter nachzugeben. Ich wußte kaum noch, wie mir geschah. Vielleicht spielte mir das Flammenmeer einen Streich. Mit gleichmäßigen, wenn auch zunehmend hektischen Tritten attackierte ich die Trennscheibe und achtete darauf, jedesmal voll durchzuziehen. Als das blöde Ding endlich nachgab, fühlte ich mich wie eine Rockette auf Speed, aber Neil Davino wäre stolz auf mich gewesen.
Huey Long brauchte nicht lange, um in Louisiana eine Brücke zu bauen, und ich brauchte nicht lange, um mit meinem Gepäck einen Bocksprung über die Vordersitzlehnen zu machen und die Limousine durch die unverriegelte Fahrertür zu verlassen. In Null Komma nichts stand ich an der windigen, eisigen Ecke von Alptraumgasse und Elendsweg und suchte nach einer intakten Telefonzelle, um meine Kusine Rachel Samet anzurufen. Ich schaffte es mit Müh und Not. Danach konnte ich nur noch warten und mit dem Gebälk und dem Zwielicht aus kosmischer Verwirrung und posttraumatischem Streß in-

folge Todesnähe-Erlebnis in einer Limousine eins werden.

Als Rachel an den Rinnstein fuhr, war ich ein halb erfrorener, durch die Lüfte wirbelnder Geist, der nur noch hoffte, irgendwo in den Ruinen dieser Stadt auf Leaning Jesus zu stoßen. Zum Teufel, jeder Jesus wäre mir recht gewesen.

Rachel beugte sich über den Beifahrersitz und machte mir die Tür auf. Ich stieg ein, fiebrig und zitternd von der Hitze und dann der Kälte, und umarmte sie. Dann fuhr sie uns zu sich nach Hause.

»Was hast denn du in Chicago verloren?« fragte sie.

31

Rachel Samets Wohnung lag nördlich der Stadt und war für mich der ideale Unterschlupf, um mich der versengten Federn an meinem Cowboyhut anzunehmen, ein paar Leute in New York anzurufen und mir Antworten auf die Frage auszudenken, was ich in Chicago verloren hätte. Eigentlich keine schwere Frage, aber die Antwort machte eine ständige Evolution durch. Eine merkwürdige Vorahnung und ein Kribbeln im Nacken, das einfach nicht weggehen wollte, verklickerten mir, daß ich mit der falschen Begründung in die richtige Stadt gekommen war.

Rachel war sechsundzwanzig, hochintelligent, bildhübsch und Innenarchitektin, die ihre Wohnung so schön eingerichtet hatte, daß sich ein Typ wie ich darin etwas unwohl fühlte. Rachels Vater, Dr. Eli T. Samet, ein ausgezeichneter Chirurg, war der kleine Bruder meiner Mutter, aber beide hatten sich schon auf den Weg über den Regenbogen gemacht. Eli war der Arzt, auf den ich in meinem Song »Rapid City, South Dakota« angespielt hatte, meines Wissens der erste Countrysong, der sich für die Abtreibung aussprach. Er ist meines Wissens auch der einzige Countrysong, der sich für die Abtreibung ausspricht.

»Wie wär's mit einer Runde spirituellem Trivial Pursuit?« fragte ich, um nicht allzu dumm dazustehen. »Wie heißt der einzige Vogel auf der Welt, der in jedem Kiel zwei Federn hat?« Ich nahm den Cowboyhut ab und zeigte Rachel die beiden leicht angesengten Federn.

»Da bin ich überfragt«, sagte sie. Die Frage war ihr scheißegal, aber sie gab sich alle Mühe, die aufmerksame Gastgeberin ihres älteren Vetters herauszukehren, der sich schnell als derangierte und verstörte Hauspest entpuppte. Sie ging zu einem Schränkchen und kam mit einer großen, ungeöffneten Flasche Wild Turkey zurück, die sie zwischen uns auf den Tisch stellte.

»Noch einer meiner Lieblingsvögel«, sagte ich. Rachel holte zwei Gläser und setzte sich mir gegenüber an den Tisch. Wenn man von der Rolle ist, fällt es manchmal schwer, sich einem Freund oder Verwandten mitzuteilen, den man lange nicht gesehen hat. Aber mit der Schlangenpisse kam auch das Gespräch in Fluß, und nach kurzer Zeit hatten wir Rachels zwei Katzen und meine eine Katze durchgehechelt. Stephanie DuPont hatte eine mündliche Einverständniserklärung abgegeben, sich während meiner Abwesenheit um sie zu kümmern. Sie war nicht gerade begeistert gewesen, aber auf Stephanie konnte ich mich verlassen, was ich von Klientinnen, Limousinenchauffeuren und dem Rest der Welt im Moment nicht gerade behaupten konnte.

Kusine Rachel vielleicht ausgenommen. Ich weiß nicht, ob der Wild Turkey aus mir kollerte oder ob ich dringend einen halbwegs objektiven Menschen brauchte, mit dem

ich meinen Schlamassel besprechen konnte, aber im Lauf der nächsten zweieinhalb Stunden klamüserte ich Rachel, ihren beiden Katzen und einem lebensgroßen Holzindianer, der phlegmatisch in der Ecke herumstand und mich an Kawligas schlauen großen Bruder erinnerte, die ganze Geschichte auseinander. Auch ich wollte sie noch einmal hören, um festzustellen, ob ich wirklich so leichtsinnig, tolpatschig und blind vorgegangen war, wie ich fürchtete. War ich anscheinend.
Irgendwann unterbrach ich meinen Vortrag, erledigte drei Anrufe und ging kurz für kleine Privatdetektive. Dank Rachels Einrichtungsqualitäten war das Urinieren gar nicht so einfach. Wenn ich doch bloß eine Backsteinmauer in einer Seitenstraße hätte, dachte ich. Wenn ich doch bloß ein texanisches Feld unterm Sternenzelt hätte. Wenn ich diesen Irrsinn doch bloß auf die Reihe kriegen könnte.
Der Computer hatte jedesmal gerülpst, wenn Rambam den Namen Derrick Price eingab. So etwas hätte er noch nie gesehen, hatte Rambam gesagt. Außerdem hatte er mir erklärt, wenn jemand ein Auto wirklich verbrennen wolle, täte er das von unten nach oben und nicht von oben nach unten. »Entweder wollten die dich gar nicht umbringen, oder sie haben Scheiß gebaut«, hatte er hinzugefügt. Ich meinte, ich könnte mit beidem leben. Bei McGovern war besetzt gewesen. Bei Polly Price auch. Ich spülte und brachte den Rest der Geschichte unter Dach und Fach, ohne mir erst die Hände zu waschen, was für alle Angestellten Vorschrift ist. Es hat sein Gutes, wenn man sein eigener Boss ist. Außerdem wollte ich Kusine Rachels wunderschön drapierte Handtücher nicht in Unordnung bringen. Ich bezweifelte sowieso, daß irgendwelche Bazillen von meinem Schwanz auf meine Hand springen und mich umbringen würden. Das hatten sie noch nie getan, obwohl sie wahrhaftig schon oft genug die Gelegenheit dazu hatten. Oder wenn sie es getan hatten, dann hatte ich es noch nicht gemerkt. Vielleicht hatte die Krankheit eine

sehr lange Inkubationszeit. Länger, als ich brauchte, um herauszufinden, was ich in Chicago verloren hatte.

»Jetzt kennst du die ganze turbulente Angelegenheit, die mir langsam auf die Eier geht«, sagte ich, als ich merkte, daß die Flasche schon halbleer war. »Als einer höflichen und unvoreingenommenen Beobachterin habe ich dir alles haarklein erzählt, von Polly Price' allererstem Anruf bis zu meinem Anruf bei dir heute abend, nachdem ich aus der brennenden Limousine herausgepurzelt bin wie ein Maiskorn aus einer überhitzten Popcornmaschine. Was hältst du davon?«

»Weißt du, Kinky, ich hab' so was noch nie erlebt, so eine Suche nach einem vermißten Ehemann. So unheimliche Sachen, wie sie deinem Freund McGovern zugestoßen sind. Die Bredouillen, in die du erst in Washington und dann hier in Chicago geraten bist. Du hast da doch viel mehr Erfahrung als ich …«

»Laß den Schmus, Rachel, du sollst hier nicht mein ramponiertes Ego aufmöbeln. Komm zum Refrain, Alain. Was glaubst du, was ist hier eigentlich los?«

»Also für mich hört sich das an, als wärst du auf 'ne Ente reingefallen«, sagte sie.

»Da haben wir mal 'n Vogel, den ich gar nicht abkann.«

32

Rachel schob mich energisch zu einem Powerschlummer ins Gästezimmer, aber ich konnte nicht schlafen. Ich identifizierte mich zu sehr mit einer literarischen Figur namens Jabez Wilson. Im Gegensatz zu mir hatte

Jabez Wilson rote Haare, aber sonst waren wir uns verdammt ähnlich. Nur für all jene, die ihren Sherlock Holmes gerade nicht parat haben: Jabez Wilson besaß eine Pfandleihe, und eines Tages suchte er den großen Detektiv mit einer merkwürdigen Geschichte auf. Wilsons Assistent, ein Mann namens Vincent Spaulding, der die Stelle zum halben Lohn angenommen hatte, war zwei Monate zuvor mit einer brandheißen Nachricht zu seinem Chef gekommen. Ezekiah Hopkins, ein exzentrischer amerikanischer Millionär, habe gerade den Löffel abgegeben, und die sorgfältige Lektüre seines Testaments bringe seine Hinterbliebenen auf hundertachtzig.

Hopkins war selber ein Rotschopf gewesen, und da er unter dem Haarschopf eher minderbemittelt war, hatte er Vermögensverwalter für sein riesiges Erbe eingesetzt und einige für seine gierigen und abstoßenden Verwandten sehr seltsame Verfügungen hinterlassen. Das Geld sollte ausschließlich Menschen zugute kommen, die dieselbe Haarfarbe wie Ezekiah Hopkins hatten. Das war die Vorgeschichte eines der verschlungensten und rätselhaftesten Fälle von Sherlock, den Watson »Die Liga der Rotschöpfe« nannte.

Jabez Wilson hatte gehorsam eine bestimmte Adresse aufgesucht, wo er erfuhr, es könne für ihn in der Tat ein kleines finanzielles Vergnügen werden, wenn er unter ebendieser Adresse werktags die *Encyclopaedia Britannica* abschrieb. Was er dann auch tat. Mr. Wilson hatte jedoch Pech, denn Ezekiah Hopkins' Freigebigkeit war bald erschöpft. Zwei Monate nachdem er die gigantische und etwas lächerliche Arbeit in Angriff genommen hatte, fand er eines Morgens ein beunruhigendes Pappschild an der Tür seines Arbeitsplatzes. Darauf stand:

DIE LIGA DER ROTSCHÖPFE IST AUFGELÖST.
9. OKTOBER 1890

Jabez Wilson war, gelinde gesagt, sehr aufgebracht. Er war nur bis »Arschloch« gekommen. Ich war ungefähr genauso weit gekommen. Ich war bloß nicht ganz sicher, wer mein Arschloch war.

Als ich mit einer fremden Katze in Rachel Samets Gästebett lag, wußte ich plötzlich klipp und klar, daß all meine Bemühungen der letzten Wochen ebensowenig ins Gewicht fielen wie Jabez Wilsons Abschreiben der *Encyclopaedia Britannica.* Das hieß, Wilson hatte im Gegensatz zu mir vielleicht etwas dabei gelernt. Am meisten verhagelte es mir die Launc, daß man Jabez Wilson und mich aus ein und demselben Grund zu unseren fruchtlosen Unterfangen beschwatzt und bekehrt hatte. Jemand wollte uns einfach aus dem Weg haben.

Bei Jabez Wilson war die Liga der Rotschöpfe nur ein Köder gewesen, um ihn aus seinem Büro zu locken, damit er keinen Wind davon bekam, daß direkt unter ihm ein Tunnel zu den Tresorräumen der Bank nebenan gegraben wurde. Für Sherlock Holmes war die ganze Angelegenheit kaum ein Dreipfeifenproblem gewesen. Im blassen Licht des 20. Jahrhunderts hat es mit dem Leben jedoch eine andere Bewandtnis. Unser heutiges Leben wird eher von Edgar Allan Poe auf den Begriff gebracht, der lange vor Sherlock Holmes sagte, das Schachspiel sei »verwickelt, aber nicht tiefgründig«.

Nun konnte mir Sherlock hier nicht weiterhelfen. Er saß ja auf meinem Schreibtisch in New York, beherbergte eine Handvoll kostbarer Habana Montecristo No. 2, die Ratso mir mit einiger Verspätung doch noch geschickt hatte, und war vollauf damit beschäftigt, seine unsterblichen, allwissenden, durchdringenden Porzellanaugen von Staub und Katzenhaaren freizuhalten. Ich war auf mich allein gestellt, wenn ich herausfinden wollte, wen mein oft recht melancholisches Dasein als Bohemien dermaßen gekränkt hatte, daß er mich um jeden Preis aus New York fortlocken wollte. Leider gab es in meinem Leben und in meinem Loft weder buchstäblich noch im übertragenen Sinn einen Banktresor. Mein Leben in der letzten Zeit, zumindest vor Polly Price' Auftauchen, ließ sich mit einem Wort zusammenfassen. Mit demselben Wort hatte Kapitän John Smith seine vierzig Jahre auf See beschrieben, in seinem letzten Interview, bevor er auf der Brücke der *Titanic* in See stach. Das Wort war »ereignislos«.

Aber ich befürchtete, daß Kusine Rachel recht hatte. Chicago war eine Ente. Washington im Grunde genommen auch. Dort war ich angeschossen worden. Hier war ich in einer teuren Mikrowelle auf Rädern aufgetaut worden. Egal, wer dahintersteckte, Geld spielte für ihn keine Rolle. Eine neue Limousine abzufackeln oder einen Koffer mit Irving Berlins White Christmas hopsgehen zu lassen, war für diese Leute ein Klacks. Aber wichtiger war, daß sie mich offenbar nicht kaltmachen wollten. Sie hatten die Möglichkeit weiß Gott oft genug gehabt. »Entweder wollten die dich gar nicht umbringen, oder sie haben Scheiß gebaut«, hatte Rambam am Telefon gesagt. Danach hatte er sich des langen und breiten über die technischen Details ausgelassen, wie man in Heimarbeit Napalm herstellte, indem man Schaumstoffbecher in Benzin auflöste und diesen Wackelpeter unter ein nichtsahnendes Auto praktizierte. Mitten in seiner Nachhilfestunde war ich eingedöst, hatte im großen und ganzen aber alles mitbekommen. Vielleicht wollte man mir Angst einjagen. Vielleicht wollte man bloß dafür sorgen, daß ich auch in Zukunft fröhlich den naiven Aasjäger spielte. Aber man versuchte nicht, mich kaltzumachen. Hätte man mich kaltmachen wollen, dann hätte man mich längst kaltgemacht. Diese Leute bauten keinen Scheiß.

Dann dachte ich an den Einbruch in mein Loft, während ich mich in unserer Landeshauptstadt mit Ratso vergnügt hatte. Vielleicht hatten sie Derricks Unterlagen nur mitgehen lassen, um zu vertuschen, wonach sie in Wirklichkeit suchten. Der Banktresor mußte in meinem Loft oder in meinem Leben zu finden sein. Anders war das nicht zu erklären. Ich hatte es mit Profis zu tun und mußte annehmen, daß sie wußten, wonach sie suchten. Aber wenn sie es wußten, dann waren diese Arschlöcher uns allen mindestens zehn Schritte voraus.

Wenn ich Sherlocks Maxime folgte, mußte ich das Unmögliche abhaken. Was danach übrigblieb, mochte noch so unwahrscheinlich erscheinen, es mußte die Wahrheit sein. Unwahrscheinlich erschien es, aber hallo. Wahrscheinlich hatte ich es schon seit einiger Zeit geahnt, aber erst jetzt, als ich im Gästezimmer meiner Kusine Rachel lag und Tapetenblümchen zählte, gestand ich mir endlich ein, worin jenes Unwahrscheinliche bestand, was die Wahrheit sein mußte. Das sein mußte, was diese geheimnisvolle Organisation suchte.

Sie waren nicht hinter mir her. Auch nicht hinter Derrick Price. Es ging um McGovern.

Der Gedanke klang an den Haaren herbeigezogen, erklärte aber so einiges: warum ich Derrick Price nicht finden konnte; warum McGovern beschattet, beobachtet und belästigt wurde; warum man mich aus dem Weg schaffen mußte, um leichter an ihn heranzukommen. Vielleicht drehte sich in Wirklichkeit alles um Leaning Jesus und das, was er McGovern anno dunnemals gegeben hatte und jetzt zurückhaben wollte. Klar, Leaning Jesus war mit ziemlicher Sicherheit tot, aber dadurch wurde die ganze Angelegenheit nur unwesentlich unwahrscheinlicher, als sie es so schon war.

Ich erhob mich aus dem kleinen Bett und ging zu dem auf alt gemachten Designertelefon. Ich rief McGovern an. Immer noch besetzt. Nach kurzem Zögern rief ich Polly Price an. Auch dort war immer noch besetzt.

Ich trat auf die kleine Veranda hinaus und blickte auf den North Shore hinüber. Ich zündete mir eine Zigarre an und sah zu, wie Menschen Lichter ins samtene Dunkel der schlafenden Stadt malten. Auch mein Posten mußte wieder besetzt werden.

33

Cinderella gehörte längst ins Bett geschubst, als Kusine Rachel und ich an den Bordstein fuhren, um noch einen Blick auf den Stadtplan zu werfen. Zur Cinderellazeit wirkte diese Gegend etwas beklemmend. Sonst allerdings auch immer. Früher war das anders gewesen, in den Vierzigern und Fünfzigern, als Musiker wie Redd Foxx hier in den Schwarzenclubs gespielt hatten. Damals war diese Gegend richtig angesagt, und den Notizen zufolge, die ich nach den Gesprächen mit McGovern angefertigt hatte, war hier am South Shore ein Schuppen namens Ambassador Club der letzte Schrei gewesen. Das alte Ambo, wie man es auch genannt hatte, lag an der 79sten/Ecke Kingston. Sein Eigentümer war ein Mann namens Leaning Jesus gewesen.

»Rachel, ich habe ein schlechtes Gefühl, wenn ich dich in diese Geschichte reinziehe. Ich weiß nicht, was uns bevorsteht, aber es könnte deine Gesundheit gefährden.«

»Mach dich doch nicht lächerlich. Gib mir lieber den Stadtplan.«

»Nein, im Ernst. Jemand hat mich in New York beschattet. Dann ist er in Washington aufgetaucht. Und jetzt hier in Chicago.«

»Woher willst du wissen, daß du nicht bloß paranoid bist?«

»Ich weiß bloß, daß ich meine Lesebrille in der Limousine vergessen habe.«
»Dann gib mir den Stadtplan.«
Ich gab ihr den Stadtplan. Sie studierte ihn kurz im Licht der kleinen Taschenlampe, die wir uns im letzten Kramladen vor Verlassen der uns bekannten Zivilisation besorgt hatten. Ruckzuck hatte sie festgestellt, wo wir waren und wo wir hinwollten. Die 79ste/Ecke Kingston lag in Notrufweite.
Ich sah wieder in den Rückspiegel, konnte aber weit und breit kein Auto erkennen. Nur einen zerlumpten alten Mann mit einer Flasche in der Hand, der in den Rinnstein kotzte. Hätte Edgar Allan Poe, Ira Hayes oder Stephen Foster sein können. Hätte ich sein können, dachte ich, mit der falschen Herkunft und dem richtigen Herzeleid.
»Paß mal auf, Rachel, ich hab' das dumpfe Gefühl, deine Mutter wäre nicht einverstanden, wenn du mich begleitest.«
»Mama muß ja nichts davon erfahren«, sagte sie und klang plötzlich sehr jung.
»Da hast du auch wieder recht.«
»Außerdem spüre ich, daß mein Dad nichts dagegen hätte.«
Wahrscheinlich hatte sie recht. Falls die Sache in den Teich ging, würde ich eben etwas früher als geplant in der Hölle landen.
»Na, dann gib Gas«, sagte ich.
Als wir Leaning Jesus' ehemaligem Revier auf den Leib rückten, belebte sich die Straße etwas, wenn das das richtige Wort war. Die Leute schienen sich im Schatten zu halten, und die Schatten schienen sich an die Leute zu halten. Wie Aussätzige, Huren oder andere biblische Figuren drängten sie sich unter ausgebrannten Straßenlaternen und warteten darauf, vom Tageslicht entführt zu werden.
»Hier kriegt man ja 'ne Gänsehaut«, sagte Rachel.
»Stimmt«, sagte ich, »aber vielleicht kann ich dich mit der

Information ablenken, daß der einzige Vogel mit zwei Federn in jedem Kiel der Emu ist.«

»Ich dachte, der wäre ausgestorben.«

»Noch nicht, aber wir arbeiten daran.«

Als wir die Ecke erreichten, wo der alte Ambo Club gelegen hatte, waren die Leute und die Schatten verschwunden und der Rest der Welt eigentlich auch. Die Ecke war so still wie ein Landfriedhof, auf dem sich nichts und niemand rührte, und mir war das ganz recht. Der Altbau an der Ecke mochte einst ein Tanzlokal gewesen sein, aber jetzt stand er so einsam und verlassen da wie ein Schiffswrack auf dem Grund eines unerforschten Meeres, das Columbus auf dem Weg zur Bank of America verpaßt hatte.

Rachel parkte gegenüber vom ehemaligen Ambo. Zumindest hoffte ich, daß es das ehemalige Ambo war. Die Gegend wirkte so einladend wie eine Mondlandschaft. Ich sagte Rachel, ich würde mich drinnen nur kurz umsehen und sie solle mit verschlossenen Türen und abgeschalteten Scheinwerfern im Auto auf mich warten.

»Darf ich Radio hören, Daddy?«

»Nein! Und wenn jemand auf den Wagen zukommt, hupst du gefälligst Sturm, als würde hier die Rush-hour auf dem Loop herrschen.«

»Keine Angst«, sagte Rachel. »Ich hupe, wenn ich von Leaning Jesus träume.«

Ich nahm die kleine Taschenlampe und ging auf den Eingang des finsteren, gottverlassenen Altbaus zu. Wegen Einbruch konnte man mich nicht drankriegen, denn die Eingangstür hing nur noch lose in den Angeln. Vor vierzig, fünfzig, ja sechzig Jahren gab es hier vielleicht harte Burschen, Gangsterbräute, Maschinengewehre, Geld, Lachen, Schnaps, Intrigen, und es war ganz allgemein der Bär los. Um reinzukommen, mußte man vielleicht sogar sagen: »Joe schickt mich.« Ich hatte keine Ahnung, wer mich geschickt hatte, aber er hatte einen ziemlich schrägen Humor. Man brauchte eine lebhafte Phantasie, um sich auszumalen, daß Überbleibsel der Vergangenheit in diesem Altbau dazu beitragen sollten, Facetten von McGoverns oder meinem heutigen Leben aufzuklären. Der Gedanke war weit hergeholt, aber sonst war hier nichts zu holen. Ich wußte, was ich suchte. Ich mußte Leaning Jesus taufen.

Ich durchquerte rasch das alte Foyer und leuchtete nur kurz mit der Taschenlampe hierhin und dorthin, um mich davon zu überzeugen, daß der jahrzehntelange Leerstand das Haus völlig zerstört hatte. Es sah aus wie eine Crackhöhle mit einer großen Zukunft hinter sich. Statt irgendwelcher Möbel standen alte Kartons auf dem Boden, lagen zerbrochene Weinflaschen, leere Gasfeuerzeuge, Wolldecken, dreckige Stahlwollebatzen zum Crackrauchen herum, und in einer spinnwebverhangenen Ecke stand ein alter Einkaufswagen, schlief und harrte seines glücklichen Vorstadt-Shoppers. Ich wußte noch immer nicht, ob ich wirklich im alten Ambo Club war, den McGovern in so glühenden Farben geschildert hatte. Wenn er es war, dann hatten hier, seit Leaning Jesus von der Bildfläche verschwunden war, einige Generationen lang die Vertriebenen des Lebens Zuflucht gesucht. Und so, wie es hier aussah, waren sie nicht von Joe geschickt worden. Vielleicht von einem anderen Jesus.

Ich wollte Rachel nicht zu lange allein im Wagen warten lassen, und ich wollte nicht zu lange durch dieses Dreckloch kriechen, weshalb ich mich nach hinten durcharbeitete, wo laut McGovern Bar und Küche liegen mußten. Ich fand etwas Kochnischenartiges, aber von *Someone's in the kitchen with Dinah strummin' on the ol' banjo* konnte keine Rede sein. Ich mußte mich immerzu ducken und unter alten, verrosteten Rohren den Kopf einziehen. Aus einigen tropfte es immer noch auf die durchgerotteten Fußbodendielen. Das erinnerte mich an uralte Gliedmaßen, aus denen man den Lebenssaft vergangener Zeiten tropfen sieht.

In einem verstaubten Regal stand ein vom Regen durchweichtes Schminktäschchen, das eine Hure vom Straßenstrich vergessen haben mußte, die sich hier zwischen zwei Freiern zudröhnen wollte. Dann richtete ich die Taschenlampe in die Ecke gegenüber und sah die alte Pracht und Herrlichkeit. Wahrscheinlich war sie den Plünderern zu schwer gewesen, um sie zusammen mit der restlichen Einrichtung wegzuschleppen. Ich roch förmlich die alten Pasta-Sughi und hatte Leaning Jesus vor Augen, wie er regelmäßig vorbeikam und mit einem Holzlöffel in den für alle Zeit köchelnden Töpfen rührte. Na gut, für fast alle Zeit. Es war ein riesiger altmodischer Gasherd mit schmiedeeisernen Füßen, wie man sie manchmal an alten Badewannen sieht.

Mein Blick wanderte weiter auf die schwarze, fettbespritzte Wand hinter dem Gasherd. Dort fand ich sie endlich. Die Schankkonzession für den Ambassador Club. Sie sah aus wie die Magna Charta in einer Museumsvitrine, verblichen wie die Jahre, aber der Name war noch zu lesen. Hier stand, was die wenigsten Menschen wußten und was selbst McGovern unbekannt war.

Leaning Jesus' bürgerlicher Name war Jim Pollard.

Sogar eine Privatadresse ließ sich auf dem zerfledderten gelben Dokument noch entziffern. Nach menschlichem Ermessen mußte Leaning Jesus längst tot sein, aber an seinem früheren Wohnsitz waren vielleicht noch Verwandte oder Bekannte zu finden. Und einen Leaning Jesus vergaß man bestimmt nicht so schnell. Plötzlich klopfe mir das Herz bis zum Hals. Ich war sicher, daß Polly Price mich in Washington und Chicago auf Entenjagd geschickt hatte, damit sie sich in aller Ruhe McGovern vorknöpfen konnte. Sie hatte mich damit beauftragt, ihren eingebildeten Gatten zu finden, weil sie wußte, daß McGovern mich in alles eingeweiht hatte, was er über

Leaning Jesus wußte. War das möglich? Wohl kaum, denn das war noch nicht alles: Sie hatte mich beauftragt, noch bevor ich ihr von McGovern oder Leaning Jesus erzählt hatte. Was hatte das zu bedeuten? Und Leaning Jesus war Al Capones Koch gewesen. *Bon appetit* und ülkiger und ülkiger.

Ich kritzelte Pollards Namen und Adresse in mein kleines Detektivnotizbuch, als ich in der Dunkelheit hinter mir eine Stimme hörte.

»Is'n los?« fragte sie.

Dann erklang etwas näher noch eine Stimme.

»He, Weißer«, sagte sie. »Haste mal 'n Dollar?«

Die Taschenlampe verriet meinen Standort, also knipste ich sie aus und versuchte mich im Halbdunkel zu verdrücken. Ich sah die Nachbilder zweier großer, dunkler Gestalten, die auf mich zukamen. So, wie sie sich bewegten und anhörten, mußten sie Crackjunkies sein. Ich huschte ins Nebenzimmer, wo die Huren ihre Fassaden renoviert hatten, schnappte mir eine halbvolle Dose Drei-Wetter-Taft, holte mein Bic-Feuerzeug aus der Tasche und wartete. Ich würde erst feuern, wenn ich das Weiße in ihren Augen sah.

Sie gingen schneller auf mich los, als ich erwartet hatte. Ich schaffte es, über der winzigen Bic-Flamme einen starken Aerosolschuß abzugeben, der wie Höllenfeuer durchs Zimmer fauchte. Aber Crackjunkies sind Feuer gewohnt. Ich stolperte noch durch die Finsternis und suchte gutbeleuchtete Notausgänge, als sich eine Hünengestalt vor mir aufbaute und mir anscheinend ein Tischbein über den Schädel zog.

Bevor ich in Regionen wegtrat, wo kein Nachtbus mehr fährt, hörte ich eine Autohupe auf der Straße.

34

Ich wachte in einem unbekannten Zimmer neben einer unbekannten Frau auf. Das war nicht das erste Mal, aber das war das schwerste Mal. Ich konnte die Guckerchen nicht scharfstellen, und im Schädel machte sich gerade ein pausbäckiger Junge für sein Fagottsolo warm. Dann wurden Augen und Ohren langsam klar, und ich merkte, daß ich im Ambo Club auf dem Rücken lag. Himmlisches Licht schien mir ins Gesicht, und ich lauschte den Worten eines Engels. Er sprach mit Chicagoer Akzent.

»Sie haben dir Brieftasche und Uhr geklaut«, sagte er, »aber den Cowboyhut und dein komisches Notizbuch haben sie dagelassen.«

»Rachel?«

»Ich hab' Feuer im Haus gesehen, deswegen hab' ich gehupt wie verrückt, und da sind zwei Männer rausgekommen und die Straße nach Süden langgelaufen.«

»Dann fahren wir nach Norden.«

»Wie viele Finger halt' ich hoch?«

»Verarschen kann ich mich allein, Rachel.«

»Selbst schuld, wenn du allein hier reinläufst und dich fast erschlagen läßt. Wenn du nicht deinen Hut gehabt hättest und wenn ich nicht gehupt hätte ...«

»Vielleicht beschützt Gott jüdische Amateurdetektive in den besten Jahren«, sagte ich, setzte mich mühsam auf und den Cowboyhut behutsam wieder auf den Kopf.

»Genau wie Kinder, Trinker und Narren«, sagte sie vorwurfsvoll.

»Genau«, sagte ich und musterte mein kleines Notizbuch. »Er hat alle Hände voll zu tun. Wir aber auch. Und wir haben heute nacht noch was vor.«

»Wie bitte?« sagte Rachel. »Spinnst du?«

»Willie Nelson hat mal gesagt: ›Wenn du nicht spinnst, kannst du nicht ganz normal sein.‹«

Ich erhob mich weniger anmutig als beabsichtigt und zeigte Rachel die Adresse, wo Leaning Jesus meiner Meinung nach mal gewohnt hatte. Sie wollte erst nichts davon wissen, leuchtete nach kurzem Zögern aber doch mit der Taschenlampe auf die Seite.

»McGovern hat erzählt, Leaning Jesus sei nach der Sperrstunde immer zu Fuß nach Hause gegangen, er kann also nicht weit weg gewohnt haben. Er hatte immer einc abgesägte Schrotflinte in einer Packpapiertüte dabei, was auch alle Welt wußte, also wichste ihn keiner an. 'tschuldigung, ich wasch' mir gleich den Mund mit Duschgel aus.«

»Du kommst wirklich in die Jahre.«

»Seit jener Zeit schleppt man jedenfalls viel mehr in Packpapier mit sich rum. Komm, wir sehen auf dem Stadtplan nach, wo das ist, und dann machen wir eine nächtliche Spritztour, Baby.«

»Zu Befehl, General Custer.«

Kurz darauf saßen wir sicher im Wagen und studierten den Stadtplan. Ein Brummschädel mehr oder weniger focht mich nicht an, wenn ich damit der Lösung dieses Rätsels namens Leaning Jesus näher kam. Ein ganzer Rattenschwanz von Gedanken ging mir durch den Kopf, wahrscheinlich aufgescheucht durch die Begegnung von Tischbein und Birne. Ähnlich wie Isaac Newton, der unter seinem Baum vom der Schwerkraft gehorchenden Apfel getroffen worden war. Diese Gedanken waren zum Teil nur grotesk, selbst für meinen momentan etwas amphibischen Verstand. Aber einige klangen auf unheimliche Weise sinnvoll. Ich fand, einen davon konnte ich an Rachel ausprobieren, während sie den Kleinwagen mißtrauisch durch die stillen, ausgestorbenen Straßen lenkte.

»Überleg mal, Rachel: Al Capone ist irgendwann in den Dreißigern verschwunden ...«

»Verschwunden?«

»Ins Gefängnis gegangen. Steuerhinterziehung. Halt den Mund und hör zu, wenn Ältere reden.«
»Du sprichst ein wahres Wort gelassen aus.«
»Ich hab' das Alte Testament vielleicht noch in der Handschrift gelesen, aber ich weiß, daß Capone in Alcatraz von einem texanischen Bankräuber namens James Lucas angestochen wurde, übrigens nicht verwandt mit *Old Ben Lucas who had a lot of mucous* …«
»Das ist widerlich.«
»Fand Al Capone auch. McGovern ist jedenfalls '68 aus Chicago nach New York gezogen. Die einzige potentielle Verbindung zwischen Al Capone und Mike McGovern war Leaning Jesus. Und was lernt uns das?«
»Daß Al Pacino in *Der Pate, Teil V* McGovern spielen kann?«
»Nein, mein Goldstück …«
Plötzlich fuhr Rachel den Wagen mit solchem Karacho an den Bordstein, daß mir fast wieder schwindelig wurde.
»Da ist es«, sagte sie aufgeregt. »Wir sind da. Es ist zwei Uhr morgens, und überall brennt Licht. Was meinst du: ob Leaning Jesus immer noch hier wohnt?«
»Er oder Tom Bodet«, sagte ich.

35

Selbst ein Zeuge Jehovas weiß, daß es auf der South Side von Chicago und in den meisten anderen amerikanischen Großstädten nicht zum guten Ton gehört, morgens um zwei bei jemandem anzuklopfen. Nachdem ich aber auf dem Rücksitz einer Limousine angebraten worden war und von einem Australopithecus eins übergebraten bekommen hatte, fand ich es andererseits leicht frustrierend, jetzt am Bordstein zu sitzen und ein Haus anzugaffen, das in die Nacht leuchtete wie ein Weihnachtsbaum in Las Vegas. Wenn mir jemand da drinnen Auskünfte geben konnte, dann wollte ich sie jetzt hören. Je länger ich darüber nachdachte, desto mehr Sorgen machte ich mir um McGoverns Gesundheit, Erziehung und Soziales.

Da ich mich im jahrelangen Selbstversuch zum Experten in Sachen Drogenmißbrauch ausgebildet hatte, wußte ich, daß jede Droge zu einer anderen Wahrnehmung dessen führt, was für die abstinenten, gottesfürchtigen kleinen Kirchgänger immer ein und dieselbe nervtötende und lähmend dämliche Tretmühle des Lebens bleibt. Wer sich Alkohol und andere Drogen in rauhen Mengen einpfeift, sieht nicht nur diese Welt mit anderen Augen, sondern manchmal auch eine andere Welt als sein Bruder im Geiste, der sich an der John-Belushi-Bar einen anderen Cocktail mischt. Es ist zum Beispiel ganz normal, daß ein Speedfreak in stockdunkler Nacht durch die Jalousien späht, weil er im Hinterhof den Hilfssheriff wittert. Kein Kokser hat je durch Jalousien gespäht und einen Hilfssheriff gesehen. Für die Kinder des Schnees muß das schon die CIA, Interpol oder eine Gurkhakompanie auf Crack sein. Wenn man dann noch mit Alkohol abschmeckt, kann das Bild richtig abstrus werden.

Aber ich befürchtete Schlimmeres als unscharfe Wirklichkeitsränder und die Wahrnehmungen von Junkies oder deren Fehlen. McGovern war ein Veteran des fünften Standes. Dieser kampferprobte Journalist hatte einiges von der Welt gesehen und sich landauf, landab umgehört, um seine eigenen Beobachtungen zu untermauern. Ein solcher Mann geriet nicht so leicht auf den Holzweg. Was war, wenn ihm all die Dinge wirklich zugestoßen waren, von denen er erzählt hatte? Falls sich diese Befürchtung bewahrheiten sollte, konnte er inzwischen gefährlich ins Schwitzen gekommen sein. Stärker, als kalifornische Saunakunden sich je träumen lassen.

»Wir stürmen«, sagte ich.

»Ich weiß ja nicht, *mon amiral*«, sagte Rachel. »Findest du nicht, wir sollten bis zur Morgendämmerung warten?«

»In der Morgendämmerung gedenke ich in einem Aeroplan mit Ziel New York eine Bloody Mary zu trinken.«

»Ist auch schöner als ein Flug nach Texas im Zinksarg.«

»Ich werd' im Reisebüro darauf bestehen«, sagte ich und stieg aus. »Du kannst mitkommen, wenn du möchtest.«

»Wäre vielleicht besser«, sagte sie.

Der Pfad zu Leaning Jesus' alter Bleibe war gut gepflegt und hell erleuchtet, aber Tür und Fenster waren natürlich mit Stuhlgittern und -riegeln geschützt. Ich bekam richtig Heimweh nach New York.

Ich hatte keine ausformulierte Rotarier-Festrede im Kopf. Als wir zur kleinen Veranda vor dem Haus hochstiegen, hoffte ich bloß, daß der Name Leaning Jesus hier noch nicht ganz unbekannt war. Wenn doch, konnte ich als Zugabe immer noch Fersengeld geben.

Ich klopfte.

Einen Augenblick später hörte man Schritte im Haus. Dann glitt hinter den Jalousien ein Schatten in Richtung Haustür.

»Wer ist da?« fragte eine mißtrauische Stimme auf der anderen Seite der Tür.

»Freunde von Leaning Jesus«, sagte ich. Manchmal darf man es mit der Wahrheit nicht so genau nehmen, wenn man ihr auf die Spur kommen will.

Wir warteten.

Kurz darauf belohnte uns dafür das Geräusch von Riegeln, die zurückgeschoben, und einer Kette, die ausgehakt wurde. Dann ging die Tür auf, und ein Mann stand vor uns. Er schien eine gute Seele mit grauem Haar und einem glatten, jugendlich frischen Gesicht zu sein. Er hatte ungefähr mein Alter.

Ich stellte Rachel und mich vor und schilderte ihm in Aufkleberlänge unsere Suche nach Leaning Jesus und wie wir im alten Ambo Club auf diese Adresse gestoßen waren.
»Ich bin James Pollard junior«, sagte er. »Leaning Jesus' Sohn.«

36

»Mein Vater ist 1962 gestorben«, sagte er, nachdem wir drei uns wie die alten Freunde in »Bob Dylan's Dream« an den Küchentisch gesetzt hatten. »Er wurde von Chicagos letzter Straßenbahn überfahren. Das war eigentlich nur noch eine Touristenattraktion. Ein echter Dinosaurier. Na ja, war mein Vater in vieler Hinsicht auch.«
»Vierunddreißig Jahre sind eine lange Zeit«, sagte ich.
»Das können Sie laut sagen«, sagte Pollard.
Ich sah zu, wie er sorgfältig Kaffee für drei Becher in den Filter löffelte, und hielt James Pollard junior für einsam. Ich fragte mich kurz, ob er schwul war, fand aber, daß das keine Geige spielte. Er hatte ein niedliches schwarzes Hündchen namens Perky, das jetzt in Rachels Schoß lag. Anscheinend hatte er bis in die Puppen gelesen. Und jetzt las er anscheinend gerade meine Gedanken.
»Zu dieser Tageszeit bekommen Perky und ich selten Besuch«, sagte er. »Aber wir kriegen sowieso nicht mehr viel Besuch. Manchmal ist es etwas einsam, aber das ist mir ganz lieb. Ein Ausgleich für all die Jahre, als mein Vater noch lebte und das FBI uns ständig auf der Pelle hockte. Ich hab' Sie reingelassen, weil Sie etwas von den bunten Gestalten haben, die mein Vater so liebte.«

Ich dankte für das Kompliment und merkte, daß ich den Mann zunehmend ins Herz schloß.
Wir hatten natürlich auch allerlei gemeinsam.
»Haben Sie Lust, uns vom FBI zu erzählen?« fragte ich. »Warum hat man Ihren Vater nicht in Ruhe gelassen?«
»Was wissen Sie denn bereits über meinen Vater?«
»Nicht viel; er besaß den Ambassador Club, er war Al Capones Koch, und man nannte ihn Leaning Jesus.«
»Er war weit mehr als Capones Koch«, sagte Pollard und brachte Kaffee an den Tisch. »Auf dem Gipfel seines Ruhms hatte Capone soviel Macht, daß er niemandem mehr traute. Es war wie im *König der Zigeuner*. Er hatte eine riesige Sippe, und viele waren sogar mit ihm verwandt. Man kann ihn auch mit Napoleon vergleichen. Eine riesige Armee tanzte nach seiner Pfeife. Aber er hat diese Menschen nie an sich rangelassen. Er vertraute ihnen nicht. Er vertraute meinem Vater.« Pollard erzählte ohne Stolz oder Begeisterung. Er sprach so gleichmütig wie ein gütiger Professor, der einen Vortrag über Pharao Esophagus' Herrschaft im alten Ägypten hält, die heute fast vergessen unter den verstaubten Schutzumschlägen der sogenannten Geschichte ruht. Bekanntlich sind die Triumphe und Tragödien von gestern oft genug die Trivialitäten von heute, dabei gibt es nichts Triviales, wie mein Vater mir immer einschärft.
»Kurz bevor Capone 1931 wegen Steuerhinterziehung verurteilt wurde, zitierte er seinen Schneider zu sich und ließ für ein paar leichte Sommeranzüge Maß nehmen, die er in Miami tragen wollte. Leaning Jesus war dabei und Frankie Rio, einer von Capones vielen Gefolgsleuten. ›Was willst du denn mit den ganzen Klamotten?‹ fragte Rio. ›Laß dir lieber 'n gestreiften Anzug nähen, du wanderst schließlich in den Knast.‹ Capone zwinkerte Leaning Jesus zu. ›Den Teufel werd' ich tun‹, sagte er. ›Ich geh' nach Florida und nehm' mir für den Rest des Lebens frei. Und dafür brauch' ich neue Anzüge.‹

Capone hat nie akzeptiert, daß er verspielt hatte. Leaning Jesus auch nicht. Aber es war aus und vorbei. Damals hatten die Bandenkriege schon über siebenhundert Menschenleben gefordert, das berüchtigte Massaker am Valentinstag 1929 mitgezählt, als die sieben Überlebenden der O'Bannion-Gang in einer Garage auf der North Side in einer Reihe aufgestellt und mit Maschinengewehren umgemäht wurden. Entschuldigung, möchten Sie Zucker?«

Rachel und ich verneinten. Aus irgendeinem Grund, vielleicht infolge seiner zurückgezogenen Lebensweise, wurde Pollards Erzählung zunehmend zur Katharsis. Jetzt, wo er in Schwung gekommen war, wollte ich ihn keinesfalls unterbrechen. Kurz darauf fuhr er fort.

»Als Capone im Mai 1932 ins Kittchen von Atlanta kam, war er als Pate faktisch geliefert. Zwei Jahre später wurde er nach Alcatraz verlegt. Nach weiteren vier Jahren erklärten ihn die Anstaltsärzte für geisteskrank. 1947 starb er in Miami auf seinem Anwesen auf Palm Island. Die Ärzte sagten, am Ende hätte er den Verstand eines Zwölfjährigen gehabt. Aber mein Vater hat all die Jahre bis zu seinem Tod Kontakt gehalten, und seiner Meinung nach hatten die Ärzte 'ne Meise, und Capone war so gerissen wie eh und je.«

An diesem Punkt sprang Perky von Rachels Schoß, und Pollard kam kurz vom Thema ab.

»Moment mal«, sagte er, »das ist doch hoffentlich für keine Veröffentlichung. Sie schreiben nicht zufällig ein Buch, oder?«

»Ganz und gar nicht. Ich wüßte bloß gern, warum jemand den Namen von Leaning Jesus heraufbeschwört, um einen Freund von mir in Angst und Schrecken zu versetzen, und warum *ich* seine Probleme so hautnah zu spüren bekomme.«

»Leaning Jesus hat keinen einzigen Mord begangen, müssen Sie wissen. Deswegen wollte ihm das FBI also nicht ans Leder. Aber die Cops wußten, daß er alles andere als ein stinknormaler Koch war. Sie kannten seine Rolle als Capones Intimus nur zu gut. Und sie glaubten, Capone hätte meinem Vater ein bestimmtes wichtiges Dokument anvertraut, hinter dem sie her waren. Nur ist das FBI nie damit rausgerückt, worum es sich dabei handelte oder ob es dieses Dokument überhaupt gab. Was und wo es war, blieb ein Geheimnis, das Leaning Jesus mit ins Grab genommen hat. Nach Capones Verschwinden und erst recht nach seinem Tod wurde mein Vater gnadenlos durch die Mangel gedreht. Man zeichnete stundenlange Vernehmungen auf, und immer wieder kam es zu Hausdurchsuchungen. Damit war erst in den Fünfzigern Schluß. Nach seinem Tod flackerte es 1962 noch einmal auf. Die stellten das ganze Haus auf den Kopf, mußten aber unverrichteterdinge wieder abziehen. Sie hatten Unmengen von Fragen, aber ich konnte ihnen auch nicht weiterhelfen. Dad sprach mit mir nie über das Geschäft. War vielleicht auch besser so.«

Aufgezeichnete Vernehmungen, dachte ich. Langsam kamen wir der Sache näher.

Pollard erhob sich und goß uns allen frischen Kaffee ein. Ich fragte, ob ich eine Zigarre rauchen dürfe. Sogar gern, meinte er, das erinnere ihn an die guten alten Zeiten. Er holte einen Aschenbecher, und ich warf Rachel achselzuckend einen Blick zu. Der Mann konnte zwar nicht alle Fragen beantworten, aber er war ein aufmerksamer Gastgeber. Und die waren weiß Gott selten geworden.

»Und nach Leaning Jesus' Tod«, sagte ich, als er mit dem Aschenbecher zurückkam, »haben Sie vom FBI nie wieder was gehört.«

»Bis vor zwei Monaten nicht«, sagte er.

Meine Zigarre blieb auf halber Strecke zum Mund stecken. Hier hatte gerade ein großes, markantes Puzzlestück seinen Platz gefunden. Leider war nicht zu übersehen, daß wir es mit einem sehr großen Puzzle zu tun hatten. Eines, das zwischen zwei Bechern Kaffee locker acht Jahrzehnte überspannte.

»Jetzt wird der Volkstanz zum Engtanz«, sagte ich. »Unter welchem Vorwand sind sie diesmal angerückt?«
»Im Hauptquartier wurde jemand pensioniert. Man sagte, die Akte würde geschlossen.«
»Wissen Sie zufällig noch die Namen der beteiligten Beamten?«
»Nein, tut mir leid. Auch sie mußten wieder mit leeren Händen abziehen. Ich glaube nicht, daß es hier überhaupt etwas zu holen gibt.«
Ich beugte mich vor und streichelte Perky. Der Hund machte einen schlaueren Eindruck als viele meiner Bekannten. Ich selbst kam mir im Augenblick allerdings auch nicht besonders intelligent vor. Wie die Figur in einem uralten Kinderbuch, das mir bruchstückhaft in den Sinn kam, würde ich Chicago als älterer, aber nicht viel weiserer Bär verlassen. Das klügste wäre wahrscheinlich, einfach bis zum Frühjahr Winterschlaf zu halten. Bären verschliefen ganze Monate in ihren Höhlen, warum konnte ich das nicht? Na gut, Bären mußten zwischendurch nicht aufs Klo oder die Katze füttern. Außerdem hatten sie wahrscheinlich keine Alpträume, außer wenn sie sich um Mäuse drehten. Ach nein, das waren ja Elefanten. In Bärenalpträumen tauchten wohl eher Menschen auf. Im Team konnten Mäuse und Menschen dem Rest der Welt eine Heidenangst einjagen. Ich hatte nicht vor, Alpträume zu bekommen. Wie hatte Warren Zevon mal gesagt? »I'll sleep when I'm dead.« Wenn ich nicht aufpaßte, würde ich eher früher als später in diesen Todesschlaf fallen.
Ich streichelte Perky immer noch und fing unwillkürlich an, ihm etwas vorzusingen. Es war eine einfache Melodie, die ich damals bei *Big John and Sparky* aufgeschnappt hatte, einer Radioserie, die ich als Kind immer gehört hatte. Wenn die Diagnose der Ärzte über Capone gestimmt hatte, hatten wir uns vielleicht sogar dieselben Sendungen angehört.

If you go down to the woods today
You're in for a big surprise.
If you go down to the woods today
You'd better go in disguise …

Perky schien dem Song konzentriert zu lauschen. James Pollard junior schien mich konzentriert anzustarren.

Dah dah dah dah dah dah dah dah dah
Dah dah dah dah dah dah dah dah
Today's the day the teddy bears have
their Pic-nic …

»Na«, sagte Rachel, »ich glaube, wir sollten besser mal los.«
»Eine letzte Frage«, sagte ich. »Nur mal angenommen, es gab dieses geheimnisvolle Dokument, und Al Capone hat es wirklich Leaning Jesus anvertraut, bevor er in den Knast ging. Denken Sie doch mal zurück, Mr. Pollard. Hat Ihr Vater jemals Anspielungen auf etwas in der Art gemacht, sei es auch noch so kryptisch gewesen?«
Pollard überlegte einen Augenblick. Rachel packte ihre Handtasche. Perky stand schwanzwedelnd neben meinem Stuhl und wollte eindeutig noch eine Strophe des Titelsongs von *Big John and Sparky* hören.
»Meines Wissens nicht«, sagte Pollard schleppend. Aber der Ton, in dem er das sagte, ließ mich nachhaken.
»Hat er jemals etwas gesagt, womit Sie damals nichts anfangen konnten und was Ihnen jetzt vielleicht wieder einfällt? Etwas Merkwürdiges, was zunächst einfach keinen Sinn ergab?«
Rachel und ich standen schon. Perky auch. Pollard lehnte an der Anrichte neben seinem Kaffee und fragte sich vermutlich, ob er ihn oder sein Herz ausschütten sollte.
»Offen gesagt«, meinte er dann, »hat mein Vater nach

dem Unfall tatsächlich etwas gesagt, worauf ich mir keinen Reim machen konnte. Das war nachts im Krankenhaus, als er schon im Sterben lag. Vielleicht war er da schon nicht mehr ganz klar, denn ich bin sein einziger Sohn, obwohl, er hatte zwar mal eine Affäre, aber von einem unehelichen Kind hätte ich bestimmt erfahren.«

Plötzlich war es in der Küche ganz still. Die ganze Welt schien auf einmal stillzustehen. Pollard war halb in Trance und sah aus, als könne er ewig so stehenbleiben. Nach ein paar Sekunden gab ich ihm einen kleinen Anstoß.

»Was hat Leaning Jesus gesagt?« fragte ich. »Können Sie sich an den genauen Wortlaut erinnern?«

Pollards Augen sahen offenbar das Krankenhauszimmer vor sich. Perky wollte Herrchens Blick wohl folgen, ging aber wie das FBI all die Jahre leer aus.

»Die letzten Worte meines Vaters waren mir völlig unverständlich. Er sah aus dem Krankenhausbett zu mir hoch und umklammerte meinen Arm. Er sagte bloß: ›Der Kleine! Wo ist der Kleine?‹«

37

Mein Rückflug nach New York war, um noch einmal John Smith, den Kapitän der *Titanic* zu zitieren, »ereignislos«. Im Gegensatz zu James Pollard junior wußte ich ganz gut, wer der Kleine war. Nur stellte ich mir dieselbe Frage wie Leaning Jesus auf dem Sterbebett: *Wo* ist der Kleine? Ich hatte McGovern am Morgen vom O'Hare aus angerufen und dann noch einmal nach der Landung auf dem La Guardia. Das Telefon klingelte und

klingelte. Kein Besetztzeichen mehr, kein Anrufbeantworter, kein Kleiner.
Ich rief nicht nur McGovern an, sondern vorsichtshalber auch Polly Price, ebenfalls von beiden Flughäfen aus. Es überraschte mich nicht gerade, als das ebenso wenig Erfolg hatte. Nicht nur der Kleine war weg, sondern auch meine Klientin. Der Fall war einfach entzückend.
Im Taxi auf dem Weg zur Vandam dachte ich wieder an Rambams chauvinistischen Ratschlag: Trau niemals einem Klienten, wenn er weiblich ist. Sein Credo war zwar nicht auf der Höhe des Zeitgeists, aber deswegen mußte man es ja nicht gleich in die Tonne drücken. Ein Chauvi am Morgen spart Kummer und Sorgen. Momentan traute ich nicht nur Klientinnen nicht über den Weg, auch große irische Journalisten waren sehr in meiner Achtung gesunken. Meine Haltung gewann verblüffende Ähnlichkeit mit der Al Capones, der gegen Ende seines Lebens als blutrünstiger, psychotischer, paranoider, dickköpfiger und heimtückischer Zwölfjähriger aller Welt mißtraute. Mit dieser Haltung macht man sich zwar keine Freunde, aber in New York fährt man damit am besten.
»Ich fass' es nicht«, sagte Rambam am Spätnachmittag, als wir auf verschiedenen Diagonalen durchs Loft liefen. »Als du mich das letzte Mal aus Chicago angerufen hast, hattest du *zwei* Klienten, und jetzt werden *beide* vermißt?«
»Ach«, sagte ich, »so außergewöhnlich ist das gar nicht. Weißt du, ich war vollauf damit beschäftigt, für die Liga der Rotschöpfe die *Encyclopaedia Britannica* abzuschreiben.«
»Und? Bist du schon bei ›Klemme‹ angekommen?« fragte Rambam.
»Nein«, sagte ich, »da wollte ich deine Mithilfe abwarten.«
»Sollst du haben, obwohl du schon die beiden obersten Regeln aller guten Privatdetektive verletzt hast: Trau niemals einem Klienten, wenn er weiblich ist, und übernimm niemals einen Fall ohne Honorar.«

»Ich fürchte, manchmal kann sich der gute Christ in mir einfach nicht beherrschen.«
»Wenn er das nächste Mal die Beherrschung verliert«, sagte Rambam, »darfst du dich nicht wundern, wenn sich jemand drei Nägel schnappt und dir eine vertikale Bleibe verschafft.«
Er war richtig frustriert. Ich war in heftigstem Aufruhr. Die Katze konnte beides nicht verknusen. Wie die meisten Katzen mochte sie keine Sticheleien und beteiligte sich so gut wie nie daran. Sie kauerte mitleiderregend neben der fauchenden Espressomaschine, weil das Loft genauso kalt war wie die anwesenden Menschen.
»Jetzt schau dir bloß an, was du angerichtet hast«, sagte ich zu Rambam. »Du hast die Katze vergrätzt.«
»Die Katze kann mich mal«, sagte er.
Verärgert kam er auf die Katze und mich zu, blieb aber stehen und nahm einen rosafarbenen, parfümierten kleinen Briefbogen von der Anrichte. Ich versuchte vergeblich, ihn ihm wegzunehmen.
»Was haben wir denn da?« fragte er spöttisch.
»Gar nichts«, sagte ich. »Das ist nur ein kleiner Liebesbrief von Stephanie DuPont. Sie ist wieder in der Stadt und hat die Katze gefüttert, während ich in Chicago war. Gib her.« Rambam schnupperte am Briefpapier.
»Reizend«, sagte er. Dann krempelte er die Ärmel hoch und schickte sich zur Lektüre an. Die Geste hatte unheimliche Ähnlichkeit mit Ed Norton in *The Honeymooners*.
»Mal sehen, was sie zu sagen hat«, sagte er und wehrte mühelos all meine Anstrengungen ab, ihm das Blatt wegzunehmen. Er räusperte sich mehrfach. Dann las er die Notiz zu meinem Verdruß laut vor:

Du mußt Katzenfutter besorgen, Turboschwanz. Und wenn du schon einkaufen gehst, kannst du's dir auch gleich besorgen lassen.
STEPHANIE

»Ich mag Mädchen, die kein Blatt vor den Mund nehmen«, sagte Rambam mit sarkastischem Grinsen.
»Sie hat einen ziemlich ätzenden Sinn für Humor«, sagte ich.
Die Katze schloß bloß peinlich berührt die Augen.
Kurz darauf herrschte im Loft wieder Friede, Freude, Eierkuchen. Die Gemüter hatten sich beruhigt, aber das sonnigste Gemüt gehörte natürlich nach wie vor dem kleinen Negerpuppenkopf, der oben auf dem Kühlschrank das wärmste Lächeln zeigte, das dieser Tage in New York zu kriegen war.
Ich hatte Rambam detailliert die Ereignisse in Chicago dargelegt, und daß ich die Parallele zwischen meiner Erfahrung und der Jabez Wilsons in der »Liga der Rotschöpfe« erkannt hatte, schien ihm zu imponieren. Als ich ihm darlegte, was ich von Polly Price' und McGoverns Rolle in der elenden Geschichte hielt, wirkte er weniger überzeugt. Am besten gefiel ihm eindeutig die Verbindung, die zwischen Al Capone, Leaning Jesus und dem Kleinen hergestellt worden war. Der Kleine war natürlich McGovern, aber obwohl er sich oft genug kindisch aufführte, war er aus diesem Etikett längst rausgewachsen. Ich war heilfroh, daß Rambam die Tragweite des Falls erkannt hatte und wir ihn von Detektiv zu Detektiv besprechen konnten.
»Ich hab' eine Idee«, sagte er, als er über den Ermittlungsstand auf dem laufenden war. »Warum satteln wir nicht einfach unsere Pferde und machen uns auf die Suche nach der verlorenen Goldmine des Holländers?«
»Diese Kiste könnte größer sein.«
»Sie könnte einem schwer auf den Keks gehen.«
»Von Eliot Ness bis Geraldo Rivera würde jeder gern in unserer Haut stecken.«
»Solange er uns nicht an die Wäsche geht.«
»Ich mein's ernst, Rambam.«
»Das hatte ich befürchtet. Paß auf, ich bleib' aus zwei

Gründen am Ball. Erstens bist du mein Freund, und zweitens hat die Sache einen gewissen Unterhaltungswert. Aber du hast nicht den leisesten Beweis für deine These, und so manche banale Erklärung ist weitaus wahrscheinlicher.«

»Zum Beispiel?«

»Zum Beispiel könnte Polly in McGovern verknallt sein. Vielleicht kann sich dein Ego nicht damit abfinden, daß er sie mit seinem beachtlichen irischen Charme um den Finger gewickelt hat. Mein Typ ist er ja nicht, aber wer weiß? Vielleicht sind die beiden einfach für ein paar Tage nach Atlantic City durchgebrannt.«

»Es ist zwar kaum zu glauben, aber wahrscheinlich nicht ausgeschlossen.«

»Natürlich nicht. Es ist auch nicht ausgeschlossen, daß das, was dich auf deine ›Liga der Rotschöpfe‹-Hypothese gebracht hat, bloß ein großes Ablenkungsmanöver ist. Die beiden Ermittlungen haben vielleicht gar nichts miteinander zu tun. Du kommst mit beiden nicht voran und hast deshalb den klassischen Fehler vieler Amateurdetektive gemacht, sie einfach zu einer großen Verschwörung zusammenzuführen.«

»Gut, dann gehen wir jetzt zu McGovern rüber und fühlen ihm auf den Zahn.«

»Ich bin dabei, aber erst wenn wir in seinem Wohnzimmer sieben von Kugeln durchlöcherte Mitglieder der O'Bannion Gang finden, lass' ich mir einreden, Al Capone hätte was mit der Sache zu tun.«

»Und was ist bei sieben Tagen Schmutzwäsche mit Löchern?« fragte ich, als wir zur Tür gingen.

38

Als Rambam und ich bei McGovern eingebrochen waren, wußte ich sofort, daß etwas Furchtbares passiert sein mußte, denn die Wohnung war sauber und wie aus dem Ei gepellt. Ich kannte McGovern schon ewig und drei Tage, und seine Wohnung war noch nie aus dem totalen Chaos aufgetaucht. Er behauptete immer, er hätte ein Suchsystem, und vielleicht stimmte das auch, aber bisher hat kein zivilisierter Mensch dieses System je durchschaut. Jetzt war die Wohnung so sauber, picobello und aufgeräumt, daß man Chicken McGovern vom Fußboden hätte essen können. Sie erinnerte mich an die Musterwohnung, die Kaufinteressenten immer vom Makler vorgeführt bekommen. Aber ich kaufte das niemandem ab. Die Wohnung war von einem Vollblutpedanten durchforstet worden, der gewußt hatte, wonach er suchte.

»Fällt dir was auf?« fragte ich Rambam, während wir die akkurat aufgestapelten Zeitungen, die penibel aufgeräumten Bücherregale und Kleiderschränke musterten.

»Klar«, sagte Rambam. »Normalerweise sieht's hier aus wie bei Hempels unterm Sofa.«

»Wenigstens ist McGovern keine solche Drecksau wie Ratso«, sagte ich.

»*Niemand* ist eine solche Drecksau wie Ratso. Na gut, dann ist hier eben jemand durchgegangen. Vielleicht hat sich McGovern eins dieser mobilen Putzkommandos aus Beverly Hills kommen lassen, wo vierzehn Guatemaltekinnen aus einem Transporter springen, und nach elf Sekunden ist dein Haus porentiefrein.«

»Oder Hercule Poirot hat sich ein paar Tage als Hauspest eingenistet«, sagte ich.

»Zugegeben«, meinte Rambam, »eine blitzblanke Wohnung von McGovern entspricht bei jedem anderen einem

Saustall. Aber das stellt noch keine Verbindung zu Al Capone her.«
»Diese Ordnung ist den MIB zu verdanken.«
»McGovern ist ein MIB?«
»Nein, McGovern ist ein MIT.«
»Das heißt?«
»Man in trouble.«
»Sowieso. Und was ist ein MIB?«
»MIB ist die Abkürzung für die geheimnisvollen Men in Black, die angeblich immer ermitteln, wenn irgendwo ein UFO gesichtet worden ist.«
Rambam sah mich an, als stünde ich ganz oben auf der Warteliste des Heims für die Durchgeknallten in Bandera. Wie so vielen Amerikanern war ihm das Abstrakte oft zu abstrakt. Er brauchte konkrete Beweise, und ich merkte, daß seine Geduld langsam erschöpft war.
»Von UFOs hast du aber gehört, ja? Unidentifizierte Föderative Organisationen?«
»Ich hatte mit fast allen mal zu tun, und über kurz oder lang verwandeln sie sich immer in MIB, und du stehst als MIT da. Wenn du Schwein hast.«
»Woher weißt du dann, *daß* du mit ihnen zu tun hast? Ich hab' nämlich schon seit einigen Wochen den Verdacht, hinter jeder Ecke würden mir große Tentakel und Testikel auflauern, und ich seh' sie nur noch nicht.«
»Sie sind große Säugetiere«, sagte Rambam, inspizierte das Zimmer sorgfältig und blieb vor der Feuerleiter am Fenster stehen. »Aber manchmal kann ein scharfsichtiges Auge ihre Spuren im Schnee entdecken. Ist das hier die Feuerleiter, auf der McGovern seinen MIB gesehen hat?«
»McGovern hat in letzter Zeit massenhaft MIB gesehen. Deswegen ist er schließlich ein MIT. Aber sonst: Ja, das ist die Feuerleiter. Warum fragen Sie, Chief Inspector?«
Rambam reagierte nicht. Er starrte anscheinend durch die Gardine auf etwas in der Gasse hinab. Ich wartete geduldig. »Heilige Jungfrau Maria!«

»Was ist denn?«
»Ich fass' es nicht.«
»Was ist denn los?«
Ich trat neben ihn und sah, daß er ein kleines Brandloch in der Gardine betrachtete. Mir war es bisher nicht aufgefallen, aber das war ja auch kein Wunder. Dünne Gardinen sind wie Spinner oder schlimme Autounfälle. Man nimmt sie eigentlich gar nicht wahr, sondern schaut irgendwie durch sie hindurch.
»Raucht McGovern?« fragte Rambam düster und hockte sich hin, um das Brandloch näher in Augenschein zu nehmen. Es befand sich über den Daumen gepeilt auf Hodenhöhe.
»Seit Jahren nicht mehr«, sagte ich.
Rambam untersuchte das Loch immer noch. Dann warf er einen Blick auf das Haus gegenüber.
»Wahrscheinlich hat er die Gardine auch seit Jahren nicht mehr gewechselt«, sagte ich.
Rambam beachtete mich nicht. Als er wieder aufstand, hatte er einen ernsthaften, konzentrierten Gesichtsausdruck.
»Weißt du, woher dieser Brandfleck stammt?« fragte er und zeigte auf die Gardine.
Ich sah mir die Stelle noch mal genauer an. Der Brandfleck sah aus, als hätte jemand den Stoff mit einer brennenden Zigarette gestreift. »Woher zum Teufel soll ich das wissen?« fragte ich. »Von einem Zwerg mit einer sehr langen Zigarettenspitze?«
»Sehr witzig, Kinky, aber wenn mich nicht alles täuscht, ist die Gardine von außen angesengt worden. Wie du siehst, ist dahinter ein Fenster, das wahrscheinlich meist geschlossen ist. Zwischen der Gardine und dem Fenster wäre gar nicht genug Platz für einen Zwerg mit einer langen Zigarettenspitze.«
»Und was soll das dann gewesen sein?«
»Ein Lasermikrofon.«

»Ein Lasermikrofon?«
»Du wolltest doch ein UFO haben«, sagte Rambam. »Jetzt hast du eins.«

39

Es wurde bereits dunkel, als Rambam und ich die Jane Street zur Eighth Avenue hochtrotteten und in der Gasse hinter McGoverns Wohnung in den dritten Stock des Hauses gegenüber stiegen. Rambam meinte, für den Laserstützpunkt kämen nur die zwei Wohnungen in Frage, deren Fenster auf die Gasse hinausgingen. Er klopfte an die Tür der ersten.
»Was suchen wir eigentlich?« fragte ich, und die Tür öffnete sich auf ein glückliches Schwulenpärchen, das gerade an einem romantischen, kerzengeschmückten Tisch Platz nehmen wollte.
»Das hier bestimmt nicht«, sagte Rambam.
Wir liefen den Korridor hinab zur Tür der zweiten Wohnung. Mir kam das Ganze langsam spanisch vor.
»Was macht so ein Lasermikrofon eigentlich?« fragte ich.
»Wenn man es ordnungsgemäß auf ein Fenster richtet wie hier bei McGovern, dann fängt es Schallschwingungen auf, die entweder direkt in einen Computer eingespeist oder aber aufgezeichnet werden, um sie später im Labor auszuwerten.«
»Und diesen Schallschwingungen läßt sich etwas entnehmen, ja?«
»Entnehmen? Das soll wohl 'n Witz sein«, sagte Rambam. »Die können gut und gern seit einem Monat jeden Furz,

jeden Rülpser und – was wichtiger sein könnte – jedes Wort abgehört haben, das da drüben gesprochen worden ist.«
Rambam klopfte, und irgendwo in meinem Schädel öffnete sich eine Tür. Wenn McGovern abgehört worden war, dann wurde mir so einiges klar. Egal, wer dahintersteckte, er mußte immer wieder mitbekommen haben, wie sich McGovern vor Ort und am Telefon mit mir unterhalten hatte. Er hatte mitbekommen, daß der Superdetektiv (niemand anders als ich) McGovern als Klienten angenommen hatte. Er hatte mitbekommen, wie wir über Leaning Jesus gesprochen hatten. Er hatte gewußt, daß ich nach Chicago wollte.
Rambam klopfte noch einmal.
Nichts.
»Zwei Einbrüche an einem Abend«, sagte er. »Ich war schon mal besser, aber schlecht ist das nicht. Hoffen wir bloß, daß sich hinter dieser Tür der Laserstützpunkt verbirgt.«
»Es wäre eine herbe Enttäuschung«, sagte ich, »wenn wir bloß einen Zwerg mit einer langen Zigarettenspitze finden, der durch die Gegend zieht und den Leuten die Gardinen ankokelt.«
»Den Zwerg mach' ich platt«, sagte Rambam grimmig und nahm das Türschloß in Angriff.
»Du willst dich doch nicht an Kleineren vergreifen, oder?« sagte ich, als die Tür aufging.
»Ich fürchte, das hier ist mir eher 'ne Nummer zu groß«, sagte er.
»Das hat sie letzte Nacht auch gesagt«, teilte ich seinem Hinterkopf mit, und wir betraten die Wohnung.
Sie war dunkel und roch muffig und leerstehend. Rambam schaltete das Licht ein, und ich sah, daß etwas fehl am Platz war. Vieles war hier fehl am Platz, denn anscheinend hatte man das gesamte Mobiliar in den kleinen Flur zwischen Eingangstür und Wohnzimmer gestapelt.

»Typisch«, sagte Rambam, und wir führten zwischen einer Kommode, etlichen Schreibtischlampen auf dem Fußboden und einem Kinderschaukelstuhl einen Country-Line-Dance mit zwei Personen auf. Der Schaukelstuhl war vielleicht für den Zwerg, aber der Zwerg war gar nicht da. Aber was da war, würde mir wahrscheinlich gar nicht schmecken.
»Die suchen sich eine Wohnung«, sagte Rambam, »deren Bewohner für sieben Monate auf Fotosafari in Botswana sind, und für die Dauer ihres Einsatzes bauen sie dort ihre Ausrüstung auf. Wenn die Mieter zurückkommen, ist längst wieder alles, wie es war. Damit kennen die sich verdammt gut aus.«
»Und wer sind ›die‹?«
Rambam antwortete nicht. Er hatte die Kletterei durch den Flur hinter sich gebracht und spurtete jetzt wie der geölte Blitz ans Fenster. Als ich ins Wohnzimmer kam, sah ich, daß dort kein einziges Möbelstück stand. »Heilige Jungfrau Maria!« sagte Rambam.
»Was ist?«
»Sieh dir das an!«
Er zeigte auf die Dielenbretter vor dem Fenster, auf denen eine dicke Staubschicht lag, die nur drei verwischte Flecken direkt vor der Scheibe aufwies.
»Laserstativ«, sagte er.
»Unverkennbar«, sagte ich.
»Und durchs Fenster hat man die perfekte Sicht auf McGoverns Wohnung.«
»Gibt es noch andere Erklärungen für diese Flecken?«
»Na logo«, sagte Rambam, »aber hierfür gibt es keine andere Erklärung.«
An der Wand lag ein kleines, glattes schwarzes Etwas, das einem stinknormalen Kugelschreiber verdammt ähnlich sah. Er hob es auf, betrachtete es kurz, nickte und reichte es mir.
Die Aufschrift lautete:

U. S. GOVERNMENT SKILCRAFT

»Du hast die Spur des Monsters gesehen«, sagte Rambam. »Das hier sind seine Kötel.«

»Hoffentlich erlebe ich noch, wie die moderne Technik versagt«, sagte ich und sah zu McGoverns unschuldiger kleiner Wohnung hinüber.

»Wenn's soweit ist, schick' ich dir ein Fax per E-Mail.«

Wir verdrückten uns schneller, als wir eingedrungen waren. Wahrscheinlich erhob schon die Paranoia ihr riesiges, häßliches Haupt. Uns war klar, daß wir es mit einem UFO und jeder Menge MIB zu tun hatten. Auf der Eighth Avenue nahmen wir uns ein Taxi und fuhren nach Norden. Ich dachte, in Polly Price' Penthouse wären vielleicht noch ein paar Antworten zu finden. Ich erzählte Rambam vom Spezialfahrstuhl ins Penthouse und den unzähligen Portiers, aber er sah keine Probleme. Ich stellte keine Fragen. Im Reich der Einbrecher war Rambam König.

Ich sah mir den Taxifahrer an, bevor ich den Mund aufmachte. Er war ein Israeli, machte aber nicht den Eindruck, für den Mossad zu arbeiten. »Und wer waren die Maskierten?« fragte ich dann.

»Das läßt sich an vier Fingern abzählen«, sagte Rambam. »Das NYPD hat keine solche Ausrüstung. Die Drogenfahndung hat nicht genug Personal, um eine so läppische Wohnung rund um die Uhr zu überwachen, außer bei begründetem Verdacht, hier würden jede volle Stunde hundert Tonnen Koks verschoben, und den Verdacht hat sie nicht. Die CIA hat keine Befugnisse, im Inland aktiv zu werden, außer bei begründetem Verdacht, es gehe um die Ausarbeitung von Terroranschlägen, und den Verdacht hat sie nicht. Bleibt also nur das gute alte FBI.«

»Du sagst das mit solcher Herzlichkeit, daß ich annehme, die magst du am wenigsten.«

»Du kannst noch den KGB mitzählen«, sagte er, »das FBI mag ich trotzdem am wenigsten.«
Mich fröstelte leicht, während New Yorks schmutzige Neonnacht am Fenster vorbeizog. Es mußte sicherere Schlupfwinkel geben. Ich mußte mehr aus meinem Leben machen können. Ich dachte zwanzig Blocks lang darüber nach, aber mir fielen nur zwei Möglichkeiten ein: entweder ich gründete in Texas eine koschere Nudistenranch, oder ich würde der Freund, der Janis Joplin immer gefehlt hatte.
Also lehnte ich mich leicht fröstelnd zurück, während New Yorks schmutzige Neonnacht am Fenster vorbeizog.

40

Als wir aus dem Taxi stiegen, sagte Rambam: »Vielleicht solltest du endlich anfangen, einer geregelten und geruhsamen Arbeit nachzugehen. Mit der tätowierten Lady, von der du mal erzählt hast, könntest du doch bestimmt in geordneten Verhältnissen leben. Woher kam die noch gleich?«
»Aus San Diego.«
»Hat sie Kinder?«
»Ja. 'n Sohn. Zehn Jahre alt.«
»Und wie sieht's aus? Fühlst du dich dem Job als Jugendleiter gewachsen?«
»Lieber werd' ich Trittleiter.«
»Prima«, sagte Rambam. »Brauchen wir vielleicht, um ins Penthouse einzusteigen.«
In der Upper West Side spazierten wir ein paarmal ums

Karree und sondierten die Lage. Auf dem Bürgersteig und der Straße vor Polly Price' Haus waren die Portiers ausgeschwärmt. In ihren flotten Uniformen sahen sie aus, als suchten entweder der Zirkus oder die preußische Armee die Stadt heim, und beide konnte ich nicht ausstehen. Es gab nur eine Armee, an die ich glaubte, und das war die Heilsarmee. Den Zirkus mochte ich aus drei Gründen nicht. Erstens hatte sich mein Leben in letzter Zeit in ein solches Affentheater verwandelt, daß mir zusätzliche Ablenkung gestohlen bleiben konnte. Zweitens erinnerten mich heutzutage alle Clowns an John Wayne Gacy. Und drittens war mir der Zirkus ganz allgemein suspekt, seit ein Elefant auf Honolulu seinen Dompteur zertreten hatte, aus dem Zirkus ausgebrochen war und von der Polizei erschossen werden mußte. Der Zirkusdirektor hatte sich wegen des Elefanten, eigentlich einer Elefantenkuh, den Kopf gekratzt und ausgesprochen, was alle gedacht hatten: »Warum hat sie das bloß getan?« Dabei liegt das klar auf der Hand. Wenn Sie Tag für Tag und Nacht für Nacht in einem heißen, stickigen und unheimlichen Frachtflugzeug um die Welt geflogen würden, nur um dann mit einer dämlichen, an den Kopf getackerten Tiara vor Tausenden von kreischenden Idioten Mätzchen zu machen, würden Sie dann vielleicht nicht auch aus dem Zirkus ausbrechen? Vielleicht war sie auf der Suche nach Dumbo. Wer weiß? Jetzt ließ sich eh nichts mehr dran ändern. Alle Welt läuft entweder vor dem Zirkus weg oder mit dem Zirkus auf und davon, und er zieht gnaden- und erbarmungslos weiter, bis er schließlich unser ganzes Leben vereinnahmt, das meistens ein bißchen Theaterschminke und Erdnüsse ganz gut brauchen könnte. Aber manchmal kommt sogar ein Wanderzirkus in Teufels Küche wie beispielsweise dieser Zirkuszug, der vor einiger Zeit in Florida entgleiste. Alle Tiere überlebten, nur ein Löwendompteur und ein Clown mußten über die Klinge springen. Vielleicht hat Gott *doch* Sinn für Humor. Wenn es einen Gott gibt.

»Wie zum Geier sollen wir bloß an den ganzen Portiers vorbeikommen?« fragte ich, als wir das Haus links liegen ließen.
»Du wirst nichts von ihnen mitkriegen«, sagte Rambam und bog links in eine Gasse ein, die sich um das Gebäude herumzog. »Mir nach.«
»Ins Tal des Todes.«
»Auszuschließen ist das nicht.«
»Ich glaube nicht, daß mein letztes Stündlein schon geschlagen hat. So glücklich bin ich doch gar nicht.«
»So glücklich machst du mich auch nicht gerade«, meinte Rambam. »Ich mußte meinem Glück schon oft auf die Sprünge helfen, aber wir beide gegen das FBI – da würde ich nicht auf uns setzen.«
»Wie Damon Runyon mal so schön gesagt hat: ›Das ganze Leben ist sechs zu fünf dagegen.‹«
»Ob der je in ein Penthouse eingebrochen ist?«
»In letzter Zeit nicht.«
Hinter dem Haus bogen wir wieder links ab und liefen durch Scherben, Schutt und Sperrmüll an seiner weniger attraktiven Rückseite entlang. Schließlich erreichten wir eine schlecht beleuchtete, schmuddelige Tür mit der Aufschrift: NOTAUSGANG. BEI TÜRÖFFNUNG WIRD ALARM AUSGELÖST.
»Siehst du die Alarmglocke in dem Gehäuse da?« fragte Rambam. »Ein herrlich altmodisches Modell. Ich werd' mich hier hinten mal umsehen. Bist du so lieb und tust mir einen Gefallen?«
»Gern, Mutti.«
»Hast du den Drugstore an der Ecke gesehen? Hol uns mal 'ne Dose Rasierschaum. Sparpackung.«
»Klingelstreiche? Muß das jetzt sein?« fragte ich Rambams Hinterkopf, der mit dem restlichen Körper im Dunkel verschwand.
Jetzt stand es also auf Rasiermessers Schneide, dachte ich und trollte mich mürrisch zum Drugstore. Wahrschein-

lich war es reiner Dusel, daß ich in Washington und Chicago ungeschoren davongekommen war. Bei künftigen Außendienstaufträgen mußte ich besser aufpassen. Vielleicht wollten mich diese Typen wirklich nicht umbringen, aber die Erfahrungen der letzten Wochen machten mir doch langsam zu schaffen. Und wenn man Leuten in die Quere kam, die einen zunächst nicht umlegen wollten, dann konnten sie es sich immer noch anders überlegen. Ich würde mir in Zukunft so manches anders überlegen.

Was als völlig banale Suche nach einem Vermißten begonnen hatte, deutete jetzt mit zittrigem Finger des Argwohns direkt auf den Menschen, den ich für meine Klientin gehalten hatte. Die leichtfertige, schrullige und etwas nervige Ermittlung dessen, was sich innerhalb und außerhalb von McGoverns großem Schädel abgespielt hatte, schien immer schneller auf einen Frontalzusammenstoß mit dem Federal Bureau of Investigation hinauszulaufen. Und um das Maß vollzumachen, nahm McGovern in irgendeiner Hotelsuite wahrscheinlich gerade Maß an meiner Klientin, während ich für Rambam Rasierschaum kaufen ging. Sparpackung.

Es war wie bei Shoshone dem Zauberpony, dachte ich, klemmte die Tüte mit dem Rasierschaum unter den Arm und rief aus einer Telefonzelle an der Ecke vorsichtshalber noch mal Polly Price an. Es ist nicht alles Gold, was glänzt, und meine goldige Klientin glänzte nach wie vor durch Abwesenheit. Zeitlebens mußte man Rasierschaum kaufen und Kaffee trinken und den bösen Buben nachjagen, bis man sie nicht mehr vom Rest der Welt unterscheiden konnte und einem sowieso alles am Arsch vorbeiging. Vielleicht fand man einen Vermißten. Vielleicht fand man, wonach man suchte. Vielleicht glaubte man, seinem Stern zu folgen, und eines Nachts sah man einsam und verlassen hoch und stellte fest, daß man die ganze Zeit von oben herab behandelt worden war.

Spaßeshalber rief ich meine Leib- und Magennummer bei New Yorks Freunden und Helfern an, die Nummer von Detective Sergeant Mort Cooperman. Er war nicht da, wohl aber sein Vizeknallkopf, Sergeant Buddy Fox.
»Wie schön, daß du dich mal meldest, Tex«, sagte er unverkennbar witzelnd. »Von dir hat man ja nichts mehr gehört, seit wir den Kadaver im Kofferraum gefunden haben.« Er bezog sich auf einen Anwalt namens Hamburger, den Kent Perkins und ich in der Tat tot im Kofferraum eines Lincoln in einer Tiefgarage gefunden hatten.
»Kannst du mir einen kleinen Gefallen tun, Sergeant?«
»Nichts lieber als das, Tex«, sagte er mit teilnahmsloser Monotonie, der die Begeisterung anzuhören war.
Ich gab ihm Derrick Price' Namen und sein Autokennzeichen durch. Rambam hatte beides durch seinen abgebrühten Computer gejagt und bei der Zulassungsstelle festgestellt, daß sich Derrick Price vor sieben Jahren auf den Weg über den Regenbogen gemacht hatte. Aber mit Regenbögen war das so eine Sache. Sie kamen und gingen, und für jeden sahen sie anders aus. Wenn sich meine Vermutung über Price bestätigte, dann mußte ich wissen, was das NYPD davon hielt. Sie würden sich zwar nicht gerade ein Bein ausreißen, um mir zu helfen, aber ihre Reaktion wäre vielleicht ganz aufschlußreich.
»Wir kümmern uns sofort darum«, sagte Fox mit einer Grimasse, die ich buchstäblich hören konnte. »Höchste Priorität, ist doch kein Thema.«
Ich wollte mich bedanken, aber er hatte schon aufgelegt. Also ging ich mit meiner Tüte zu Rambam zurück, der ein kleines Loch in das Gehäuse der Alarmanlage gebohrt hatte und es mit genug Rasierschaum füllte, um sämtliche Pudel im Central Park auf Vordermann zu bringen. Dann öffnete er die Tür, und das kaum hörbare Summen erinnerte eher an eine Biene als an eine Bimmel.
»So viel zum Thema Alarmanlagen«, sagte er, und wir traten rasch in den feuchtkalten Keller.

»Wir haben übrigens ein Problem«, sagte ich. »Der Lift bringt uns nicht bis ganz nach oben. Man braucht einen eigenen Schlüssel, um bis zum Penthouse zu kommen.«
»Kein Problem«, sagte Rambam. »Wir nehmen den Lastenaufzug. Ich geh' jede Wette ein, daß wir bei dem keinen Sonderschlüssel brauchen. Komisch, daß jemand, der ein Penthouse bewohnt oder ihm einfach nur so einen Besuch abstatten will, nicht im Traum den Lastenaufzug nehmen würde.«
»Wäre halt unter seiner Würde«, sagte ich, während wir einen langen, dunklen Korridor entlangwanderten.
Wir fanden den Lastenaufzug, und Rambam hatte natürlich recht. Wir fuhren die ganze Strecke in Begleitung einer Wagenladung Schmutzwäsche. Kurz darauf bearbeitete Rambam die Tür zu Polly Price' Penthouse, sein dritter Einbruch des Abends – der vierte, wenn man das Lahmlegen der Alarmanlage mitzählte. Die Alarmglocke des Hauses hatten wir vielleicht zum Schweigen gebracht, aber jetzt schrillte eine in meinem Oberstübchen los, und die war mit Rasierschaum garantiert nicht mundtot zu machen. Denn eigentlich war es eine Stimme. Weit weg, verzweifelt und verdammt bekannt.
Sie sagte: »MIT! MIT! MIT!«

41

Polly Price' Penthouse gab Rambam eine härtere Nuß zu knacken als McGoverns Wohnung oder das Spionennest gegenüber. Nachdem wir fünf Minuten lang geklopft und geklingelt hatten und Rambam alle erdenkli-

chen Geräte aus seinen Taschen gezaubert hatte, die einen Menschen von der einen Seite einer verschlossenen Tür auf die andere bringen, standen wir immer noch im Flur.
»Was machen wir jetzt?« sagte ich. »Ich hab' keine Lust, mir hier draußen die Beine in den Bauch zu stehen.«
»Schnapp dir 'n Wischmop und werde Hauswart«, sagte Rambam.
»Was denn?« sagte ich. »Soll ich etwa sang- und klanglos aus dem Showbusiness verschwinden?«
»Noch dazu so kurz vor unseren Eröffnungsfeierlichkeiten«, sagte er und zog einen absonderlichen Apparat aus der Tasche. Er ähnelte einer Taschenlampe mit einem zinkenähnlichen Mechanismus an der Spitze.
»Was zum Donnerwetter ist denn das?«
»Ein elektrischer Dietrich. Vom FBI entwickelt worden. Der Zacken hier vibriert mit tausend Umdrehungen pro Minute.«
»Macht die Bundesagentinnen bestimmt total spitz.«
»Sollten wir deine Klientin je wiedersehen, können wir sie ja mal fragen«, sagte er, steckte sein Dingsbums ins Schlüsselloch und schaltete es ein.
Der Einsatz war ratzfatz vorbei. Das Ganze dauerte ungefähr so lange, wie ein Herz zum Brechen braucht. Rambam drückte auf die Klinke, und die Tür schwang lautlos auf. Er machte eine einladende Geste.
»Alter vor Schönheit«, sagte er.
»Narren vor Engeln«, sagte ich und blieb stehen.
»Es geht um deine Klientin«, sagte er.
»Na gut«, sagte ich, »du deckst mir den Rücken.«
»Nur, wenn sonst nichts los ist.«
Ich betrat die Diele des Penthouse. Rambam hielt sich dicht hinter mir. Es war stockfinster und totenstill wie in einer Gruft. Inzwischen war ich der festen Überzeugung, daß Polly Price' graziles Damenhändchen bei meinem Ungemach in letzter Zeit kräftig mitgemischt hatte. Ich war sicher, daß sie sich schon für McGovern interessiert

hatte, lange bevor sie erfuhr, daß es mich überhaupt gab. Und daß ich Derrick Price noch finden würde, war ungefähr so wahrscheinlich wie Jesu Christi Wiederkunft als Osterhase.

Ich lauschte in die Stille und wartete darauf, daß sich meine Augen an die Dunkelheit gewöhnten. Rambam machte Licht.

»Das versteht man also unter Gewöhnung der Augen an die Dunkelheit, ja?« sagte ich.

»Gewöhn dich ruhig dran«, sagte Rambam. »Es gibt trotzdem nichts zu sehen. Es werde also Licht.«

»Und Gott sprach: ›So eine Scheiße.‹«

Fürwahr. Die Wohnung war gründlich ausgeräumt worden. Ein leeres Penthouse in einer leeren Welt. Nur die Kronleuchter waren noch da, und als wir auf den Balkon traten, sah ich, daß die merkwürdige Skulptur zurückgeblieben war, auf der ich es mir neulich unbequem gemacht hatte.

»Nicht draufsetzen«, sagte ich. »Das ist ein Kunstwerk.«

»Und deine Klientin echt ein Kunststück«, sagte Rambam und lief durch die leeren Zimmer zur Tür zurück.

»Welche Klientin?« sagte ich.

»Du sagst es. Die siehst du nie wieder. Das Miststück verwischt seine Spuren zu gut. Wir könnten sie bis in alle Ewigkeit suchen und trotzdem kein Lebenszeichen von ihr finden. Und nie erfahren, was sie wirklich vorhatte.«

»Und wie finden wir jetzt McGovern?«

»Wir können bloß hoffen, daß er schwanzwedelnd nach Hause kommt«, sagte Rambam.

»Falls er noch einen Schwanz hat.«

»Falls er noch ein Zuhause hat«, sagte Rambam.

Wir verließen das Gebäude durch den Haupteingang. Als wir durch das prunkvolle Foyer schritten, erlebten wir die nächste Überraschung. Ein Portier kam leicht aufgeregt auf uns zu.

»Mr. Friedman! Mr. Friedman!« rief er. »Meine Schicht hat

gerade erst angefangen. Ich hab' Sie gar nicht kommen sehen.«

»Ich wollte den Notausgang ausprobieren«, sagte ich. »Ich hab' mir gedacht, wenn ich die Alarmanlage mit Rasierschaum fülle, hört sie keiner.«

Ich lachte. Rambam lachte. Der Portier, der laut Namensschild »Carlos« hieß, lachte. Ich hatte den Mann noch nie gesehen.

»Der Witz ist gut, Mr. Friedman«, sagte Carlos und konnte sich gar nicht wieder einkriegen. Im lateinamerikanischen Kulturkreis lacht man manchmal über Dinge, die ich gar nicht lustig finde.

»Haut einen echt um«, fand Rambam.

»Woher kennen Sie meinen Namen, Carlos?« fragte ich.

»Miss Price hat mir einen Brief für Sie gegeben. Sie hat gesagt, wenn ein Mann mit einem großen schwarzen Cowboyhut reinkommt, der eine dicke Zigarre pafft, dann soll ich ihm diesen Umschlag geben.«

Carlos gab mir den Umschlag, auf den jemand »Mr. Friedman« getippt hatte. Er war zugeklebt.

»Und wo ist Miss Price abgeblieben?« fragte ich.

Carlos zuckte übertrieben die Achseln: »Miss Price ist fort.«

»Das können Sie laut sagen«, sagte Rambam.

Ich bedankte mich bei Carlos, wir gingen an der Phalanx der Portiers vorbei nach draußen und die Bürgersteige New Yorks hinab. Unter einer Laterne blieb ich stehen, riß den Umschlag auf und las Polly Price' kurzen Brief. Dann gab ich ihn Rambam, der ihn durchlas und zurückgab.

Sie hatte geschrieben:

Ich mag Sie, Kinky Friedman. Zu anderer Zeit an anderem Ort – wer weiß? Ich werde Sie nie vergessen.

In Liebe,
POLLY

»Du bist mir ja ein ganz Schlimmer«, sagte Rambam.

42

Wie bei einer zusammensackenden Kinderziehharmonika war plötzlich die Luft aus dem Fall raus. Zugegeben, mir fiel ein Stein vom Herzen, als wir die stark befahrenen Straßen der Upper West Side langliefen. Überall lagen hier Szenekneipen, oft unmittelbar neben authentischeren Lokalen, in denen sich die Leute noch am letzten Schrei des Vorjahrs orientierten. Ich mochte Leute vom Vorjahr. Das war schon immer so gewesen. Ich konnte damit leben, Polly Price nie wiederzusehen und nie zu erfahren, was sie im Schilde geführt hatte. Angesichts meiner jüngsten Erfahrungen war ihr Vorschuß zwar nicht mehr ganz so üppig, aber ich konnte das Geld einsacken oder für einen guten Zweck spenden. *For the Benefit of Mr. Kite* klang ganz gut. Jetzt gab es nur noch eine dunkle Wolke am Horizont, wenn auch eine ziemlich große, und das war McGoverns merkwürdiges Verschwinden. Er war zwar ein Stehaufmännchen, sehr loyal und sehr dickköpfig, aber auch sehr dünnhäutig, dachte ich zerknirscht. Ich wußte nicht, wie ich weiter vorgehen sollte. Falls es je eine Spur gegeben hatte, dann war sie plötzlich zu Ende. Ich hatte nicht zum ersten Mal eine Sternschnuppe verfolgt und konnte nur inständig hoffen, daß McGovern gesund und munter nach Hause kommen würde.

Auch Rambam wirkte niedergeschlagen und in sich gekehrt, als wir die Amsterdam zur 87th Street rübergingen und vor Barney Greengrass stehenblieben, einem der ältesten und besten Feinkostgeschäfte New Yorks.

»Vor 'n paar Jahren war ich mal mit Joel Siegel hier«, sagte ich. »Der Laden ist 'ne echte Killerbiene.«

»Hat den besten Lachs der Welt«, sagte Rambam. »Jammerschade, daß er geschlossen ist.«

»Genau wie die Akte Polly Price.«
»Nur daß es um die nicht schade ist«, sagte Rambam. »Wenn man sich mit dem FBI anlegt, geht's einem wie dem Indianer beim Fotografieren. Jedesmal verliert man ein Stück seiner Seele.«
Wir gingen um die Ecke in eine kleine offene Bar, fanden einen Tisch und bestellten etwas zu trinken.
»Das FBI hat mich also bloß ausgenutzt«, sagte ich, »um McGovern in die Falle zu locken. Und jetzt, wo sie ihn haben, brauchen sie mich nicht mehr. Wenn ich mir ihre Mühen, Kosten und Ablenkungsmanöver anschaue, müssen sie einem ganz großen Ding auf der Spur sein.«
»Zum Beispiel?«
»Zum Beispiel wie bei Geraldo Rivera, als der vor laufender Kamera in Al Capones angeblichen Geheimtresor stieg.«
»Geld und Personalaufwand stehen beim FBI in keinem Verhältnis zum erhofften Untersuchungsergebnis. Denk bloß an die Sache mit Randy Weaver vor ein paar Jahren, diesem Überlebenskünstler in seiner Blockhütte in Idaho, der das himmelschreiende Verbrechen begangen hatte, eine Waffe mit unzulässiger Lauflänge zu verkaufen. Sie gaben rund zehn Millionen Dollar aus, brachten Weavers Sohn und seinen Hund um und erschossen schließlich seine Frau, als sie mit dem Baby im Arm aus der Blockhütte trat. Die suchten keinen Schatz von Al Capone. Die suchten überhaupt nichts. Die waren einfach bloß ein mörderischer, hirnloser Hornissenschwarm, den irgendwer aufgescheucht hatte. Ich will nicht, daß du wie Randy Weaver endest.«
»In Waco haben sie sich auch ganz schön ins Zeug gelegt.«
»Und das sind erst die Operationen, die bekannt geworden sind«, sagte Rambam, der langsam in Fahrt kam. »Fast fünfzig Jahre lang hat J. Edgar Hoover den Verein geführt wie eine amerikanische Gestapo, und seit das

Arschloch verreckt ist, hat sich kaum was geändert, darauf kannst du Gift nehmen. Hoover war nicht nur ein übler Antisemit, sondern auch ein Schwulenhasser, obwohl er zeitlebens mit Clyde Tolson zusammen war. Die beiden waren die abgefucktesten Klemmschwuchteln, die du dir vorstellen kannst, und das ›abgefuckt‹ mein' ich wörtlich.«

»Willst du nicht lieber mir einen statt Trübsal blasen?«

Rambam überhörte meinen Aufheiterungsversuch. Bei der Aufzählung von FBI-Schandtaten war er nicht zu bremsen. Nur einmal unterbrach er sich kurz, um neue Drinks zu bestellen.

»Hoover ist in die Büros von allen möglichen jüdischen Verbänden eingebrochen. Ein ganzes Zimmer, sein sogenanntes Judenzimmer, hat er mit Akten über jüdische Prominente aus allen Bevölkerungsschichten vollgestopft. Für ihn waren alle Juden entweder Spione oder Kommunisten.«

»Er hat die Ärzte vergessen.«

»Das FBI hat krumme Dinger gedreht, lange bevor Nixon seinen ersten Ständer hatte. Die sind in die Praxis von Dustin Hoffmans Analytiker eingebrochen und haben zum Schutz Amerikas seine private Kartei gestohlen. Die haben Millionen von Steuergeldern und Arbeitsstunden verbraten, um Staatsfeinde vom Kaliber eines John Lennon, Leonard Bernstein, Arthur Miller und Martin Luther King zu hetzen, zu schikanieren und auszuspionieren.«

»Burl Ives nicht zu vergessen.«

»Burl Ives? Woher weißt du denn das?«

»Dank dem Friedman of Information Act.«

»Na schön«, sagte Rambam, stockte in seinem Monolog und lachte kurz. »Burl Ives. Wo war ich stehengeblieben?«

»Hoover und die Itzigs.«

»Ach ja. Das FBI hat versucht, Abbie Hoffman und Jerry Rubin gegeneinander aufzuhetzen. Hat Briefe gefälscht, Gerüchte in die Welt gesetzt – eine richtige Verleum-

dungskampagne, bei der sich der KGB noch 'ne Scheibe abschneiden …«
»Wie wär's mit einer Runde spirituellem Trivial Pursuit?« unterbrach ich ihn.
»Wußtest du, daß Jerry Rubins Beruf auf seinem Totenschein mit ›Jüdischer Straßenkämpfer‹ angegeben wurde?«
»Das waren sie doch alle. Unheimlich viele FBI-Opfer waren Juden.«
»Burl Ives nicht.«
»Geschenkt, Kinky. Burl Ives nicht.«
»Und Martin Luther King auch nicht.«
»Das läßt sich kaum bestreiten. Aber was sie dem angetan haben, schlägt dem Faß den Boden aus. Martin Luther King hatte anscheinend ein Faible für Seitensprünge. Und diese Kotzbrocken haben ihn rund um die Uhr bespitzelt und sein gesamtes Leben auf Band aufgezeichnet. Wenn er auf Reisen ging, haben sie seine Hotelzimmer verwanzt und Prachtstücke mitgeschnitten wie: ›Oh, Martin, du hast aber einen großen Schwanz!‹ Dann haben sie seine Frau angerufen und ihr das Band vorgespielt. Das heißt, erst hat ein weißer Agent einen schwarzen Akzent gelernt – schwarze Agenten gab's damals ja noch nicht –, und der zog eine halbgare *Amos 'n' Andy*-Nummer ab. Irgendwas à la: ›Miss King, ich hab' Anteilnahme, und ich spiel' Ihnen ma' was vor. Ihr Mann ist, scheint's, in Wisconsin und hat seinen Pillermann mitgebracht.‹ Und dann hat er ihr das Band vorgespielt: ›Oh, Martin, du hast aber einen großen Schwanz!‹ So einen Scheiß hat sich das FBI geleistet.«
»Und Gott strafte J. Edgar Hoover«, sagte ich. »Er schickte Martin Luther King in die Ferien, und J. Edgar Hoover bekam keinen Schwanz ab.«
»Dabei hatte der sich das so gewünscht. Zu dem Zeitpunkt war Martin Luther King wahrscheinlich längst reif für die Insel.«

Ich war reif für meinen nächsten Old Grand-Dad und verschaffte ihm mit einem Guinness Verstärkung. Es war eine interessante Kombination, und ich bekam langsam Schlagseite. Rambam tauchte seinen Rüssel in einen dubiosen, sündhaft teuren Brandy, der nach Käsefüßen roch. Wie er schmeckte, weiß ich nicht, aber er beflügelte Rambam zu weiteren Attacken gegen das FBI.

»Noch was. Die haben rund neuntausend Agenten im Einsatz. Sobald du nicht hinschaust, vermehren die sich wie Kaninchen mit sehr großen Ohren. Und sie werden grundsätzlich fern der Heimat eingesetzt. Im Gegensatz zu Cops. Cops leben immer im selben Viertel und gründen eine Familie. Sie kennen ihre Nachbarschaft. Die meisten wollen dort ihren Ruhestand verbringen. Bei FBI-Leuten ist das anders. Die kommen am anderen Ende des Landes zum Einsatz. Ein FBI-Agent aus Alabama kommt meinetwegen nach New York und muß sich da mit merkwürdigen exotischen Gruppen rumärgern, orthodoxen Juden, Puertoricanern, Asiaten. Er haßt sie durch die Bank und glaubt schließlich, er wäre im Einsatz hinter den feindlichen Linien. Er will die ganze Welt zur Minna machen.

Ich hab' oft genug mit dem FBI zu tun gehabt. Die sind mal angekommen und wollten, daß ich ihnen bei einem Mordfall helfe. Wir haben uns ein paarmal getroffen, und meiner Meinung nach waren sie hinter dem Falschen her. Das hab' ich ihnen auch gesagt und gemeint, unter diesen Umständen könne ich ihnen nicht helfen. Damit hatte ich bei ihnen natürlich verschissen. Plötzlich tauchten die Agenten bei meinem Vermieter, meinen Klienten und Freunden auf und sagten: ›Wir hätten da ein paar Fragen zu Rambam. Es geht um eine Mordermittlung.‹ Wenn FBI-Leute bei einem aufkreuzen und so was vom Stapel lassen, glaubt man natürlich sofort, Rambam wäre der Mörder. Mein Vermieter ist Amok gelaufen. Meine Klienten sind abgewandert, und meine Freunde haben angerufen und wollten wissen, was zum Teufel plötzlich los sei. Und wenn's erst mal so weit gekommen ist, siehst du echt alt aus.«

»Siehe Randy Weaver.«

»Ich hatte wenigstens weder Frau noch Kind, noch Hund. Aber sie haben's immerhin fertiggebracht, mir für einige Zeit den Ruf zu versauen.«

»Der schon vorher nicht besonders war.«

»Kurzum, ich hab' durch das FBI jede Menge Scheiß am Hals gehabt und will mit denen nie wieder was zu tun haben. Ich habe mit ihnen zusammengearbeitet, und ich habe gegen sie gearbeitet, und gegen sie ist mir definitiv lieber. Mit dem Secret Service kommt man dagegen bestens klar. Außer man ist hinter dem Präsidenten her.«

»Na gut, und was machen wir jetzt wegen McGovern?«

»Wenn das FBI ihn in der Mangel hat, sind wir machtlos. Die holen aus ihm raus, was sie brauchen – vorausgesetzt, sie wissen, was sie brauchen –, und dann lassen sie ihn laufen. Keine Bange. Außerdem hat das Ganze auch sein Gutes.«

»Und das wäre?«

»Seine Wohnung ist endlich mal aufgeräumt worden.«

43

Später konnte ich nicht einschlafen, aber nicht etwa vor Einsamkeit. Seit Rambams Vorträgen über das FBI bezweifelte ich, daß ich mich je wieder einsam fühlen würde. Oder auch nur allein. Ich lief im Loft kreuz und quer durchs Wohnzimmer, rauchte eine Zigarre, lauschte

der Lesbentanzschule über mir und fragte mich, wer wohl sonst noch alles lauschte. Vielleicht besaß jemand Aufzeichnungen von meinen Unterhaltungen mit der Katze. Vielleicht wußten nicht nur Gott und ich, daß Stephanie DuPont dreimal täglich duschte. Nun verkündete Rambam natürlich nicht das Evangelium. Zweifellos hatte das FBI im Lauf der Zeit viele gute und heldenmütige Operationen durchgeführt, um Schaden von unserem Lande abzuwenden. Das Problem war, daß die Organisation nach und nach große Macht angehäuft hatte, die sich in einem Mann konzentriert hatte, J. Edgar Hoover. Macht korrumpiert, und beim alten J. Edgar hatte sie leichtes Spiel. Mit eiserner Hand spionierte er jedem nach, dessen Weltbild seinem eigenen nicht aufs Haar glich. Und als Kontrollfreak setzte er Maßstäbe für den durchschnittlichen FBI-Agenten.
Es ginge einem wie dem Indianer beim Fotografieren, hatte Rambam gesagt. Arthur Miller wurde von Leuten beschattet, die mit dem *Tod eines Handlungsreisenden* nichts anfangen konnten. John Lennon wurde von Leuten observiert, die sich etwas wie »Imagine« nicht vorstellen konnten. Und während sich die ganze Welt an Martin Luther Kings »Ich habe einen Traum« erinnert, fällt J. Edgar Hoover und seinen jämmerlichen Schergen nur »Oh, Martin, du hast aber einen großen Schwanz« ein. Was vielleicht die ganze Zeit Hoovers größter Wunsch war.
Ich ging zum Schreibtisch und rief McGovern an. Niemand hob ab. Ich hatte ihn im Lauf des Abends schon vier- oder fünfmal angerufen, und er war nie rangegangen. Jedesmal hatte ich aufgelegt und war zum Jameson auf der Anrichte gegangen. Jedesmal hatte ich mir einen Whiskey erst in das alte Stierhorn gegossen und dann aufs Zäpfchen gekippt. Jedesmal hatte die Katze mit kaum verhülltem Ekel zugesehen.
»McGovern fehlt mir«, sagte ich.
Sie sagte nichts. Ihr fehlte McGovern nicht. Niemand

fehlte ihr. Ich sah ihr tief in die Rouletteaugen und war nicht einmal sicher, ob ich ihr fehlte, wenn ich nicht im Loft war. Vielleicht kam man so am besten durchs Leben. Kaltblütig und auf Selbsterhaltung bedacht. Dagegen war nichts einzuwenden, außer von dem Indianer, der gerade fotografiert wurde. Unerbetene Bilder von McGoverns sauberer Wohnung gingen mir durch den Kopf. Wurde er irgendwo gefangengehalten? Verhört? An einen Lügendetektor angeschlossen? Bekam er Wahrheitsdrogen injiziert wie in Agentenfilmen? Konnte Leaning Jesus ihm etwas derart Wichtiges gegeben haben? Und warum behauptete McGovern steif und fest, er könne sich nicht erinnern, was das war? Sag's ihnen doch einfach, Mike. Dann hast du's hinter dir. Andernfalls hetzen sie dich bis ans Ende deiner Tage. Falls sie es nicht noch beschleunigen.

Um drei Uhr nachts stand ich in meinem gebatikten Sarong aus Borneo und dem alten lila Bademantel am Küchenfenster und sah genau wie vor vielen Wochen an Neujahr, Hank Williams' Todestag, auf die Vandam Street hinaus. Bevor ich Polly Price kennengelernt hatte. Bevor ich den Köder geschluckt hatte, ihren verschwundenen Mann zu suchen. Bevor ich nach Washington geflogen war. Bevor ich nach Chicago geflogen war. Dummerweise war ich heute nicht viel schlauer als damals. Ich wußte bloß, daß die Welt vor meinem Fenster kalt war. Kälter als ein »Cold, Cold Heart«.

Während ich benommen in die eisige Finsternis hinausstarrte, rauchte ich eine kubanische Zigarre, schlürfte eine Tasse hawaiischen Kaffee und streichelte mechanisch die Katze auf dem Fensterbrett. Alles wie gehabt. Mein Gehirn funktionierte noch. Von Problemen, Irrungen und Wirrungen unangefochten, verarbeitete es die jüngste Vergangenheit und suchte nach Erklärungen in einer Welt, die mit Erklärungen nichts am Hut hatte.

In vieler Hinsicht war das einer meiner kümmerlichsten

Fälle, dachte ich, während ich den Rücklichtern eines Taxis nachsah, das in der Dunkelheit verschwand. Leider war die Suche nach Derrick Price eigentlich gar kein Fall gewesen. Eher ein schlechter Scherz. Eine falsche Spur, die mich ewig im Kreis herumführte. Eine Scharade. Eine Fassade. Ein Schattenboxen. Eine perfekt getimte, banale und ziemlich öde Schatzsuche.
Ich sah der Katze in die Augen und erblickte die Widerspiegelung von Autoscheinwerfern irgendwo unten auf der Straße, einen matten Abglanz wie vom Mond reflektiertes Sonnenlicht. Vielleicht gab es ja doch einen Schatz, dachte ich. Leaning Jesus hatte McGovern vielleicht nie verraten, was es mit dem Geschenk auf sich hatte. Vielleicht war es etwas, dem kein Mensch je die geringste Bedeutung beigemessen hätte. Ohne es zu wissen, hatte McGovern vielleicht die ganze Zeit die Karte zur verlorenen Goldmine des Holländers gehabt.
Durch diese plötzliche und unbegründete Gewißheit, daß es doch einen Schatz gab, fühlte ich mich auf einmal richtig *fey*. Falls Sie nicht an Kobolde glauben: *fey* ist ein irisches Wort mit ungefähr so vielen Bedeutungsschattierungen, wie es Farben im Regenbogen gibt. Es kann »hingerissen« heißen, »hellseherisch« oder »mit dem Überirdischen im Bunde«. Es kann aber auch »mit den Feen im Bunde« heißen oder »mit den Kobolden im Bunde«. Aufmunternd sagte ich mir, daß es vielleicht auch »mit McGovern im Bunde« bedeuten konnte, der für einen Kobold zwar viel zu groß geraten war, aber doch viele Merkmale und Charakterzüge eines solchen aufwies.
Manchmal gibt mir meine kleine Schwester Marcie allerdings zu verstehen, daß *fey* noch eine weitere Bedeutung hat. Das Wort wird selten so gebraucht, aber es bezeichnet auch ein Gefühl, auf das man gut und gern verzichten könnte. *Fey* bedeutet auch »das unerklärliche Glücksgefühl des Bedrohten oder Todgeweihten«.

Ich wollte die Bedeutungsschattierungen des Wortes fey weder jetzt noch später mit der Katze diskutieren. Katzen sind keine Iren. Die meisten sind Franzosen, Juden oder Siamesen. Dagegen sind fast alle Hunde Iren, mit einigen denkwürdigen Ausnahmen wie dem Hund meines Vaters, Sambo, der den beglaubigten Stammbaum eines jüdischen Schäferhundes hat. Trotzdem versuchte ich mich bei der Katze einzubringen.

»Ich bin merkwürdigerweise guter Dinge«, sagte ich, »und das ohne jeden Grund. Aber ich fühle mich, als hätte ich den Ratschlag dringend nötig, ich solle auf dem Teppich bleiben.«

Ich sah mich um, betrachtete die Mondlandschaft vor dem Fenster, die leicht gelangweilte Katze und das schlichte, fast unpersönliche Wohnzimmer, das die Dunkelheit anzuziehen schien. Es hatte nicht mal einen Teppich, auf dem ich bleiben konnte. Ich ging zur Kaffeemaschine und füllte meinen lauwarmen Kaffee mit heißem auf. Im Kopf wurden immer noch dieselben Gedanken durchgefiltert wie Kaffee des Zweifels, der den unsichtbaren Gezeiten an den schwarzen Sandstränden eines Kona des Herzens unterworfen ist. Sehr *fey* war mir nicht mehr zumute. Aber ich schwor mir, schon der Katze wegen optimistisch zu bleiben.

»Bevor wir nach dem Schatz suchen«, sagte ich, »müssen wir McGovern finden.«

Mit einem Ausdruck von an Verzweiflung grenzender Ungläubigkeit sah die Katze an die Decke, wo Winnie Katz und ihre lesbische Tanztruppe zum Glück keinen Laut von sich gaben, egal, was das bedeuten mochte. Dann drehte sich die Katze um, tappte ohne Skrupel oder Zögern ins Schlafzimmer, sprang anmutig aufs Bett, kuschelte sich zusammen und fiel offenbar sofort in den Schlaf der Gerechten. Das muß einer der Gründe sein, dachte ich vor dem Küchenfenster, warum so viele Menschen Katzen hassen.

Wir leben in einer kalten, abgestumpften Welt, sagte ich mir. Wenn wir Glück haben. Niemand hatte bei McGoverns häufigen und ausgeflippten MIB-Berichten aufgehorcht. Selbst seine besten Freunde, erinnerte ich mich beschämt, hatten sich taub gestellt. Und wenn ich jetzt mit der Wahrheit herausrückte, würde mir erst recht niemand glauben. Weder die Cops noch die Presse, noch die Katze.

Ich starrte in New Yorks Nichts hinaus, das weder Dunkelheit noch Dämmerung war, sondern wahrscheinlich bloß von fehlender Menschlichkeit zeugte.

»Gott segne dich, J. Edgar Hoover«, sagte ich mir düster. »Du hast einem wenigstens noch gelauscht.«

44

»Fünf Tage ist es jetzt her, seit Rambam und ich in McGoverns Wohnung eingebrochen sind«, sagte ich, »und er ist noch immer verschwunden.«

»Vielleicht ist das einfach nur die uralte Geschichte: *Boy meets Girl*«, sagte Stephanie DuPont.

»Genau wie bei uns.«

»Ich kotz' gleich, Friedman.«

Im romantischen Schummerlicht des kleinen indischen Restaurants im East Village sah sie noch bezaubernder und atemberaubender aus als sonst, falls das überhaupt möglich war. Zwei Wochen Hubschrauberskilaufen in der Schweiz hatten dem Mädchen nicht gerade geschadet. Nicht, daß ich mir unter Hubschrauberskilaufen etwas vorstellen konnte. Ich stand weder auf Skilaufen noch auf

Hubschrauber, und auf die Schweiz stand ich schon gar nicht. Um so mehr stand ich auf Stephanie DuPont.
»Hör mal«, sagte ich geduldig, »ich habe dir haarklein erzählt, was seit deiner Abreise passiert ist, und du wirst mir doch zustimmen, daß Polly Price kein normales Mädchen ist. Sie ist beim FBI. Wenn wir Schwein haben. Vielleicht hat sie sich auch auf Gegenspionage für irgendwelche Terrorkommandos verlegt ...«
»Ober«, sagte Stephanie zuckersüß, »bringen Sie bitte meinem Vater zum Abschluß noch etwas Käse.«
»Und die uralte Geschichte von *Boy meets Girl* war das auch nicht«, fuhr ich unerschütterlich fort. »Durch meine selbstlose Unterstützung hat sich das Mädchen McGoverns Vertrauen erschlichen und ihn nach allen Regeln der Kunst verführt, um ihn über Leaning Jesus auszuhorchen.«
»Wir sind nicht zufällig ein bißchen eifersüchtig, oder?«
»Eifersüchtig bin ich höchstens auf Pyramus und Thisbe.«
»Ich hab' dir doch *versprochen*, daß ich's dir mit einem Hundehalsband besorge«, sagte sie etwas lauter als nötig. Etliche Mitspeisende auf dem Weg ins Grab sahen mit leicht sabberndem Interesse zu uns herüber. »Dein Gesicht hat jetzt übrigens die Farbe von Mulligatawny-Suppe. Ich warne dich, Friedman. Ich lass' mich nicht drängeln. Ich bin erst zweiundzwanzig. Ich bin noch nicht soweit. Ich bin doch noch ein halbes Kind.«
»Das kannst du dem Typ da hinten erzählen, dem grad der Turban hochgegangen ist.«
Ich schenkte uns beiden Taj-Mahal-Bier nach, das in Flaschen serviert wird, die etwas größer, aber fast genauso geformt sind wie altmodische Holzkegelfiguren. Wenn man drei oder vier davon getrunken hat, fühlt man sich, als hätte man mit einer altmodischen Holzkegelfigur eins übergebraten bekommen. Die Vindaloo-Gerichte sind dagegen eine Art scharfe kulinarische Speedvariante, nur daß man nicht so lahmgelegt wird. Oder nur selten.
»Eins kann ich dir flüstern«, sagte ich, »wenn McGovern

bis zum Wochenende nicht zurück ist oder ich bis dahin nicht wenigstens von ihm gehört habe, dann geh' ich zur Polizei und erzähl' denen die ganze Geschichte. Dann erstatte ich Vermißtenanzeige.«

»Wie kommst du denn auf die Schnapsidee?« fragte Stephanie leicht angewidert. »Das glaubt dir doch kein Schwein.« »Aber du glaubst mir doch«, sagte ich und bedachte sie mit dem verlangendsten Blick, den ich gerade auf Lager hatte.

»Natürlich«, sagte sie. »Eine so durchgeknallte Geschichte könntest selbst du dir nicht aus den Fingern saugen. Mal sehen, ob ich noch alles auf die Reihe kriege. Vor einer runden Phantastillion Jahren, als in Gottes Cocktailglas gerade die Eiswürfel schmolzen ...«

»Nun übertreib mal nicht«, sagte ich. »Vieles davon hat sich nach meiner Geburt zugetragen.«

»Sag' ich doch«, sagte Stephanie. »Vor einer runden Phantastillion Jahren, als in Gottes Cocktailglas gerade die Eiswürfel schmolzen, hüpfte Al Capone in den Bau, aber vorher gab er seinem Zweitzampano Leaning Jesus einen Brief oder ein Dokument oder eine Karte, die zu den ganzen Schätzen führte, die er in seinen langen Jahren als Pate gehortet hatte. Als das FBI Leaning Jesus die Hölle heißmachte, transferierte dieser pflichtschuldig das besagte Dokument zur Aufbewahrung an den jungen Mike McGovern ...«

»Du wirst mal 'ne gute Anwältin ...«

»... der das besagte Dokument nicht nur nicht finden kann, sondern sich nicht mal mehr erinnern kann, daß er es je erhalten hat. So weit okay?«

»Du liegst goldrichtig, hoffe ich.«

»Gut. 1968 zieht McGovern nach New York, arbeitet als Journalist und frönt einer Lebensweise, bei der er ohne Suchmannschaften aufgeschmissen wäre. Siebenundzwanzig Jahre erfüllten Lebens gehen ins Land. Mehr Zeit, als manche von uns auf der Welt sind.«

»Mußt du immerzu darauf herumreiten? Man ist so jung, wie man sich fühlt.«
»Blödsinn. Ein Mann ist so jung wie sein Schwanz.«
»Dein Sexismus ist einfach grauenhaft.«
»Und irgendwann in meiner glücklichen und unbeschwerten Kindheit ...«
»... die noch lange nicht vorbei ist ...«
»... streckt das FBI oder strecken ehemalige FBI-Agenten zusammen mit Geraldo Rivera und der halben zivilisierten wie auch der unzivilisierten Welt ihre Fühler danach aus, was aus Al Capones sagenhaftem Goldschatz wohl geworden ist. Das Hauptflöz bleibt unauffindbar, aber vielleicht läßt sich ja ein Gewährsmann zum Singen bringen, oder ein Schlapphut im Ruhestand rückt mit einer Verschlußsache heraus, jedenfalls kann man eine Verbindung zwischen Al Capone, Leaning Jesus und Mike McGovern herstellen.«
»Ich würde viel lieber eine Verbindung zwischen unserem Essen und dem Kreditkartenbeleg hier herstellen«, meinte ich und setzte meine fassungslose Lesebrille auf. »Da muß jemand Aramäisch geschrieben haben.«
»Diese Zelle – oder wie sich die Einheiten des FBI nennen – überwacht McGovern auf Schritt und Tritt. Man bedroht ihn, und als Zugabe bekommt er noch eine Portion Polizeischikane, bis er dermaßen durchdreht, daß er sich an dich wendet, weil du, wie alle Welt weiß, schon lange durchgedreht bist.«
»In der Anstalt haben sie nie so böse Sachen zu mir gesagt.«
»Mit den Wundern der modernen Technik hören diese Leute jedes einzelne Wort ab, das McGovern in seiner Wohnung oder am Telefon mit dir wechselt, und du wirst in die Überwachung einbezogen. Sie lassen dich dafür sorgen, daß sich ihre Agentin mit McGovern kurzschließt, sorgen dafür, daß du die Stadt verläßt, und kämmen deine Wohnung durch. Ohne Erfolg, also sagen sie sich,

scheiß drauf, soll uns doch der Friedman zu Leaning Jesus führen, was du dann prompt auch machst.«
»Wie dumm von mir.«
»Ich würde sagen, leichtsinnig.«
»Danke, Miss Marple.«
»Du rennst mit Rambam durch die Gegend, und ihr versucht praktisch mit Satellitenschüsseln auf dem Kopf, ihre Signale aufzufangen, dabei haben sie McGovern längst eingesackt.«
»Mit dem ungefähr soviel anzufangen ist wie mit einer Alphabettafel bei einer Seance. Aber ich hoffe, er weiß mehr, als er weiß. Erinnerungen sind putzige kleine Dinger. Das kannst du natürlich nicht wissen, du hast ja noch nicht viele davon. Mit zweiundzwanzig weißt du schließlich mehr, als du je wieder wissen wirst, und brauchst dich noch nicht zu erinnern.«
Stephanie zog einen Flunsch, aber ich wußte, daß sie nur überlegte. Dann sah sie mich mit hellen Kinderaugen an. Der Übergang erinnerte mich an einen drückenden Gewitterhimmel, der zu einem atemberaubenden, fahnenschwenkenden, zur Liebe aufrufenden blauen Sommerhimmel über Texas aufklart.
»Kopf hoch«, sagte sie beruhigend. »Unkraut vergeht nicht. McGovern ist garantiert bald wieder da, und dann kannst du dich mit ihm zusammensetzen und herausfinden, was er nicht weiß oder was er hat, wovon er nichts weiß. Dein Verstand ist vielleicht im Arsch, aber du hast eine blühende Phantasie. Mach was draus. Ich könnte dich immer noch bewundern, weißt du.«
»Und was muß ich dafür tun? Mein Gemächt durch ein Nadelöhr quetschen?«
Stephanie lachte laut, primitiv und irgendwie erotisch. Ich goß uns den Rest Taj Mahal ein.
»Nein, Long Dong Stummel«, sagte sie. »Du mußt bloß Al Capones verborgenen Schatz finden.«

45

Das Wochenende schleppte sich dahin wie ein Berufsverkehr des Geistes. Gedanken an und Sorge um McGovern führten zum Stau. Sowohl Rambam als auch Stephanie hatten mir prophezeit, er würde Knall auf Fall wieder aus der Versenkung auftauchen, aber den Ramsch kaufte ich ihnen nicht ab. Wo steckte er bloß? Was hatten sie ihm angetan? Warum hatte er nicht einmal angerufen? Merkwürdigerweise kam ich mir eher wie eine Mutter als wie ein Freund vor. McGoverns leibliche Mutter hatte sich vor einigen Jahren auf den Weg über den Regenbogen gemacht, und vielleicht war ihre Rolle auf mich übergegangen.

Am späten Sonntagabend schrieb ich alle Warnungen in den Wind und beschloß, McGoverns Freundin Beverly anzurufen, die außerhalb wohnte. In einem Fall von *Boy meets Girl* oder ähnlichem sollte man natürlich nicht noch Wasser auf die Mühlen des Kriegsministeriums gießen. Andererseits war McGovern jetzt seit einer knappen Woche verschwunden. Wenn auch Beverly nichts von ihm gehört hatte, konnten wir mit dem Schwarzsehen anfangen. Ihm waren Men in Black erschienen, und wir konnten warten, bis wir schwarz wurden.

Beverly war unter anderem Gründungsmitglied einer Künstlergruppe namens *Theater für die Vergessenen*. Die Gruppe inszenierte Aufführungen in Gefängnissen, psychiatrischen Kliniken, Therapiezentren für Schwulenmörder und an anderen Orten, gegen die sich normale Amerikaner mit Händen und Füßen wehrten. Am Namen ihres Ensembles hatte mich seit jeher etwas gestört, aber ich war nie darauf gekommen, was.

»Theater für die Vergessenen«, sagte ich zur Katze. »Besser kann man die Ereignisse der letzten Zeit kaum beschreiben.«

Der Katze war das piepegal. Erstens hatte sie meine Nöte und Gefahren in Washington und Chicago gar nicht mitbekommen. Und zweitens war sie vom Theater noch nie besonders angetan gewesen. Am meisten haßte sie *Die Katze auf dem heißen Blechdach*.

»Weißt du«, erklärte ich ihr, »nicht nur die Suche nach Polly Price' verschwundenem Mann könnte man als reines Theater bezeichnen, sondern auch all das, was McGovern passiert ist. Wichtig ist nur, was er vergessen hat. Und damit stellt sich natürlich die Frage: ›Ist das Theater wirklich tot?‹«

Ich ging zum Schreibtisch, nahm den linken Hörer ab und wählte Beverlys Nummer auf dem Lande, wie man so sagt. Für einen echten New Yorker liegt praktisch die ganze restliche Welt auf dem Lande.

»Kinky«, sagte Beverly und setzte per Stabhochsprung über die Begrüßung hinweg, »hast du von Mike gehört?«

»Nicht die Bohne. Und selbst?«

»Ich hab' ihn seit über einer Woche weder gesehen noch gesprochen. O Kinky, ich mach' mir solche Sorgen.«

Seit ich Beverly kannte, machte sie sich Sorgen um Mike. Diesmal hatte sie allerdings allen Grund dazu, befürchtete ich. Ich wollte sie nicht beunruhigen, aber im Moment fehlte auch mir die Ataraxie des alten Mahatma.

»Ach Kinky, du weißt doch, daß er sich schon seit Monaten so auffällig benimmt, richtig paranoid.«

»Vielleicht wird er langsam ein echter New Yorker.«

»Er ist gar nicht mehr er selbst«, fuhr sie fort und geriet ganz aus dem Häuschen. »Und jetzt ist er verschwunden! Und seine Wohnung ist plötzlich aufgeräumt!«

»Das ist allerdings wirklich auffällig.«

»Du weißt wohl nicht, wo er sein könnte?« fragte sie mit inquisitorischem Unterton.

»Stimmt genau.«

»Und du weißt auch nicht, bei wem er sein könnte?«

»Stimmt genau«, sagte ich, vielleicht eine Spur zu schnell.

Das Gespräch steckte in einer Sackgasse. Ich nahm Sherlocks Kopf den kleinen Deerstalker ab, holte eine frische Zigarre heraus und traktierte sie mit Lippen, Zähnen und Zunge auf eine Weise, die mit meinem frühkindlichen Kastrationskomplex zusammenhängen mußte. Ich zündete sie mit einem Küchenstreichholz an und achtete darauf, ihre Spitze immer knapp über der Flamme zu halten.
»Was meinst du, Kinky, sollten wir zur Polizei gehen?« fragte Beverly, als ich gerade ein Rauchwölkchen zur Lesbentanzschule hochblies.
»Ich ruf' sie morgen früh gleich an«, sagte ich, »und sag' dir sofort Bescheid, wenn ich was rauskriege.« Ich konnte mir zwar recht gut vorstellen, was ich zu hören kriegen würde und daß es Beverly gar nicht schmecken würde. Aber das mußte ich ihr ja nicht sagen.
»Hör mal«, parafrisierte ich Rambam, »ich bin sicher, daß er bald wieder schwanzwedelnd nach Hause kommt.«
Nur befürchtete ich, daß Beverly auch der Schwanz, den sie da zu sehen bekäme, gar nicht schmecken würde.

46

»Gleich morgen früh« stellte sich dann als Montag um 12 Uhr 45 heraus. Da hatte ich meine morgendlichen Waschungen hinter mir, genug Espresso getrunken, um alle Synapsen wieder verdrahtet zu kriegen, ziemlich ekelhafte Katzenkotze vom Schreibtisch weggeputzt und mich hingesetzt und Sergeant Cooperman angerufen. Ausnahmsweise wurde ich vom Beamten am Empfang sofort durchgestellt.

»Mach's kurz«, sagte Cooperman. »Ich hab' gleich einen wichtigen Termin. Er nennt sich Mittagessen.«
Ich erklärte ihm, ich wolle McGovern als vermißt melden. Es war ziemlich vertrackt, Cooperman klarzumachen, warum ich mir Sorgen machte. Erstens mußte ich alles auf Aufkleberspruchlänge bringen. Zweitens wollte ich mich bei den seltsameren Aspekten des Falls nicht anhören, als ob ich zum Schädel-TÜV müßte. Als ich mit meinem Thora-Abschnitt fertig war, fand selbst ich ihn nicht besonders plausibel.
»Willst du mich verarschen?« fragte Cooperman zwischen Lachen und Verschlucken. »Ich hab' nicht den Eindruck, daß dein Freund McGovern vermißt wird. Schick ihm lieber 'ne Flasche Champagner. Das sieht doch 'n Blinder mit'm Krückstock, daß er mit dieser Schickse die Puppen tanzen läßt.«
»Ich hab' trotzdem Magenschmerzen«, sagte ich.
»Sag bloß«, meinte Cooperman ungeduldig. »Warum?«
»Wo soll ich den Schampus hinschicken?«
»Apropos«, sagte er und überhörte meine Frage einfach, »erinnerst du dich an das Nummernschild, das du Fox neulich durchgegeben hast und das angeblich zu dem Wagen gehörte, der angeblich dem Typen gehörte, der angeblich der Mann deiner Klientin war und den du angeblich aufspüren solltest?«
»Ja. Was ist damit?«
»Das gehört zu einem Bäckereiwagen in Brooklyn. Aufgrund der beiden Ermittlungen, die du parallel am Laufen hast, entnehme ich dem zweierlei.«
»Nämlich?« fragte ich argwöhnisch.
»Entweder nagelt McGovern deine Klientin ...«
»Oder?«
»Oder er arbeitet für die Bäckerei.«
Bevor ich auflegte, hörte ich, wie er sich entweder verschluckte und erstickte oder aber losprustete wie Tier. Im Moment war mir beides egal.

Die Espressomaschine summte vor sich hin, also ging ich zu ihr, zapfte eine Tasse ab und stellte mich vor den Kühlschrank, um mich mit dem Puppenkopf zu unterhalten.
»Bildung ist eine unabschließbare Angelegenheit, Watson«, sagte ich. »Sie besteht aus einer langen Reihe von Lektionen, und die größte kommt am Schluß.«
Der Puppenkopf lächelte verständnisvoll.
»Aber wir haben es hier nicht mit der Liga der Rotschöpfe zu tun. Auch nicht mit der *Schatzinsel*. Wir leben im New York der neunziger Jahre, wo oft genug gar nichts unter Dach und Fach gebracht wird. Fiktion heißt, sich etwas vorstellen zu können und daran dann zu glauben. Wir mögen ordentliche Krimis, weil sie am Ende mit Lösungen aufwarten, die im richtigen Leben so gut wie nie zu haben sind. Sollte McGovern je wieder in der Stadt auftauchen, können wir losziehen, uns ein paar Drinks hinter die Binde kippen und die ganze Geschichte vergessen.«
Der Puppenkopf lächelte verständnisvoll.
Ich lächelte verständnisvoll.
So unverständlich war das ja alles auch gar nicht. Manchmal hat man Glück, manchmal hat man Pech, und manchmal wohnt man im Februar in einem einsamen Loft, friert sich den Arsch ab, hört tanzenden Lesben zu, starrt Müllwagen nach, raucht Zigarren, trinkt Espresso, versucht eine Beziehung zu einer bindungsunfähigen Katze aufzubauen, bemitleidet sich und führt stumpfsinnige Gespräche mit einem kleinen Negerpuppenkopf, der oben auf einem Kühlschrank liegt und als einziger genug Grips, Mumm und Phantasie aufbringt, um das hier ein Zuhause zu nennen.
Ich legte mich zu einem kurzen Powerschlummer auf die Couch und deckte mich mit Ryan Kalmins altem blauem Schlafsack zu. Ich träumte von Polly Price. Oder war das Irene Adler, die Frau, die Sherlock Holmes austrickste und zeigte, daß er ein Herz hatte, indem sie es ihm

raubte? Die Bar, in der Polly Ratso getroffen hatte, lag keineswegs zufällig in Washington. Sie hatte von mir bekommen, was sie wollte. McGovern. Jetzt fragte sich nur noch, ob sie auch von ihm bekam, was sie wollte.
Es mußte ein tierischer Powerschlummer gewesen sein, denn als ich aufwachte, war es im Loft dunkel, und die Telefone dröhnten wie Kirchenglocken bei Kriegsende. Ich fühlte mich wie ein Kriegsheimkehrer, als ich fröstelnd durchs dunkle Zimmer zum Schreibtisch stolperte und mit eisiger Totenkralle den linken Hörer abnahm.
Die Stimme war fröhlich und kam mir bekannt vor. Sie hatte einen deutlich britischen Einschlag, den ich nach und nach als den von Pete Myers erkannte.
»Kinkster!« brüllte er begeistert. »McGovern ist wieder da! Er ist hier bei mir im Laden und will dich sehen.«
»Kannst du ihn festhalten, bis ich komme?«
»Ich glaube nicht, daß er in absehbarer Zeit abhaut, Kinkster. Er lehnt seelenruhig am Dickstuffer, zieht sich einen Joint rein und trinkt Macallan direkt aus der Flasche, einen sehr teuren, sehr schwer zu importierenden, fünfundzwanzig Jahre alten, hochwertigen schottischen Single Malt, den ich für ein Abendessen Ende der Woche aufgehoben hatte.«
»Bin sofort da, Kumpel.«
Ich schlüpfte in meine blaue Oliver-Twist-Jacke, setzte den Cowboyhut auf und schnappte mir drei Zigarren für unterwegs.
Die Verantwortung übergab ich der Katze.
Erst als ich die vier Treppen hinunterflitzte, merkte ich, daß es längst egal war, wer die Verantwortung trug. Es gab da nicht mehr viel zu tragen. McGovern war zurück. Das Spiel war gelaufen. Die Akte war geschlossen. Ich war auf einmal todsicher, daß Polly und ihr Team bei McGovern nicht fündig geworden waren. Niemand würde je fündig werden. Falls Leaning Jesus dem Kleinen überhaupt je Capones Papiere gegeben hatte, dann waren sie

entlang seines Lebenswegs wer weiß wo verstreut worden. Den Kleinen gab es nicht mehr. Er war ein Mann geworden, weil ihm nichts anderes übrigblieb. Keine Wahrheitsdroge, keine Hypnose, kein Zurückschweifen der Gedanken konnte zurückholen, was verloren, verlegt oder vergessen worden war oder was schlicht und ergreifend nie existiert hatte.

Kein Taxi weit und breit, also ging ich auf Schusters Rappen durch die kalten, dunklen Straßen des Village. Schade, daß es diesmal keine Sieger gab. Kein Happy-End. Wehmütig dachte ich an Stephanie DuPonts klassische Schönheit, ihren ätzenden Sinn für Humor, ihr phantastisches Lächeln und ihr goldenes Herz. Diesmal gab es auch keine Helden. Keine Taxis und keine Helden. Bloß Gott in seinem Penthouse, Satan im Erdgeschoß, die Katze im Loft, mich auf der Straße und den lächelnden kleinen Negerpuppenkopf oben auf dem Kühlschrank. Wenn Archäologen in einer Million Jahren die tragischen und öden Sedimente der Menschheit ausgraben, aus denen einst die alte Stadt New York bestanden hat, werden sie zweifellos den kleinen Puppenkopf finden. Und ganz wie heutzutage werden sie sich am eigenen Kopf kratzen und die Frage stellen, die noch keine Generation auf Erden beantworten konnte: »Warum lächelt er?«

47

Gegen zwanzig Glasen segelte ich den gefrorenen Asphaltfluß der Hudson Street hinauf und ging bei Myers of Keswick vor Anker. Der Laden war geschlossen,

doch der Eigentümer reagierte sofort, als mein Pochen leis' an seiner Tür erscholl.
»Wie geht's ihm?« fragte ich, als Pete mir den Mantel abnahm und neben der Tür aufhängte.
»Und trauriger und weis' erhob er sich am nächsten Tag«, sagte er. »Genau wie ich. Der Macallan kostet 161 Dollar die Flasche.«
»Hat er schon irgendwas verlauten lassen, wo er die ganze Zeit gesteckt oder was er ausgefressen hat?«
»Nein. Wahrscheinlich wollte er auf dich warten.«
Ich folgte Pete Myers in die kleine Küche, wo McGovern immer noch am Dickstuffer lehnte, genau wie Myers es am Telefon beschrieben hatte. Allerdings war vom Joint nur noch ein Stummel übrig, und die 161 Dollar waren auf 80 Dollar und 50 Cents geschrumpft. McGovern war so high, daß er an der Raumstation Mir andocken konnte, aber ansonsten schien er bei bester Gesundheit. Ein trauriges, melancholisches Lächeln war auf seinem Gesicht eingefroren, und plötzlich merkte ich, daß es irgendwie dem des Puppenkopfs ähnelte. Aber wer würde nicht lächeln, wenn er gerade eine Woche mit Polly Price hinter sich hätte?
»Wie läuft's, alter Knabe?« fragte er.
Ich brachte ihm ein Ständchen mit einem meiner alten, unvollendeten Songs, um die Stimmung zu heben. Außerdem war ich gespannt auf seine Reaktion.

Can't complain, can't complain,
Ass got hit by a big, great Dane.
Penis run over by a subway train.
Can't complain. Can't complain.

»Geht mir genauso«, sagte McGovern.
»Möchtest du darüber reden?« fragte ich. »Wenigstens über deine familienrelevanten Erfahrungen?«

»Da gibt's nichts zu erzählen. Ich hab' keine Familie.«
»Da irrst du dich aber gewaltig, Kumpel«, sagte Myers. »Du hast sehr wohl eine Familie. Sie besteht bloß nicht aus deinen Blutsverwandten. Du wirst dich damit abfinden müssen, McGovern. Uns wirst du nicht los.«
»Also, schieß los, Mr. Magoo«, sagte ich. »Ich bin ganz Ohr. Wohin hat sie dich verschleppt?«
»Erst sind wir zu ihrem Häuschen im Norden gefahren. Da draußen gab's nur Milchbauern, und die nächste Ortschaft war Manlius. Wir sind aus dem romantischen alten Bungalow kaum rausgekommen, und die ersten Tage hab' ich gedacht, ich wäre tot und in den Himmel gekommen.«
»Wenn du stirbst, kommst du nicht in den Himmel«, sagte Myers.
»Am Anfang haben Polly und ich uns richtig beieinander ausgeheult. Ihrem Leben fehlte ein verständnisvoller Mann, und ich brauchte eine sagenhafte Sozialarbeiterin mit massig Holz vor der Hütte.«
»Das hast du schön gesagt«, sagte ich. »Ihr habt euch also gegenseitig bei der Trauerarbeit geholfen.«
»Ach, so nennt man das heute?« sagte Myers.
»Polly war von meiner Lebensgeschichte ganz begeistert. Am meisten schwärmte sie von Leaning Jesus und der ganzen Blase in Chicago. Für sie war ich eine Art Augenzeuge einer entschwundenen Vergangenheit, in der noch der Bär abging. Sie fühlte sich als Nachgeborene, und jene Zeit konnte nur von mir wieder zum Leben erweckt werden. Außerdem ist ihr Vater gestorben, als sie noch klein war, und ich glaube, Leaning Jesus war nicht nur für mich, sondern auch für sie eine Vaterfigur. Sie war wie besessen von meiner Bekanntschaft mit ihm.«
»Wer ist Polly?« fragte Myers.
»'ne alte Freundin von uns«, sagte ich.
»Sie hat mich gefragt, ob ich irgendwelche Briefe oder Dokumente von ihm hätte, Geschenke, Bilder, egal, was.

Sie brauchte etwas Greifbares, um sich ein Bild von ihm zu machen.«
McGovern schwieg und nahm einen guten Zwanzigdollarschluck aus der Flasche mit hochwertigem schottischem Single Malt. Dann reichte er sie mir, und auch ich verringerte, was Myers of Keswick noch flüssig hatte. Selbst Pete trank einen herzhaften Schluck aus der Flasche.
»Das blöde Abendessen kann mir gestohlen bleiben«, sagte er dann.
»Gestern morgen«, fuhr McGovern traumverloren fort, »bin ich aufgewacht, und sie war weg. Nur einen Brief hat sie dagelassen.«
Er holte einen zerknitterten Zettel aus der Tasche und gab ihn mir. Ich setzte meine fassungslose Lesebrille auf, hielt die Notiz unter eine Heizlampe und las die wenigen Zeilen in der vertrauten Frauenhandschrift:

Ich mag Sie, Mike McGovern. Zu anderer Zeit an anderem Ort – wer wer weiß? Ich werde Sie nie vergessen.

in Liebe
POLLY

PS: Sollten Sie Leaning Jesus früher zu Gesicht bekommen als ich, bohren Sie einfach ein Loch und ziehen mich nach.

In der Küche herrschte Stille, während Pete den Brief las und McGovern noch einen ziemlich teuren Schluck Macallan trank. Dann gab Pete ihm den Zettel zurück, den er diesmal sauber faltete und in seine Brieftasche legte.
»Beverly muß meine Wohnung aufgeräumt haben«, sagte er. »Ich find' mich überhaupt nicht mehr zurecht.«
»Geht mir genauso«, sagte ich.
»Übrigens wäre ich euch dankbar, Jungs, wenn ihr das für euch behalten könntet«, sagte McGovern. »Beverly kann mit solchen Angelegenheiten nicht besonders gut umgehen.«

»Ich leg's zu deinen anderen Geheimnissen«, sagte Myers. »Und eines Tages erpress' ich dich damit um eine Flasche fünfundzwanzig Jahre alten, hochwertigen schottischen Single Malt.«
»Und ich hab' die ganze Geschichte sowieso längst da abgeliefert, wo sie die ganze Zeit hingehört hat«, sagte ich.
»Im Dickstuffer?« fragte Myers.
»Nein«, sagte ich. »Beim Theater für die Vergessenen.«

48

Einige Monate gingen ins Land, und Polly Price blieb wie vom Erdboden verschluckt. Vielleicht war sie auf dieselbe geheimnisvolle Art und Weise verschwunden wie ihr Mann, wer und wo immer der sein mochte. Mit Pollys Verschwinden kam es zu weiteren *desaparecidos* obwohl McGovern zwischen beiden wahrscheinlich keinen Zusammenhang sah. Die Men in Black verschwanden ebenso wie der alte Inder mit dem zurückweichenden Turban, Gene Kellys Doppelgänger auf der Feuerleiter, das kleine grüne Männchen und die ganzen Anrufe, Drohungen und echten oder eingebildeten Plagen, die ihm das Leben zur Hölle gemacht hatten. Selbst der Winter war fast verschwunden. In New York läßt sich der Frühling zwar nur bedingt als Frühling bezeichnen, aber wenigstens stapfte man auf den Straßen, Fußwegen und in den Parks nicht mehr durch wadenhohen kaffeebraunen Giftschlamm. Ich fror mir nicht mehr die Eier ab, sobald ich aus dem Bett stieg, und die Katze, fiel mir auf, kauerte nicht mehr im Cowboystil neben der Kaffeemaschine.

An einem klaren, frischen, schönen Freitagabend Mitte April hatte McGovern ein Abendessen im kleinen Kreis in seiner Wohnung arrangiert, in der inzwischen wieder das gewohnte kunterbunte Durcheinander herrschte, wie ich ohne große Entrüstung berichten darf. Die Gästeliste wies nur drei Namen auf: Beverlys, Stephanie DuPonts und meinen. McGovern hatte den ganzen Nachmittag in der Küche gestanden und sein berühmtes, unvergleichliches Chicken McGovern zubereitet.

»Das war das beste Huhn, das ich je gegessen habe«, sagte Stephanie im Kerzenschein über den abgenagten Knochen. »Du mußt mir unbedingt das Rezept geben.«

»Das stammt noch aus der alten Welt«, sagte McGovern. »Es ist eine ziemlich komplizierte Angelegenheit. Ich bewahre es schon seit dreißig Jahren hier oben auf.« Er zeigte auf sein großes und attraktives Haupt, aber die noch junge und ungestüme Stephanie ließ nicht locker.

»Wenn es kein Geheimnis ist«, sagte sie wie ein bockiges Kind, »warum kann ich es dann nicht haben? Du mußt es doch irgendwo aufgeschrieben haben.«

»Stephanie«, sagte ich, »wenn McGovern sein Rezept für sich behalten möchte, dann möchte er es für sich behalten. Du gehst doch auch nicht mir nichts, dir nichts zu Colonel Sanders und bittest ihn um das Geheimnis seiner elf verschiedenen Kräuter und Gewürze.«

»Erstens denk' ich nicht im Traum daran, zu dem zu gehen«, sagte Stephanie. »Eher kommt der auf Knien angerutscht und bettelt mich um meine Telefonnummer an. Und zweitens steckt McGovern den mit seinen Kochkünsten spielend in die Tasche.«

Sie bedachte McGovern mit einem glutäugigen, bewundernden Lächeln von einer Stärke, daß es tausend Kochbücher vom Stapel lassen und die ganze Strecke nach

Troja flößen konnte. Vom Flammenwerfer ihres Blicks leicht versengt, erhob sich McGovern und ging in die Küche, wo er ein Steakmesser nahm, um damit ein Brett unter der Spüle loszuhebeln. Seine drei Gäste sahen ihm verdutzt zu.

»Da gibt's ein Geheimfach«, sagte er, »wo ich meine ganzen alten Rezepte und so aufbewahre. Ich hab's seit Jahren nicht mehr aufgemacht und kann für nichts garantieren, aber wenn ich eine Hardcopy Chicken McGovern wäre, würde ich mich da unten verstecken.«

»Welch ein aufmerksamer Gastgeber«, witzelte ich anerkennend.

»Von dem Geheimfach wußte ich ja gar nichts«, sagte Beverly.

»Deswegen nennt man es ja auch geheim«, sagte McGovern, zog einen vergilbten Papierstoß hervor und schüttelte Staub und Spinnweben in den Mülleimer.

»Man lernt doch nie aus«, sagte ich und zündete mir unter Stephanies vorwurfsvollen Blicken eine Verdauungszigarre an. Aber sonst stand McGovern im Mittelpunkt des Interesses.

»Heilige Scheiße«, sagte er, als er die Rezepte durchsah.

»Was ist denn?« fragte ich.

»Mir ist gerade eingefallen, wo ich das Rezept herhabe«, sagte er. »Ich hab's vor so langer Zeit auswendig gelernt, daß mir das völlig entfallen war. Das hat Leaning Jesus mir gegeben.«

»Was?!« riefen Stephanie und ich wie aus einem Munde.

Bevor Beverly noch fragen konnte, wer denn Leaning Jesus sei, waren wir schon aufgesprungen und warteten auf McGovern, der mit den uralten Blättern zum Tisch gezockelt kam.

»Gib mal her«, sagte Stephanie. »Eine Frau kennt sich mit so was besser aus.«

Sie haute McGovern noch ein Lächeln um die Ohren, und er legte ihr das Rezept in die habgierigen Hände. Ich setzte die fassungslose Lesebrille auf und stellte mich hinter sie, nachdem sie sich wieder hingesetzt hatte, um das Rezept zu studieren. Zutaten und Anweisungen lauteten folgendermaßen:

DIE GEFLÜGELMARINADE

drei bis vier Pfund Huhn; Hals und Flügelspitzen für den Fond aufheben
frische Ingwerwurzel
drei feingewürfelte Schalotten
Keulen, Schenkel und Brustfleisch häuten, von Fett und Sehnen befreien und einritzen
zwei Teelöffel geröstete braune Pfefferkörner
zwei Eßlöffel Sojasoße
Zucker nach Belieben

DIE SOSSE

vier gehackte und zerdrückte Knoblauchzehen
vier feingewürfelte Schalotten
eine Stange Bleichsellerie
ein paar Zweige frischer Koriander oder Petersilie
geriebener Ingwer nach Bedarf
zwei Eßlöffel helle Sojasoße
zwei Teelöffel Branntweinessig
vier Eßlöffel Hühnerfond
ein Eßlöffel Tomatenketchup
Zucker nach Belieben
zwei Eßlöffel Sesamöl

AUSSERDEM

Maisstärke zum Bestäuben
Pflanzenöl zum Anbraten
geröstete Erdnüsse nach Belieben

DIE ZUBEREITUNG

Ingwer schälen und reiben.
Schalotten fein würfeln.
Huhn zerteilen und in eine Schüssel legen.
Mit scharfem Messer ritzen oder einstechen.
Gestoßenen Pfeffer, Ingwer, Schalotten, Sojasoße und Zucker darübergeben.
Einreiben.
Mit Tuch oder Folie bedeckt, vier Stunden oder über Nacht im Kühlschrank durchziehen lassen.

Die Soße in zwei Schalen anrichten:

In die eine kommen zerdrückter Knoblauch, gewürfelte Schalotten und in feine Streifen geschnittener Sellerie.
Ingwer reiben.
Vermengen und beiseite stellen.

In der zweiten Schale werden Sojasoße, Essig, Fond, Ketchup, Zucker und Sesamöl verrührt.
Beiseite stellen.

Wenn das Huhn mariniert ist, auf der Arbeitsfläche ausbreiten und mit Stärke bestäuben.
Huhn klopfen, bis die Mischung eingezogen ist.
Zwanzig Minuten beiseitestellen.
Hühnerteile in Pflanzenöl anbraten, bis sie rundherum goldbraun sind.
Dreißig bis vierzig Minuten – je nach Größe der Hühnerstücke – bei 180° C im Ofen backen.
Mit Küchenkrepp abtupfen und in eine Schüssel geben.
Inhalt der beiden Soßenschalen mischen und damit das Fleisch ablöschen.
Mit gerösteten Erdnüssen bestreuen.
Sofort servieren.
Mund aufmachen.

»Moment mal«, sagte Stephanie. »Da ist noch ein Blatt.«
»Das ist jetzt schon das längste Rezept aller Zeiten«, sagte ich.
Es war auch so ziemlich das enttäuschendste Rezept der Welt, fand ich, goß mir einen großzügigen Brandy ein und ging zur Wand, um Carole Lombard über dem leeren Kamin mein Herz auszuschütten. Manchmal ist ein Rezept eben bloß ein Rezept, dachte ich düster, egal, wer es schreibt, wer es kocht, wer es serviert und wer es ißt. Hinter mir brütete Stephanie wahrscheinlich immer noch über dem verdammten Ding. Ich hörte, wie McGovern Beverly eine Anekdote erzählte, die sich um den berüchtigten Mick Brennan drehte. Ich kippte einen extrem großen Schluck Brandy, sah der Lombard tief in die Augen und stellte plötzlich fest, daß sie Stephanies wie aus dem Gesicht geschnitten waren.
Plötzlich hörte ich Lombards oder Stephanies Stimme. Vielleicht auch beide.
»Hör mal, was er noch schreibt«, sagte die Stimme. »›Wenn du ein gefährliches Leben führen willst (so wie ich früher), probier mal das hier.‹«
»Was denn?«
»Er listet einfach weitere mögliche Zutaten auf«, sagte Stephanie.
»Bei einem Chicken McGovern *gibt* es keine *möglichen* Zutaten«, sagte McGovern energisch. »Das ist ein sehr genaues und sehr altes Familienrezept.«
»Palmherzen«, sagte Stephanie zuckersüß.
»Niemals«, sagte McGovern.
»Ein oder zwei große, mit einer Prise Meersalz bestreute Steingarnelen.«
»Nicht mit mir.«
»Eine knappe große Strauchtomate?«
»Lächerlich!«
»Fünf fritierte Austern?«
»Blödsinn!«

»Fünfundneunzig Minuten köcheln lassen?«
Inzwischen köchelte auch McGovern. Beverly sah belustigt zwischen den beiden hin und her. Stephanie las die Liste möglicher Zutaten noch einmal im stillen durch.
»Palmherzen«, sagte ich. »Das steht für Palm Island in Florida, wo Al Capone gestorben ist. Am Ende nannte man ihn den ›Herrn vom Palm Island Nr. 93‹, nach seinem riesigen Anwesen da unten. ›Fünfundneunzig Minuten‹ wäre also direkt nebenan. Streich bei jeder möglichen Zutat ein oder zwei Wörter, und ich glaube, wir haben's.«
»Was haben wir?« fragte Beverly.
»Das Geheimnis, wo Capone seinen Schatz vergraben hat. Ein Kochrezept ist die ideale Tarnung für eine Schatzkarte. Ein Rezept liest man nie mit Hintergedanken. Deswegen konnte sich McGovern auch nicht daran erinnern, daß Leaning Jesus ihm etwas gegeben hatte.«
»Ich kann mich an vieles nicht erinnern«, sagte McGovern.
»Deswegen bist du auch ein glücklicher Mensch«, sagte ich.
Aber inzwischen gab es vier glückliche Menschen im Zimmer. Fünf, wenn man die Lombard mitzählen wollte. Und ich wollte, denn als ich ihr noch einmal in die Augen sah, hätte ich schwören können, daß sie lächelte.

49

»Siehst du«, sagte ich auf dem Nachhauseweg zu Stephanie, »selbst die spirituelle Überwachung unseres Lebens deckt nicht unfehlbar jede weltliche Einzelheit

auf. Irgendwelche Kleinigkeiten fallen immer durch die Fugen unserer Fußwege und Seelen.«
Es nieselte, und das uralte Laternenlicht schien ein Baldachin der Hoffnung und Begeisterung über die Stadt und die Welt zu spannen. Fünfeinhalb Milliarden Menschen und vierhundert Berggorillas waren noch übrig, und obwohl ich nicht genau wußte, mit welcher Gruppe ich lieber auf die Walz ging, machte mir die Party doch endlich etwas Spaß.
»Was alt ist, wird neu«, sagte Stephanie mit einem verklärten Lächeln. »Was verloren ist, wird gefunden!«
»Und was nervig ist«, sagte ich, »ist, daß Beverly McGovern wegen seines jüngsten Verschwindens nicht aus der Stadt läßt. Wenn wir den Schatz finden, geben wir ihm einfach seine Hälfte ab.«
»Sein *Drittel*, wolltest du sagen«, sagte Stephanie.
»Du wirst *wirklich* mal 'ne gute Anwältin.«
Als wir durch die belebten Straßen des Village flanierten, geriet Stephanie plötzlich außer Rand und Band. Sie lief voraus und drehte sich aus lauter Lust am Dasein im Kreise. Ich kann bezeugen, daß viele abgestumpfte Manhattaniter wie unter Massenhypnose zusahen, wie dieses fabelhafte Geschöpf auf und ab hüpfte und New Yorks stoische Fußwege mit all der Hoffnung und Lebensfreude der Jugend erfüllte. Ich gebe zu, daß auch ich sie mit stolzem – sei's auch voreingenommenem – Blick betrachtete, als sie dort im Schmutz erstrahlte, ein Cheerleader im Spiel des Lebens.
»Juhu, wir fahren nach Disney World!« krakeelte sie.

HEYNE BÜCHER

Gisbert Haefs

AGENTENTHRILLER

Schattenschneise
01/10943

HISTORISCHE ROMANE

»Erzählwerke, die einem beim Lesen wirklich die Zeit vergehen lassen, die eigene und die, von der die Rede ist.« *SÜDDEUTSCHE ZEITUNG*

Hannibal
01/8628

Alexander
01/8881

Alexander in Asien
01/8882

Troja
01/10741

Hamilkars Garten
01/13085

01/10943

01/10741

HEYNE-TASCHENBÜCHER